Lieber Michael!
Ich wünsche Dir
zum Geburtstag
alles, alles Gute.

Hoffentlich gefällt
Dir dieses Büchlein
(eine Andeutung
auf die Zukunft
....)

Deine Anja

PIERRE LOTI

Roman eines Kindes

Aus dem Französischen
übersetzt
von Lislott Pfaff

Nachwort
von Elise Guignard

MANESSE VERLAG
ZÜRICH

Titel der französischen Originalausgabe:
«Le roman d'un enfant»
Paris 1890

I

Fast mit Angst rühre ich an das Geheimnis meiner Gefühle am Anfang meines Lebens – im Zweifel darüber, ob es sich um meine eigenen Empfindungen oder nicht eher um mysteriös übermittelte uralte Erinnerungen handelt... Ich habe irgendwie religiöse Hemmungen, diesen Abgrund auszuloten...

Als ich aus der ersten Finsternis auftauchte, war mein geistiges Erwachen nicht ein allmähliches, schrittweises Begreifen, sondern es erfolgte durch plötzliche Erkenntnisblitze, durch die meine Kinderaugen unversehens weit geöffnet wurden und die mich in Wachträumen gefangenhielten und dann wieder erloschen, so daß ich in jene vollkommene Ahnungslosigkeit zurückfiel, welche den neu geborenen Tieren, den kaum aufgekeimten jungen Pflanzen eigen ist.

Die Geschichte des Beginns meiner Existenz ist eigentlich nur die Geschichte eines sehr verwöhnten, sehr zarten, sehr gehorsamen Kindes, das immer manierlich war, dem in seiner engen, wohlbehüteten Umgebung nichts Unvorhergesehenes zustieß und das niemals einen Schlag erhielt, der nicht mit zärtlicher Fürsorge abgewehrt worden wäre.

Deshalb möchte ich diese Geschichte nicht einfach niederschreiben, was langweilig wäre, sondern – zusammenhang- und übergangslos – lediglich Augenblicke festhalten, die mich auf seltsame Weise beeindruckten, die mich derart beeindruckten, daß ich mich auch heute noch ganz deutlich daran erinnern kann, während ich sonst so manche ergreifenden Erlebnisse, so manche Orte, so manche Abenteuer, so manche Gesichter vergessen habe.

Ich glich damals ein wenig einer tags zuvor geschlüpften Schwalbe hoch oben auf einem Dachvorsprung, die von Zeit zu Zeit mit ihren kleinen Vogelaugen über den Nestrand hinausblickt und sich einbildet, selbst wenn sie von dort aus nichts weiter als einen Hinterhof oder eine Straße erspäht, die Tiefen der Welt und des Weltraums zu sehen – den weiten Himmel, den sie später wird durchfliegen müssen. So erkannte ich in diesen Minuten der Klarsicht heimlich alle Arten von Unendlichkeiten, über welche in meinem Kopf schon vor meiner eigentlichen Existenz zweifellos verborgene Vorstellungen vorhanden waren; dann schloß ich wider Willen mein noch getrübtes geistiges Auge wieder und tauchte erneut tagelang in meine ursprüngliche stille Finsternis ein.

Am Anfang war mein völlig neuer und noch dunkler Verstand wohl auch mit einem Photoapparat voll lichtempfindlicher Spiegel vergleichbar. Auf diesen unberührten Platten bringen ungenügend beleuchtete Gegenstände nichts hervor. Wenn hingegen irgendein intensives Licht auf sie fällt, bilden sich darum herum große helle Flecken auf den Platten, in welche das noch Unbekannte aus der Außenwelt eingraviert wird. – So gehen meine ersten Erinnerungen immer auf den lichtgebadeten Hochsommer, auf die funkelnden Mittagsstunden zurück oder dann auf die Holzfeuer mit den hohen rosaroten Flammen.

II

Als sei es erst gestern gewesen, erinnere ich mich an den Abend, an dem ich – nachdem ich schon seit einiger Zeit gehen konnte – plötzlich entdeckte, wie man richtig hüpft und läuft, und mich an dieser herrlichen Neuheit bis zum Umfallen berauschte.

Es muß zu Beginn des zweiten Winters meines Lebens gewesen sein, in der trüben Stunde des Eindunkelns. Ich befand mich, zweifellos schon eine ganze Weile, im Eßzimmer meines Elternhauses – das mir damals unendlich groß vorkam – und war infolge der eindringenden Dunkelheit ruhig und schläfrig geworden. Noch nirgends brannte eine Lampe. Da aber die Essenszeit nahte, kam eine Magd und warf einen Armvoll Kleinholz ins Kaminfeuer, um die schwache Glut der Scheite anzufachen. Da loderte ein schönes helles Feuer auf, das plötzlich alles fröhlich beleuchtete, und auf dem Boden zeichnete sich mitten im Zimmer ein großer Lichtkreis ab, lag auf dem Teppich, auf den Stuhlbeinen, genau in den unteren Regionen, in denen ich mich bewegte. Und diese Flammen tanzten, verwandelten sich, verschlangen sich ineinander, wurden immer höher und lustiger und ließen die verlängerten Schatten der Gegenstände den Wänden entlang laufen und hochklettern... Oh, da erhob ich mich voller Bewunderung und stand aufrecht da!... Denn ich erinnere mich, daß ich zu Füßen meiner Großtante Berthe[1] saß (die zu jener Zeit schon sehr alt war), welche in ihrem Stuhl halb eingeschlummert war neben einem Fenster, durch das die graue Nacht trat; ich saß auf einem jener zweistöckigen Fußwärmer von früher, die für ganz kleine Kinder so bequem sind, wenn sie sich, den Kopf auf den Knien der Großmütter oder Großtanten, an diese anschmiegen wollen... Ich stand also ganz verzückt auf und näherte mich den Flammen; dann begann ich im Lichtkreis, der sich auf dem Teppich abzeichnete, ringsum zu gehen, immer schneller zu laufen, immer schneller, und schließlich spürte ich in meinen Beinen plötzlich eine bisher unbekannte Spannkraft, dann wieder war es, als würden sich Federn entspannen, ich erfand eine neue, sehr vergnügliche Art, mich zu bewegen: mit ganzer Kraft stieß ich mich vom Fußboden ab und verließ ihn dann eine halbe Sekunde lang mit beiden Füßen zugleich – ließ mich fallen und nützte diesen Schwung aus, um mich erneut in die Luft zu erheben und immer wieder frisch anzufangen – plumps! plumps! –, dabei vollführte ich einen gewaltigen Lärm auf dem Boden und spürte in meinem Kopf einen eigenartigen, sehr angenehmen schwachen Schwindel... Von diesem Augenblick an konnte ich hüpfen, konnte ich laufen!

Ich bin überzeugt, daß es das erste Mal war, so deutlich ist mir meine überbordende Lust und meine verwunderte Freude noch gegenwärtig.

«Ach, mein Gott, was hat denn der Kleine bloß heute abend?» sagte Großtante Berthe ein wenig beunruhigt. Und ich höre immer noch den Klang ihrer barschen Stimme.

Aber ich hüpfte weiter. Wie die leichtfertigen, lichttrunkenen Mücken, die abends um die Lampen herum wirbeln, hüpfte ich immer noch in diesem Lichtkreis, der sich ausdehnte und zusammenzog, sich verzerrte, dessen Umrisse wie die Flammen schwankten.

Und an das alles kann ich mich so klar erinnern, daß ich selbst die schmalsten Streifen des Teppichs, auf dem sich die Szene abspielte, immer noch vor mir sehe. Er bestand aus einem bestimmten unverwüstlichen Material, das in unserer Gegend von den Webern auf dem Lande verarbeitet wurde und heute völlig aus der Mode gekommen ist; man nannte ihn *nouïs*. (Unser damaliges Haus war so belassen worden, wie meine Großmutter mütterlicherseits es eingerichtet hatte, als sie sich entschied, von der «Insel» fortzuziehen, um sich auf dem Festland niederzulassen. – Ich werde etwas später noch von dieser «Insel» erzählen, die für meine kindliche Phantasie bald eine geheimnisvolle Anziehungskraft erhielt. – Es war ein sehr bescheidenes Provinzhaus, in dem man die hugenottische Strenge spürte und dessen einziger Luxus die tadellose Sauberkeit und Ordnung war.)

Immer noch hüpfte ich in dem Lichtkreis ringsum, der sich eindeutig zunehmend verengte. Aber während des Hüpfens dachte ich nach, und dies so intensiv, wie es gewiß sonst nicht meine Gewohnheit war. Zur gleichen Zeit, da meine Beinchen, mein Verstand erwacht waren, wurde es in meinem Kopf, wo die Gedanken erst ganz blaß heraufdämmerten, ein wenig klarer. Und zweifellos verdankt dieser flüchtige Augenblick meines Lebens seine unauslotbaren Tiefen diesem inneren Erwachen; er verdankt es ihm vor allem, daß er sich bleibend und unauslöschlich in mein Gedächtnis einprägte. Aber vergeblich suche ich bis zur Erschöpfung nach Worten, um all das auszudrücken, dessen unfaßbare Tiefe mir entgleitet... Ich schaute also die Stühle an, die den Wänden entlang aufgereiht waren, und dachte an die alten Menschen – Großmütter, Großtanten und Tanten –, die sie gewöhnlich benützten, die sich in Kürze darauf setzen würden... Weshalb waren sie nicht da? In jenem Augenblick wünschte ich sie nahe bei mir zu haben, um in ihrer Obhut zu sein. Zweifellos hielten sie sich droben im zweiten Stock in ihren Zimmern auf; zwischen ihnen und mir waren die düsteren Treppen – Treppen, von denen ich ahnte, daß sie voller Schatten waren, und die mich schaudern ließen... Und meine Mutter? Ich wünschte vor allem *ihre* Gegenwart herbei; aber ich wußte, daß sie draußen war in jenen langen Straßen, deren äußerstes Ende, deren ferne Grenzen ich mir nicht so richtig vorstellen konnte. Ich hatte sie selbst zur Haustür begleitet und sie gefragt: «Du wirst doch zurückkommen, sag?» Und sie hatte mir versprochen, daß sie wirklich zurückkommen werde. (Man hat mir später erzählt, daß ich als ganz kleines Kind nie irgendein Familienmitglied aus dem Haus gehen ließ, selbst für die kleinste Verrichtung, den kürzesten Besuch nicht, ohne mich zuvor versichert zu haben, daß die Betreffenden die Absicht hatten, wieder zurückzukommen. «Du wirst doch zurückkommen, sag?» war eine Frage, die ich ängstlich zu stellen pflegte, nachdem ich jenen, die weggingen, bis zur Tür gefolgt war.) So war meine Mutter also weggegangen... Mein Herz zog sich ein wenig zusammen beim Gedanken, daß sie dort draußen war... Die Straßen!... Ich war recht froh, daß ich selbst nicht dort war in den Straßen, wo es kalt, wo es dunkel war, wo kleine Kinder verlorengehen konnten... Wie schön war es doch hier, vor diesen wärmenden Flammen, wie schön war es doch *zu Hause!* Vielleicht hatte ich das nie so gut begriffen wie an jenem Abend; vielleicht war dies meine erste echte Empfindung der Verbundenheit mit dem eigenen Heim – und der dunklen Beunruhigung beim Gedanken an das grenzenlose Unbekannte in der Außenwelt. Es muß auch das erste Mal gewesen sein, daß ich eine bewußte Zuneigung für die verehrten Gestalten der Tanten und Großmütter empfand, die meine Kindheit umgaben und die ich zu dieser Stunde der ungewissen Angst vor der Dämmerung alle an ihren gewohnten Plätzen im Kreis um mich herum sitzend zu sehen wünschte...

Indessen schienen die schönen schwankenden Flammen im Kamin zu verlöschen: der Armvoll Kleinholz war verbrannt, und da man die Lampe noch nicht angezündet hatte, wurde es dunkler. Ich war bereits einmal auf den Nouïs-Teppich gefallen, ohne mir weh zu tun, und hatte meinen Rundlauf erst recht wieder aufgenommen. Zeitweilig ergriff mich eine seltsame Freude, wenn ich bis in die finsteren Winkel ging, wo ich von unbeschreiblichen Schrecken vor namenlosen Dingen ergriffen wurde, um dann wieder in den Lichtkreis zu flüchten und dabei mit Schaudern nachzusehen, ob auch nichts hinter mir hervorgekrochen war aus diesen schattigen Winkeln, um mich zu verfolgen.

Dann, als das Feuer ganz erstarb, hatte ich wirklich Angst; Tante Berthe, die allzu unbeweglich auf ihrem Stuhl saß und mir nur mit den Blicken folgte, wirkte nicht mehr tröstlich. Sogar die Stühle, die rings den Wänden entlang aufgereihten Stühle, begannen mich zu beunruhigen wegen ihrer großen schwankenden Schatten, die, von den letzten Zuckungen der Glut bewegt, sich hinter ihnen aufreckten und die Lehnen an den Wänden übermäßig hoch wirken ließen. Und dann hatte es vor allem eine Tür, die auf einen gänzlich dunklen Flur hin halb geöffnet war – auf einen Flur, der zu dem noch trostloseren, noch dunkleren großen Salon führte... Diese Tür, ich starrte sie nun mit weit geöffneten Augen an, und um nichts in der Welt hätte ich es gewagt, ihr den Rücken zuzukehren.

Das war der Anfang meiner Ängste an den Winterabenden, die meine Kindheit in dem sonst so geliebten Haus sehr verdüstert haben.

Das, was ich voller Furcht auf mich zukommen sah, hatte noch keine bestimmte Form; erst später nahmen meine kindlichen Visionen Gestalt an. Aber die Angst war deshalb nicht weniger wirklich und ließ mich mit weit aufgerissenen Augen – neben dem Feuer, das kein Licht mehr spendete, erstarren – als von der entgegengesetzten Seite, durch eine andere Tür, plötzlich meine Mutter eintrat... Oh, wie ich mich da in ihre Arme warf! Ich verbarg meinen Kopf, vergrub mich in ihrem Kleid: das war der vollkommene Schutz, die Zuflucht, zu der nichts mehr Zugang hatte, das Nest der Nester, wo man alles vergaß...

Und von diesem Augenblick an ist der Gedächtnisfaden gerissen, ich kann mich an nichts mehr erinnern.

III

Nachdem dieser erste Schrecken und dieser erste Tanz vor einem Winterfeuer ein unauslöschliches Bild hinterlassen hatten, müssen Monate verstrichen sein, ohne daß sich noch etwas in mein Gedächtnis einprägte. Ich verfiel wieder in den Dämmerzustand der Lebensanfänge, in den kaum einmal unbeständige, verschwommene Visionen eindrangen, grau oder rosa schimmernd im Widerschein der Morgendämmerung.

Und ich glaube, der nächste Eindruck war der, den ich im folgenden wiederzugeben versuche: ein Eindruck von Sommer, von prallem Sonnenschein, von Natur und von einem herrlichen Schrecken, weil ich mich allein mitten im hohen Junigras befand, das meine Stirn überragte. Aber hier sind die Hintergründe noch komplizierter, noch mehr mit Dingen vermischt, die vor meinem jetzigen Leben existierten; ich spüre, daß ich mich darin verlieren werde, ohne irgend etwas ausdrücken zu können...

Es war auf einem Landsitz namens «Limoise»,

der später eine große Rolle in meiner Kindheit spielte. Er gehörte sehr alten Freunden meiner Familie, den D***[2], die in der Stadt, wo ihr Haus das unsrige fast berührte, unsere Nachbarn waren. Vielleicht war ich schon im Sommer zuvor in der «Limoise» gewesen, aber ohne Bewußtheit, wie eine weiße Puppe, die man am Hals mitschleppt. Der Tag, über den ich berichten werde, war sicher der erste, an dem ich als ein kleines Wesen hierherkam, das zu denken, zu träumen und traurig zu sein vermochte. Ich habe den Beginn – die Abreise, die Kutschenfahrt, die Ankunft – vergessen. Aber an einem sehr heißen Nachmittag, als die Sonne schon tief stand, sehe und fühle ich mich wieder glücklich und allein im entlegensten Teil des alten verwilderten Gartens, den graue, mit Efeu und Flechten überzogene Mauern von den Wäldern, dem Heideland, den steinigen Feldern der Umgebung trennten. Für mich, der ich in der Stadt aufgewachsen war, barg dieser sehr große Garten, den man kaum pflegte und wo die Obstbäume vor Alter starben, die Überraschungen und Geheimnisse eines Urwalds. Nachdem ich wohl die Buchsbaum-Einfassung überwunden hatte, verirrte ich mich mitten in eines der großen unbebauten Beete im hinteren Gartenteil und befand mich zwischen irgendwelchen hohen, schwankenden Gewächsen – ich glaube, es war aufgeschossener Spargel –, die von langen, wildwachsenden Gräsern überwuchert wurden. Dann hatte ich mich niedergekauert, wie es alle kleinen Kinder tun, um mich noch mehr in diese Pflanzen zu verkriechen, die mich schon im Stehen weit überragten. Und ich blieb still und ruhig, mit weit aufgesperrten Augen und wachem Verstand, erschrocken und verzaubert zugleich. Was ich angesichts dieser neuen Dinge empfand, war weniger ein Staunen als ein Erinnern; ich *wußte,* daß sie überall da war, die Pracht der grünen Pflanzen, die mich aus so großer Nähe bedrängte und bis in die noch nie erblickten Weiten der Landschaft reichte; ich spürte sie rings um mich, traurig und unermeßlich, und kannte sie bereits auf unerklärliche Weise; sie ängstigte mich, diese Pracht, und doch nahm sie mich auch gefangen – und um so lange als möglich dort bleiben zu können, ohne daß man mich holen würde, verbarg ich mich noch besser; dabei hatte ich sicher den Gesichtsausdruck einer kleinen Rothaut angenommen, die sich über ihre wiedergefundenen Wälder freut.

Aber plötzlich hörte ich, wie man meinen Namen rief: «Pierre![3] Pierre! mein kleiner Pierrot!» Und ohne zu antworten, preßte ich meinen Körper ganz schnell platt auf die Erde unter dem Gras und den feinen verzweigten Spargelstengeln.

Nochmals: «Pierre! Pierre!» Es war Lucette; ich erkannte ihre Stimme sehr wohl und begriff sogar wegen ihres leicht spöttischen Klanges, daß sie mich in meinem grünen Versteck entdeckt hatte.

Ich hingegen sah sie nicht; ich konnte lange nach allen Seiten spähen – niemand!

Mit lautem Lachen und mit einer Stimme, die zunehmend komischer tönte, fuhr sie fort, mich beim Namen zu rufen. Wo mochte sie bloß sein?

Ah, dort drüben, hoch in der Luft! Sie saß auf der Astgabel eines verkrüppelten Baumes, dessen Flechten wie graues Haar aussahen.

Da stand ich auf und fühlte mich gefoppt, weil ich auf diese Weise entdeckt worden war.

Und beim Aufstehen sah ich in der Ferne, über dem Gewirr der wildwachsenden Pflanzen, einen Winkel der mit Efeu bewachsenen alten Mauern, die den Garten umgaben. (Sie sollten mir später sehr vertraut werden, diese Mauern; denn während der schulfreien Donnerstage verbrachte ich manche Stunde dort oben sitzend, die stille ländliche Gegend betrachtend und beim Zirpen der Grillen von noch sonnigeren Orten in fernen Ländern träumend.) Und an jenem Tag vermittelten mir ihre grauen, gespaltenen, von der Sonne gebleichten, mit Flechten gesprenkelten Steine zum ersten Mal im Leben den unbestimmten Eindruck der *Vergänglichkeit der Dinge,* einen Begriff von den Zeiträumen, die es schon vor mir gab, einen Begriff von der Vergangenheit.

Lucette D***, die acht oder neun Jahre älter war als ich, war in meinen Augen schon fast eine erwachsene Person: ich konnte sie noch nicht sehr lange gekannt haben, und doch kannte ich sie schon denkbar lange. Etwas später liebte ich sie wie eine Schwester; dann erlebte ich infolge ihres verfrühten Todes[4] zum ersten Mal in meiner Kindheit einen echten Kummer.

Und ihr Auftauchen im Geäst eines alten Birnbaums ist die erste Erinnerung an sie, die mir gegenwärtig ist. Diese Erinnerung hat sich mir indessen nur deshalb so stark eingeprägt, weil sie mit zwei ganz neuen Gefühlen vermischt war: mit einer verzückten Beunruhigung angesichts der überbordenden grünen Natur und mit einer träumerischen Melancholie beim Anblick der alten Mauern, der früheren Dinge, der vergangenen Zeiten...

IV

Ich möchte jetzt versuchen, den Eindruck wiederzugeben, den das Meer anläßlich der ersten Begegnung bei mir hervorrief – einer Begegnung, welche ein kurzes und unheimliches Zwiegespräch war.

Ausnahmsweise handelt es sich diesmal um ein Erlebnis in der Abenddämmerung; man sah kaum noch etwas, und doch war das Bild, das vor mir auftauchte, derart lebendig, daß es sich mit einem Schlag für immer in mein Gedächtnis eingrub. Und auch rückblickend erschauere ich noch, sobald ich mich im Geist auf diese Erinnerung konzentriere.

Ich war abends mit meinen Eltern in einem Dorf an der Küste von Saintonge[5] in einem für die Badesaison gemieteten Fischerhaus angekommen. Ich wußte, daß wir hierher gereist waren wegen etwas, das als «das Meer» bezeichnet wurde, aber ich hatte es noch nicht gesehen (da ich sehr klein war, war es meinen Blicken durch einen Dünenwall entzogen), und ich war äußerst ungeduldig, es kennenzulernen. Also entwischte ich nach dem Abendessen und ging allein aus dem Haus. Die frische, herbe Luft roch nach irgend etwas Unbekanntem, und ein eigenartiges, schwaches und zugleich großartiges Geräusch war hinter den niedrigen Sandhügeln zu hören, zu denen ein Fußweg hinführte.

Alles machte mir bange, die unbekannte Wegstrecke, die aus einem bedeckten Himmel herabsinkende Dämmerung und auch die Einsamkeit des entlegenen Dorfteils... Trotzdem zog ich mit festem Schritt davon, bestärkt von einem jener plötzlichen großen Entschlüsse, wie sie selbst die furchtsamsten Kinder manchmal treffen...

Dann blieb ich auf einmal stehen, erstarrt, zitternd vor Angst. Vor mir sah ich etwas, etwas Dunkles und Rauschendes, das auf allen Seiten gleichzeitig aufgetaucht war und kein Ende zu nehmen schien, eine wogende Fläche, die einen Todestaumel in mir hervorrief... Es war offensichtlich das Meer; keine Minute des Zögerns, nicht einmal der Überraschung, daß es so war, nein, nichts als der Schrecken; ich erkannte es, und ich erzitterte. Es war dunkelgrün, fast schwarz; es schien unbeständig, heimtückisch, alles verschlingend; es schwankte und überschlug sich überall gleichzeitig mit einem Ausdruck von unheilvoller Bösartigkeit. Darüber war aus dunklem Grau wie ein schwerer Mantel ein aus einem einzigen Stück bestehender Himmel ausgebreitet.

In weiter Ferne, in ganz weiter Ferne, in den unvorstellbar tiefen Räumen des Horizonts, war ein Riß feststellbar, ein Lichtstreifen zwischen Himmel und Wasser, ein langer leerer Spalt von hellgelber Blässe...

Um das Meer so rasch erkennen zu können, hatte ich es denn zuvor schon gesehen?

Vielleicht unbewußt, als man mich im Alter von etwa fünf oder sechs Monaten auf die «Insel»[6] mitgenommen hatte zu einer Großtante, einer Schwester meiner Großmutter. Oder meine seefahrenden Ahnen hatten es so oft betrachtet, daß ich bei der Geburt bereits einen verschwommenen Widerschein seiner Unendlichkeit in meiner Seele hatte.

Wir standen uns einen Augenblick lang gegenüber, und ich war betört von ihm. Zweifellos ahnte ich von dieser ersten Begegnung an auf unerklärliche Weise, daß es mich schließlich eines Tages erobern würde trotz all meines Zögerns, trotz aller Kräfte, die versuchen würden, mich zurückzuhalten... Was ich in seiner Gegenwart empfand, war nicht nur Bangnis, sondern vor allem auch eine namenlose Traurigkeit, ein Gefühl von trostloser Einsamkeit, von Verlassenheit, von Verbannung... Und ich rannte wieder nach Hause, wahrscheinlich mit ganz verstörtem Gesicht und mit vom Wind zerzaustem Haar; ich wollte in größter Eile zur Mutter zurückkehren, sie umarmen, mich an sie schmiegen, mich trösten lassen angesichts dieser tausend unaussprechlichen, vorausgeahnten Todesängste, die mir die Kehle zusammengeschnürt hatten, als ich die grünen, tiefen Weiten erblickte.

V

Meine Mutter!... Schon zwei- oder dreimal habe ich im Verlauf dieser Aufzeichnungen ihren Namen ausgesprochen, jedoch nur beiläufig, ohne dabei zu verweilen. Es scheint, daß sie am Anfang für mich nichts weiter war als eine natürliche Zuflucht, ein Asyl, das mich vor allen Schrecken des Unbekannten, vor jeglichem unbegründeten finsteren Kummer schützte.

Aber ich glaube, das allererste Mal, da ihr Bild ganz real und lebendig, in einem Licht der echten, unaussprechlichen Zärtlichkeit vor mir auftauchte, war an einem Morgen im Mai, als sie mein Zimmer betrat, gefolgt von einem Sonnenstrahl und mit einem Strauß rosaroter Hyazinthen in den Händen. Ich war daran, mich von einer ungefährlichen Kinderkrankheit zu erholen – von den Masern oder vom Keuchhusten, von irgend etwas dieser Art –, und man hatte mich dazu verurteilt, das Bett zu hüten, um mich ganz warm zu halten, und da ich dank der Sonnenstrahlen, die durch die geschlossenen Fensterläden sickerten, den jungen Glanz der Sonne und der Luft erahnte, lag ich betrübt zwischen den Vorhängen meines weißen Bettes; ich wollte aufstehen, hinausgehen; ich wollte vor allem meine Mutter sehen, meine Mutter, um jeden Preis ...

Die Tür ging auf, und meine Mutter kam lächelnd herein. Oh, wie gut sehe ich sie noch vor mir, so, wie sie damals auftauchte im Türrahmen, begleitet von etwas Sonnenschein und von der frischen Luft von draußen. Ich kann mich an alles erinnern, an den Ausdruck ihrer Augen, die meinem Blick begegneten, an den Klang ihrer Stimme, selbst an die Einzelheiten ihrer geliebten Kleidung, die heute so komisch und so altmodisch wirken würde. Sie kam von irgendeinem morgendlichen Gang aus der Stadt zurück. Sie trug einen Strohhut mit gelben Rosen und einen lilafarbenen Schal aus leichtem Wollstoff, *barège* genannt (damals waren Schals Mode), der über und über mit Blumensträußchen in einem dunkleren Violett bedruckt war. Ihre schwarzen Locken – diese geliebten Locken, die ihre Form nicht verändert haben, jedoch heute gebleicht und ganz weiß sind – waren damals von keinem einzigen Silberfaden durchzogen. Sie verströmte den Geruch von Sonne und Sommer, den sie draußen aufgenommen hatte. Ich sehe immer noch ganz deutlich ihr Gesicht an jenem Morgen, das von einem Hut mit langem Schleier umrahmt war.

Zusammen mit dem Strauß rosaroter Hyazinthen brachte sie mir einen kleinen Wasserkrug und ein Puppennäpfchen – Miniaturimitationen der geblümten Fayencen, welche die Dorfbewohner benutzten.

Sie beugte sich über mein Bett, um mir einen Kuß zu geben, und da hatte ich keine Bedürfnisse mehr, weder das Bedürfnis zu weinen, noch das Bedürfnis aufzustehen oder hinauszugehen; sie war da, und das genügte mir; ich war vollkommen getröstet, beruhigt, verändert durch ihre wohltuende Gegenwart...

Ich muß bei dieser Episode etwas mehr als drei Jahre alt gewesen sein, und meine Mutter war damals etwa zweiundvierzig[7]. Aber ich hatte nicht den geringsten Begriff von ihrem Alter; es kam mir nicht einmal in den Sinn, mich zu fragen, ob sie jung oder alt sei; erst einige Zeit später bemerkte ich, daß sie sehr hübsch war. Nein, damals war es *sie,* das war alles; sie war sozusagen eine absolut einzigartige Gestalt, die ich mit keiner anderen vergleichen mochte, die für mich Freude, Sicherheit, Zärtlichkeit ausstrahlte, von welcher alles ausging, was gut ist, auch der wachsende Glaube und das Gebet...

Und ich möchte sie beim ersten Auftritt ihrer gesegneten Gestalt in diesem Buch der Erinnerungen, wenn dies möglich wäre, mit Worten von besonderer Bedeutung begrüßen, mit eigens für sie erfundenen Worten, die es nicht gibt; mit Worten, die allein schon wohltuende Tränen hervorrufen würden, die von einer unfaßbar tröstlichen und verzeihenden Sanftheit wären, die auch die hartnäckige, immer und trotz allem bestehende Hoffnung einschlössen, daß es eine unaufhörliche Vereinigung im Himmel geben wird... Denn ich will hier – da ich nun schon an dieses Geheimnis und an diese Inkonsequenz meines Denkens rühre – nebenbei erwähnen, daß meine Mutter der einzige Mensch auf der Welt ist, bei dem ich nicht das Gefühl habe, daß der Tod mich für immer von ihm trennen wird. Bei anderen Menschen, die ich von ganzem Herzen, von ganzer Seele bewunderte, habe ich inbrünstig versucht, mir irgendein *Nachher* vorzustellen, einen *Tag danach* irgendwo anders, irgend etwas Übersinnliches, das nie zu Ende gehen durfte; aber nein doch, nichts, es gelang mir nicht – und immer war mir mit Schrecken das Nichts im Nichts, der Staub im Staub bewußt. Für meine Mutter hingegen habe ich meinen früheren Glauben fast unversehrt bewahrt. Immer noch scheint mir, daß wenn ich mein elendes bißchen Rolle auf dieser Welt nicht mehr spielen werde, wenn ich nicht mehr auf allen unbegangenen Wegen dem Unmöglichen nachrennen werde, die Leute nicht mehr mit meinen Ermüdungen und mit meinen Ängsten unterhalten werde, daß ich mich dann irgendwo zur Ruhe begeben werde, wo meine Mutter, die mir vorangegangen war, mich empfangen wird; und dieses Lächeln voll heiteren Vertrauens, das sie jetzt zeigt, wird sich dann zu einem Lächeln voller triumphierender Gewißheit gewandelt haben. Ich weiß zwar nicht recht, wie dieser ungewisse Ort beschaffen sein wird, der mir wie eine bleiche, graue Vision vorkommt, und wie verschwommen und unbestimmt Worte auch sein mögen, so verleihen sie diesen Traumideen doch immer noch eine allzu deutliche Form. Und ich stelle mir sogar vor (ich weiß, was ich jetzt sagen werde, ist ziemlich kindisch), ich stelle mir sogar vor, daß meine Mutter an diesem Ort ihr irdisches Aussehen beibehalten hat, ihre geliebten weißen Locken und die geraden Linien ihres hübschen Profils, das mir die Jahre nach und nach zerstören, das ich aber immer noch bewundere. Der Gedanke, daß das Gesicht meiner Mutter eines Tages für immer meinen Blicken entschwinden könnte, daß es nichts weiter als aus einzelnen Teilen zusammengesetzt ist, die auseinanderzufallen und im Weltenabgrund unwiederbringlich verlorenzugehen drohen, dieser Gedanke läßt nicht nur mein Herz bluten, sondern empört mich auch als unannehmbare und widernatürliche Vorstellung. O nein, ich habe das Gefühl, in diesem Gesicht sei etwas Besonderes, das der Tod nicht anrühren wird. Und die Liebe zu meiner Mutter, die von allen Leidenschaften meines Lebens die einzig beständige war, ist übrigens von jeglicher materiellen Bindung so völlig befreit, daß sie allein mich nahezu an etwas Unzerstörbares, nämlich an die Seele glauben läßt; und sie beschert mir zeitweilig auch eine gewisse letzte, unerklärliche Hoffnung...

Ich begreife nicht ganz, weshalb an jenem Morgen das Erscheinen meiner Mutter an meinem Krankenbett mich derart beeindruckte, da sie ja fast ständig bei mir war. Es gibt auch dort noch sehr geheimnisvolle Hintergründe; es war, als hätte sie sich in jenem besonderen Augenblick mir zum ersten Mal im Leben offenbart.

Und weshalb hat der Puppenwasserkrug unter dem aufbewahrten Kinderspielzeug, ohne daß ich es wollte, einen speziellen Wert erlangt, die Bedeutung einer Reliquie angenommen? So sehr, daß ich mich manchmal in der Ferne, zur See, in Stunden der Gefahr, mit Rührung daran erinnerte und ihn wieder vor mir sah an der Stelle, die er seit Jahren zwischen anderen Überbleibseln einnimmt, in einem gewissen Schränkchen, das nie geöffnet wird; so sehr, daß wenn er verschwände, mir ein Amulett fehlen würde, das durch nichts mehr zu ersetzen wäre.

Und jenen armseligen Schal aus lilafarbenem Wollstoff, den ich kürzlich zwischen alten Sachen, die man Bettlerinnen schenken wollte, entdeckte, weshalb ließ ich ihn wie einen wertvollen Gegenstand zur Seite legen?... In seiner jetzt verblichenen Farbe, in seinem indischen Muster aus altmodischen Blumensträußchen finde ich immer noch etwas wie einen wohlwollenden Schutz und ein Lächeln; ich glaube sogar, daß ich durch ihn Frieden, ruhiges Vertrauen, ja fast den Glauben zurückgewinnen kann; schließlich strömt mir aus ihm das ganze Bild meiner Mutter entgegen, vielleicht vermischt mit einer schwermütigen Sehnsucht nach jenen Morgenstunden im Mai, die leuchtender waren als in unseren Tagen...

Eigentlich fürchte ich, daß dieses Buch – übrigens das persönlichste, das ich je geschrieben habe – vielen Leuten recht langweilig vorkommen wird.

Während ich diese Aufzeichnungen mitten in der Stille der erinnerungsträchtigen Abendstunden niederschreibe, ist mir ständig die großartige Königin gegenwärtig, der ich das Buch widmen wollte[8]; es ist, als würde ich ihr einen langen Brief schreiben mit der Gewißheit, bis zum Schluß verstanden zu werden, bis in jene tiefen Abgründe, denen Worte keinen Ausdruck zu verleihen vermögen.

Vielleicht werden auch sie mich verstehen, meine unbekannten Freunde, die mir aus der Ferne mit wohlwollender Sympathie folgen. Und überdies wird keiner der Männer, die ihre Mutter zärtlich lieben oder geliebt haben, die kindlichen Dinge belächeln, die ich soeben gesagt habe – ich bin dessen ganz sicher.

Vielen anderen hingegen, denen eine solche Liebe fremd ist, wird dieses Kapitel wohl ziemlich lächerlich vorkommen. Diese Leute können sich gar nicht vorstellen, wie groß die Verachtung ist, die ich ihnen als Antwort auf ihr Achselzucken entgegenbringe.

VI

Zum Abschluß der gänzlich verworrenen Bilder von den Anfängen meines Lebens möchte ich noch von einem Sonnenstrahl reden – diesmal von einem traurigen –, der bei mir seine unauslöschliche Spur hinterlassen hat und dessen Bedeutung mir nie klar sein wird.

Dieser Strahl tauchte an einem Sonntag vor mir auf, als ich vom Gottesdienst heimkehrte; er fiel durch ein halb geöffnetes Fenster ins Treppenhaus und zog sich auf eigenartige Weise über die weiße Fläche einer Mauer in die Länge.

Ich war zusammen mit meiner Mutter allein aus der Kirche zurückgekommen und stieg an ihrer Hand die Treppe hoch; in dem von Ruhe erfüllten Haus herrschte jener besondere Wohlklang, der den sehr heißen Mittagsstunden im Sommer eigen ist; es muß im August oder September gewesen sein, und wie in unseren Gegenden üblich, war es drinnen bei den in der glutheißen Tageszeit halb geschlossenen Fensterläden ziemlich dunkel.

Gleich beim Betreten des Hauses hatte ich eine schon damals melancholische Vorstellung von der Sonntagsruhe, die auf dem Lande und in den friedlichen Winkeln der kleinen Städte wie ein Stillstand des Lebens wirkt. Als ich aber den Sonnenstrahl sah, der durch jenes Fenster schräg ins Treppenhaus fiel, ergriff mich ein weit stärkeres Gefühl der Traurigkeit, etwas völlig Unverständliches und völlig Neues, das vielleicht beeinflußt und durchdrungen war von der Erkenntnis, wie kurz die Sommer des Lebens sind, wie rasch sie entfliehen und wie unerschütterlich die Ewigkeit der Sonnen ist... Jedoch spielten andere, noch rätselhaftere Dinge mit hinein, die auch nur annähernd zu bezeichnen mir unmöglich wäre.

Ich möchte diese Geschichte des Sonnenstrahls lediglich mit einer Fortsetzung ergänzen, die für mich eng damit verbunden ist. Jahr um Jahr ging vorbei; nachdem ich erwachsen geworden, von einem Ende der Welt zum anderen gereist war und alle Abenteuer bestanden hatte, bewohnte ich zufällig, einen Herbst und einen Winter lang, ein entlegenes Haus am Rand einer Vorstadt von Konstantinopel[9]. Dort glitt jeden Abend zur selben Zeit ein Sonnenstrahl, der durch ein Fenster drang, schräg über die Wand meines Treppenhauses; er beleuchtete eine Art Nische, die in die Mauer gehauen war und in die ich eine Amphore von Athen gestellt hatte. Nun, ich sah diesen Strahl niemals einfallen, ohne an jenen anderen am

Sonntag von damals zu denken und ohne dieselbe, genau dieselbe Traurigkeit zu empfinden, welche kaum von der Zeit gemildert und immer noch ebenso geheimnisvoll war. Als dann der Zeitpunkt kam, da ich die Türkei verlassen, diese gefährliche kleine Wohnung in Konstantinopel verlassen mußte, die ich leidenschaftlich geliebt hatte, mischte sich in den von der Abreise hervorgerufenen seelischen Konflikt von Zeit zu Zeit ein sonderbares Bedauern: nie wieder würde ich den schrägen Sonnenstrahl im Treppenhaus auf die Wandnische und auf die griechische Amphore fallen sehen...

Offensichtlich müssen im Hintergrund von all dem wenn nicht alte Erinnerungen an meine früheren Leben, so doch zumindest ein verschwommener Abglanz von Gedanken der Ahnen vorhanden sein. Dies sind Dinge, die besser aus ihrem Dunkel und ihrem Staub zu befreien ich nicht imstande bin... Im übrigen weiß ich nichts mehr, kann ich nichts mehr sehen; wieder habe ich mich in den Bereich des erlöschenden Traumes, der flüchtigen Vergänglichkeit, des unfaßbaren Nichts begeben...

Und für dieses ganze, nahezu unverständliche Kapitel gibt es keinen anderen Vorwand, als daß es mit dem großen Bestreben nach Aufrichtigkeit, nach absoluter Wahrheit geschrieben wurde.

VII

Im Frühling, in der frischen Maienpracht, auf einem einsamen Weg, der «Route des Fontaines» heißt... (Ich habe mich bemüht, diese Erinnerungen einigermaßen chronologisch zu ordnen; ich denke, dies muß etwa in meinem fünften Lebensjahr geschehen sein.) So befand ich mich also an einem taufrischen Morgen auf jenem Weg, bereits groß genug, um mit Vater und Schwester spazierenzugehen, und ich war ganz verzückt, als ich sah, daß alles so grün geworden war, als ich sah, wie die Blätter sich plötzlich entfaltet hatten, die Sträucher buschig geworden waren; am Wegrand waren die Gräser alle aufs Mal hochgeschossen wie ein riesiges Bukett, zum gleichen Zeitpunkt überall aus dem Boden gewachsen, und die Blüten bildeten eine herrliche Mischung aus rosarotem Storchenschnabel und blauem Männertreu; und ich pflückte, und ich pflückte von diesen Blumen, wußte nicht, zu welchen ich laufen sollte, zertrat sie, benetzte mir die Beine mit Tau; überwältigt von soviel Reichtümern, die mir nach Belieben zur Verfügung standen, wollte ich mit vollen Händen zugreifen und alles mitnehmen. Meine Schwester, die bereits einen Strauß aus Weißdorn, Schwertlilien und langen Gräsern, die wie Federbüsche aussahen, in den Händen hielt, beugte sich zu mir herunter, nahm mich bei der Hand und sagte: «Komm, es reicht jetzt! Wir werden nie alles pflücken können, das siehst du doch.» Aber ich hörte nicht auf sie, denn ich war völlig berauscht von all dieser Pracht und konnte mich nicht erinnern, je etwas Ähnliches gesehen zu haben.

Das war der Anfang jener Spaziergänge mit Vater und Schwester, die lange Zeit (bis zu dem verdrießlichen Lebensabschnitt der Schulhefte, Unterrichtsstunden und Hausaufgaben) fast jeden Tag stattfanden, so daß ich schon sehr früh die Wege der Umgebung und die verschiedenen Blumenarten kannte, die man dort pflücken konnte.

Armselig ist die Landschaft meiner Heimat, eintönig, aber ich liebe sie trotzdem; eintönig, gleichförmig, immer wieder dasselbe: Wiesen mit Gras und Margeriten, in denen ich damals, verborgen zwischen den grünen Stengeln, verschwand; Kornfelder mit von Weißdorn gesäumten Fußwegen... In westlicher Richtung, wo die weiten Ebenen aufhören, suchte ich mit den Blikken das Meer, das manchmal, wenn man sehr weit hinaus ging, über der ohnehin flachen Horizontlinie einen weiteren schmalen Streifen, eine bläuliche, noch vollkommenere Gerade bildete – und so anziehend, nach einiger Zeit so überaus anziehend war wie ein großer geduldiger Magnet, der seiner Macht sicher ist und warten kann.

Meine Schwester und mein Bruder, von dem ich noch nicht gesprochen habe[10], waren um viele Jahre älter als ich, so daß es – vor allem damals – schien, als gehörte ich schon der nächsten Generation an.

Nun, sie waren da, um mich zu verwöhnen, so wie es mein Vater und meine Mutter, meine Großmütter, Tanten und Großtanten taten. Und da ich unter ihnen das einzige Kind war, sproß ich empor wie ein im Gewächshaus zu sehr verhätschelter junger Strauch, zu gut beschützt, zu wenig davon wissend, was Dickicht und Dornen sind...

VIII

Es wird behauptet, daß Leute mit einer Begabung zum Malen (mit Farben oder mit Worten) wahrscheinlich eine Art von Halbblinden sind, die gewöhnlich mit nach innen gerichtetem Blick im Halbschatten, in einem Traumnebel leben und die, wenn sie zufällig sehend werden, zehnmal stärker beeindruckt sind als die übrigen Menschen.

Das kommt mir ziemlich paradox vor.

Aber bestimmt fördert der Halbschatten die Fähigkeit, besser zu sehen; so wie zum Beispiel bei den Rundgemälden die Dunkelheit der Vorhalle eine sehr gute Vorbereitung für das Finale des großen naturgetreuen Bildes ist.

Im Verlauf meines Lebens hätte mich also das wechselnde Blendwerk unserer Welt zweifellos weniger stark beeindruckt, wenn ich diese Reise nicht in einer fast farblosen Umwelt begonnen hätte, im ruhigsten Winkel der gewöhnlichsten aller Kleinstädte, wo ich eine streng religiöse Erziehung erhielt und meine Ausflüge sich auf die Wälder der «Limoise» beschränkten, die mir so unergründlich wie Urwälder vorkamen, oder an die Strände der «Insel», die meinen Blicken ein Stück Unendlichkeit vorgaukelten, wenn ich meine alten Tanten in Saint-Pierre-d'Oléron besuchte.

Die glanzvollste aller Sommerzeiten verbrachte ich großenteils im Hinterhof unseres Hauses; es schien mir, als sei dort meine wichtigste Domäne, und ich liebte sie heiß...

Recht hübsch war dieser Hof, sonniger und luftiger und blütenreicher als die meisten Stadtgärten. Wie eine lange Allee aus grünen Zweigen und Blumen, auf der Südseite von niedrigen alten Mäuerchen gesäumt, von denen Rosenzweige und Geißblattranken herunterhingen und die von den Wipfeln der Obstbäume aus der Umgebung überragt wurden. Diese lange, blütenreiche Allee erweckte den Eindruck von Tiefe und verlief, schmaler werdend, unter Wein- und Jasminlauben bis zu einer Stelle, wo sie sich zu einem großen Salon aus grünem Laub ausweitete – und endete dann an dem sehr alten Gebäude eines Weinkellers, dessen graue Steine unter Weinlauben und Efeublättern verborgen waren.

Ach, wie sehr liebte ich diesen Hinterhof, und wie sehr liebe ich ihn noch!

Ich glaube, die einprägsamsten unter den frühen Erinnerungen an diesen Hof stammen von den schönen langen Sommerabenden. – Welche Wonne, abends vom Spaziergang zurückzukommen in dieses warme, durchsichtige Dämmerlicht, das damals sicher weit herrlicher war als heute, in diesen Hof heimzukehren, den der Stechapfel und das Geißblatt mit den lieblichsten Düften erfüllte, und bei der Ankunft schon an der Tür diese lange Reihe von herabhängenden Zweigen zu sehen!... Unter einer der vordersten, aus den Zweigen des Pfeifenstrauchs gebildeten Lauben glänzte durch eine Lücke im Grün ein Stückchen des noch leuchtenden Abendrots. Und ganz hinten konnte man zwischen den bereits dunkel werdenden Formen des Blättergewirrs drei oder vier Gestalten erkennen, die ganz ruhig auf ihren Stühlen saßen – schwarz gekleidete, unbewegliche Gestalten zwar, die aber trotzdem sehr tröstlich, sehr vertraut, sehr liebenswert waren: Mutter, Großmutter und Tanten. Dann rannte ich auf sie zu und warf mich auf ihre Knie – und das war einer der köstlichsten Augenblicke in meinem Tagesablauf.

IX

Zwei Kinder, zwei ganz kleine, auf niedrigen Sesseln sehr nahe beieinander sitzende Kinder in einem großen Zimmer, das sich bei Anbruch eines Märzabends mit Schatten zu füllen begann. Zwei kleine Fünf- oder Sechsjährige in kurzer Hose, darüber nach der damaligen Mode eine Bluse und eine weiße Schürze tragend; sie waren jetzt ganz ruhig, nachdem sie wild herumgetobt waren, und beschäftigten sich in einer Ecke mit Bleistiften und Papier – obwohl das Erlöschen des Tageslichts sie mit einer unerklärlichen Furcht erfüllte.

Nur eines der beiden Kinder zeichnete: das war ich[11]. Das andere – ein ausnahmsweise für den ganzen Tag eingeladener Freund – schaute aus größtmöglicher Nähe zu. Mit Mühe, aber doch vertrauensvoll, verfolgte er den phantasievollen Schwung meines Bleistifts, den ich ihm fortlaufend zu erklären versuchte. Erklärungen, die notwendig gewesen sein müssen, denn ich schuf zwei empfindsame Werke, deren eines ich «Glückliche Ente», das andere «Unglückliche Ente» betitelte.

Das Zimmer, in dem sich das zutrug, muß um das Jahr 1805 eingerichtet worden sein, als die jetzt sehr alte, arme Großmutter sich verheiratete, die an diesem Abend, in ihrem Directoire-Sessel sitzend, ganz allein vor sich hin sang, ohne uns zu beachten.

An diese Großmutter kann ich mich nur dunkel erinnern, denn ihr Tod trat kurz nach jenem Tag ein. Und da ich ihr im Verlauf dieser Aufzeichnungen kaum mehr in lebender Gestalt begegnen werde, möchte ich hier eine Zwischenbemerkung über sie einschalten.

Sie soll früher angesichts der verschiedensten Heimsuchungen eine tapfere und bewunderungswürdige Mutter gewesen sein. Nach Schicksalsschlägen, wie man sie zu jenen Zeiten erlitt – sie verlor zuerst ihren Gatten, der ganz jung in der Schlacht von Trafalgar fiel, und dann ihren älteren Sohn beim Schiffbruch der «Méduse»[12] –, hatte sie entschlossen zu arbeiten begonnen, um ihren zweiten Sohn – meinen Vater – aufzuziehen bis zu dem Zeitpunkt, da er sie seinerseits umsorgen und mit Wohlstand umgeben konnte. Als sie sich ihrem achtzigsten Altersjahr näherte (von dem sie nicht weit entfernt war, als ich zur Welt kam), umnachtete sich ihr Gemüt plötzlich, und sie wurde kindisch; ich habe sie also kaum anders gekannt als in diesem Zustand, verwirrt und geistesabwesend. Sie pflegte lange vor einem bestimmten Spiegel stehenzubleiben, um im liebenswürdigsten Ton mit ihrem Spiegelbild zu plaudern, das sie mit «meine gute Nachbarin» oder «mein lieber Nachbar» anredete. Aber ihre Verwirrung zeigte sich vor allem darin, daß sie mit überschwenglicher Ergriffenheit die «Marseillaise», die «Parisienne», den «Chant du Départ» sang, alles große Hymnen der Revolution, die damals, als sie jung war, Frankreich begeistert hatten; indessen war sie in jenen unruhigen Zeiten sehr friedlich geblieben und hatte sich nur um ihren Haushalt und ihren Sohn gekümmert, und man war deshalb um so mehr erstaunt, daß der große Aufruhr von damals in ihrem Inneren noch ein Echo hervorrief zu einem Zeitpunkt, da sich bei ihr schon das dunkle Geheimnis der endgültigen Zerrüttung vollzog. Es belustigte mich sehr, ihr zuzuhören; oft lachte ich darüber – allerdings ohne sie respektlos zu verspotten –, und nie flößte sie mir Angst ein, denn sie war sehr hübsch geblieben, mit feinen, regelmäßigen Gesichtszügen, einem sehr sanften Blick, wunderschönem, kaum weiß gewordenem Haar und mit jener zarten Färbung der Wangen, die an vertrocknete Rosen erinnerte und oft das Privileg der Greise ihrer Generation war. Ihr ganzes immer noch anmutiges Persönchen atmete eine gewisse Bescheidenheit, Zurückhaltung und unbefangene Redlichkeit; in der Erinnerung sehe ich sie meist in einen Schal aus rotem Kaschmir gehüllt, auf dem Kopf eine altmodische Haube mit großen grünen Schleifen.

Ihr Zimmer, in dem ich gerne spielte, weil es geräumig und fast während des ganzen Jahres sonnig war, wirkte so schlicht wie das eines ländlichen Pfarrhauses: glänzende Nußbaummöbel aus der Directoire-Epoche, ein großes, mit dikkem roten Kattun überzogenes Bett, ockerfarben gestrichene Wände, an welchen Aquarelle mit Vasen und Blumenbuketts in matt gewordenen Goldrahmen hingen. Schon sehr früh wurde mir bewußt, wieviel Bescheidenheit und Vergangenheit in der Einrichtung dieses Zimmers lag; ich sagte mir sogar, daß die gute alte Großmutter mit ihren Liedern viel weniger reich sein mußte als die andere, um zwanzig Jahre jüngere, die immer schwarze Kleider trug und mir weit mehr imponierte...

Jetzt komme ich auf meine beiden Bleistiftzeichnungen zurück, die sicher die ersten waren, die ich je zu Papier gebracht hatte, auf die beiden Enten, deren soziale Stellungen so unterschiedlich waren.

Für die «Glückliche Ente» hatte ich im Bildhintergrund ein Häuschen und neben dem Tier selbst eine dicke Frau gezeichnet, welche die Ente rief, um sie zu füttern.

Die «Unglückliche Ente» hingegen schwamm allein und verlassen auf einer Art Nebelmeer, dargestellt mit zwei, drei parallelen Strichen, und in der Ferne waren die Umrisse einer düsteren Küste sichtbar. Das dünne Papier, ein aus irgendeinem

Buch herausgerissenes Blatt, war auf der Rückseite bedruckt, und die Buchstaben, die Zeilen schienen hindurch als gräuliche Flecken, welche in meinen Augen plötzlich den Eindruck der Wolken am Himmel hervorriefen; durch diese Flecken im Hintergrund wurde die unbedeutende Zeichnung, die unbeholfener war als eine Schmiererei auf einer Schulzimmerwand, auf seltsame Weise vervollkommnet und erlangte für mich auf einmal eine beängstigende Tiefe; da zudem die Dämmerung hereinbrach, erweiterte sich das Bild wie eine Vision, wölbte sich in der Ferne wie die blasse Oberfläche des Meeres. Ich wurde von meinem eigenen Werk in Angst versetzt, da ich Dinge darin entdeckte, die ich sicher nicht beabsichtigt hatte und die ich übrigens kaum kennen konnte. – «Oh», sagte ich überschwenglich, mit völlig veränderter Stimme, zu meinem kleinen Kameraden, der mich überhaupt nicht verstand, «siehst du?... Ich kann es nicht anschauen!» Ich verdeckte die Zeichnung mit meinen Fingern, sah sie aber trotzdem immer wieder an. Und betrachtete sie sogar so aufmerksam, daß ich sie heute, nach all den Jahren, immer noch so sehe, wie sie mir damals in ihrer Verwandlung vorkam: Ein Lichtschimmer zog sich dem Horizont des unbeholfen skizzierten Meeres entlang, über dem Rest des Himmels lasteten Regenwolken, und es schien mir, es sei ein Winterabend bei heftigem Wind; die unglückliche Ente schwamm allein, weit weg von Familie und

Freunden, auf die neblige Küste im Hintergrund zu (zweifellos, um dort für die Nacht Schutz zu suchen), auf welcher die trostloseste Schwermut lastete...

Und gewiß spürte ich eine flüchtige Minute lang im voraus genau jene Beklemmung, die mich später im Verlauf meines Seemannslebens befallen sollte, wenn mein Schiff abends bei schlechtem Dezemberwetter bis zum nächsten Tag in irgendeiner unbewohnten Bucht an der bretonischen Küste Schutz suchte, oder vor allem, wenn wir im Dämmerlicht des südlichen Winters in die Gewässer der Magellan-Straße[13] führen, um ein wenig Trost zu finden an dem verlassenen Landstrich, der sich dort hinzieht, obwohl er ebenso ungastlich, ebenso unendlich einsam ist wie das Wasser ringsumher...

Als das visionsähnliche Bild verschwunden war, fand ich mich wieder in dem großen schmucklosen Zimmer, in das die Schatten eindrangen und in dem meine Großmutter sang; ich war wieder das ganz kleine Wesen, das noch nichts gesehen hatte von der weiten Welt und sich fürchtete, ohne zu wissen wovor, und das nicht einmal mehr begriff, weshalb es hatte weinen müssen.

Seither habe ich übrigens oft bemerkt, daß formlose, von Kinderhand entworfene Kleksereien, Bilder in kunstlosen, kalten Farben viel stärker beeindrucken können als gekonnte, ja sogar geniale Gemälde, und zwar gerade deswegen, weil sie unvollständig sind und deshalb den Betrachter veranlassen, tausend selbstempfundene Dinge hinzuzufügen, tausend Dinge, die aus den unauslotbaren Urtiefen kommen und die kein Pinsel je zu erfassen vermöchte.

X

Über dem Zimmer meiner armen alten Großmutter, welche die «Marseillaise» sang, im zweiten Stock jenes Teils unseres Hauses, das gegen die Höfe und Gärten lag, wohnte meine Großtante Berthe. Von ihren Fenstern aus erblickte man, über einige Häuser und einige niedrige, mit Rosen oder Jasmin bewachsene Mauern hinweg, die ziemlich nahe gelegene Stadtmauer[14] und weiter weg einen kleinen Teil der als *prées* bezeichneten weiten Ebenen unserer Gegend, die im Sommer mit hohem Gras bewachsen sind und so flach, so monoton wie das nahe Meer aussehen.

Von dort oben war auch der Fluß sichtbar. Während der Flutzeit, wenn das Wasser auf dem höchsten Stand war, wirkte er in der grünen Ebene wie ein Stück Silberschnur, und die kleinen und großen Schiffe fuhren in der Ferne auf diesem dünnen Wasserstreifen in Richtung des Hafens oder der offenen See. Das war übrigens unser einziger Ausblick auf das eigentliche weite Land; deshalb hatten die Fenster meiner Großtante Berthe für mich schon sehr früh eine besondere Anziehungskraft. Vor allem abends, wenn die Sonne unterging und man von dort aus ihre rote Scheibe so gut sehen konnte, wie sie geheimnisvoll hinter dem Weideland versank... Ach, diese Sonnenuntergänge, die ich von Tante Berthes Fenstern aus beobachtete, was für eine große Begeisterung und Melancholie hinterließen sie doch manchmal bei mir! Da waren die Sonnenuntergänge im Winter, die blaßrosa durch die geschlossenen Fenster schimmerten, oder die Sonnenuntergänge im Sommer, jene an den Gewitterabenden, die heiß und herrlich waren und die man bei weit geöffneten Fenstern lange betrachten konnte, wobei man den Duft des auf den Mauern wachsenden Jasmins einatmete... Nein, solche Sonnenuntergänge gibt es heute sicher keine mehr... Wenn sie sich als besonders prächtig oder außergewöhnlich ankündigten und ich nicht dort war, rief mich Tante Berthe, die keinen einzigen davon versäumte, eilig herbei: «Kleiner!... Mein Kleiner... komm schnell!» Auch wenn ich am anderen Ende des Hauses war, hörte ich sie rufen, und ich verstand; dann flog ich wie ein kleiner Sturmwind die Treppe hoch, dies um so schneller, als das Treppenhaus sich allmählich mit Schatten füllte und sich in seinen Biegungen, in seinen Winkeln schon jene phantasierten Schemen von Gespenstern oder Tieren abzeichneten, die es nachts zu meinem großen Schrecken nur selten unterließen, auf den Stufen hinter mir herzulaufen...

Das Zimmer meiner Großtante Berthe war ebenfalls sehr schlicht eingerichtet und hatte Vorhänge aus weißem Musselin. Die mit einer gemusterten Tapete vom Anfang unseres Jahrhunderts überzogenen Wände waren wie bei der Großmutter im unteren Stockwerk mit Aquarellen geschmückt. Was ich aber besonders aufmerksam anschaute, war ein Pastell nach Raffael, das eine in Weiß, Blau und Rosa gehüllte Madonna darstellte. Gerade die letzten Sonnenstrahlen beleuchteten sie immer vollständig (und ich habe bereits gesagt, daß die Zeit des Sonnenuntergangs die eigentliche Zeit jenes Zimmers war). Nun, diese Madonna glich Tante Berthe; trotz des großen Altersunterschieds war die Ähnlichkeit der sehr geraden und sehr regelmäßigen Linien ihrer beiden Profile auffällig.

Auf demselben zweiten Stockwerk, jedoch auf der Straßenseite, wohnten meine andere Großmutter – jene, die sich immer schwarz kleidete – und ihre Tochter, meine Tante Claire, die mich von allen im Haus am meisten verwöhnte. Im Winter, wenn ich nach Sonnenuntergang Tante Berthes Zimmer verließ, pflegte ich zu ihnen zu gehen. Im Zimmer der Großmutter, wo ich sie im allgemeinen beide zusammen vorfand, setzte ich mich auf einem für mich hingestellten Kinderstuhl ans Kaminfeuer, um die jedesmal etwas unangenehme, etwas beängstigende Stunde des Zwielichts dort zu verbringen. Nach all den Aufregungen, all den wilden Sprüngen des Tages hielt mich diese trübe Stunde fast immer auf demselben kleinen Stuhl gefangen, von welchem aus ich mit weit geöffneten, unruhigen Blicken nach den geringsten Veränderungen in den Schattenumrissen spähte, wobei ich besonders zur halboffenen Tür hin blickte, die ins dunkle Treppenhaus führte. Hätte man gewußt, welche Schwermut und welche Ängste die Dämmerstunden bei mir hervorriefen, hätte man natürlich rasch die Lampe angezündet, um mir das zu ersparen; aber man verstand mich nicht, und die Menschen um mich herum, die fast alle schon betagt waren, pflegten, wenn der Tag verging, lange ruhig an ihren Plätzen zu verharren, ohne des Lampenlichts zu bedürfen. Wenn die Nacht immer schwärzer wurde, mußte sogar eine der beiden Frauen, die Großmutter oder die Tante, ihren Stuhl ganz, ganz nahe zu mir heranrücken, damit ich ihren Schutz unmittelbar hinter mir spürte; dann sagte ich vollständig beruhigt: «Erzähl mir jetzt Geschichten von der ‹Insel›!»

Die «Insel», das heißt die Insel Oléron[15], war ihre Heimat und jene meiner Mutter; sie hatten sie alle drei etwa zwanzig Jahre vor meiner Geburt verlassen, um sich hier auf dem Festland niederzulassen. Und es ist sonderbar, was für einen Zauber diese Insel und jeder auch noch so unbedeutende Gegenstand, der von dort stammte, auf mich ausübte.

Wir waren nicht sehr weit davon entfernt, denn von einer bestimmten Dachluke unseres Hauses aus erblickte man sie bei klarem Wetter ganz am Ende, am äußersten Ende der weiten gleichförmigen Ebenen als schwache bläuliche Linie oberhalb jener anderen dünnen, aber blasseren Linie der Meerenge, die sie von uns trennte. Um sich jedoch dorthin zu begeben, dauerte die Reise sehr lange mit den schlechten Bauernkutschen und den Segelschiffen, in denen man oft bei starker westlicher Brise hinübersetzen mußte. Zu jener Zeit hatte ich im Städtchen Saint-Pierre-d'Oléron drei alte Tanten, die vom Ertrag ihrer Meersalinen – dem Rest eines zerronnenen Vermögens – und von den jährlichen Abgaben, welche die Bauern ihnen noch in Form von Säcken voller Getreide bezahlten, sehr bescheiden lebten. Wenn wir ihnen in Saint-Pierre einen Besuch abstatteten, war dies für mich eine Freude, die mit allen möglichen komplizierten, noch unausgegorenen Gefühlen vermischt war, welche ich mir nicht richtig zu erklären vermochte. Der vorherrschende Eindruck war, daß ihre Gestalten, ihr hugenottisch strenges Benehmen, ihr Lebenswandel, ihr Haus, ihre Möbel, kurz alles aus einer verflossenen Epoche, aus einem früheren Jahrhundert stammte; und dann war da das Meer, das man ringsum erahnte und das uns von der Welt absonderte, sowie eine noch flachere, noch stärker vom Wind gepeitschte Landschaft, die ausgedehnten Sandflächen, die langen Strände...

Mein Kindermädchen kam ebenfalls aus Saint-Pierre-d'Oléron, aus einer Hugenottenfamilie, die der unsrigen über Generationen gedient hatte, und sie hatte eine Art, die Worte «auf der Insel» auszusprechen, mit der sie in einem Schauder ihr ganzes Heimweh auf mich übertrug.

Eine Menge unbedeutender Gegenstände, die von der «Insel» stammten und sehr seltsam waren, hatten bei uns ihren festen Platz. Zunächst waren da die riesigen schwarzen, wie Kanonenkugeln aussehenden Kieselsteine, an der «Grand'-côte»[16] unter Tausenden ihrer Art ausgesucht, nachdem sie jahrhundertelang an den Stränden hin- und hergerollt und poliert worden waren. Sie gehörten zu den pünktlich wiederkehrenden Gegenständen an den Winterabenden. Während des Feierabends legte man sie in das herrlich brennende Kaminfeuer; danach steckte man sie in mit Blumen bedruckte Kattunsäcke, die ebenfalls von der Insel stammten, und legte sie in die Betten, wo sie die Füße der Schlafenden bis zum Morgen warm hielten.

Und dann gab es im Keller Heugabeln und Tonkrüge; es gab vor allem auch eine Menge langer gerader Stangen für die Wäscheleine; sie bestanden aus dem Holz junger Ulmen, die in Großmutters Wäldern ausgewählt und gefällt worden waren. Alle diese Dinge hatten in meinen Augen einen seltenen Reiz.

Ich wußte, daß Großmutter diese Wälder nicht

mehr besaß, ebensowenig wie die Meersalinen oder die Weinberge; ich hatte gehört, daß sie beschlossen hatte, sie nach und nach zu verkaufen, um das Geld auf dem Festland anzulegen, und daß ein gewisser, nicht sehr zuverlässiger Notar dieses Kapital schlecht plaziert hatte, so daß es auf eine sehr kleine Summe zusammengeschmolzen war. Wenn ich zur «Insel» fuhr und ehemalige Salinenarbeiter oder ehemalige Rebbauern meiner Familie mich immer noch treu und ergeben «unser kleiner Herr» nannten, so taten sie dies aus reiner Höflichkeit und Rücksicht auf die Vergangenheit. Aber das alles rief bei mir eine große Sehnsucht hervor. Es schien mir weit wünschenswerter, das Leben mit dem Überwachen von Wein- oder Getreideernten zu verbringen, wie es manche meiner Vorfahren getan hatten, als so wie ich in einem Stadthaus eingesperrt zu sein.

In den Geschichten von der Insel, welche mir Großmutter und Tante Claire erzählten, ging es vor allem um Abenteuer aus ihrer Kindheit, und diese Kindheit erschien mir weit, sehr weit weg zu sein, versunken in Zeiten, die ich mir wie die Träume nur im Halbdunkel vorstellen konnte. Es waren immer Großeltern damit verbunden und nie gekannte, seit vielen Jahren verstorbene Großonkel, deren Namen ich mir sagen ließ und deren Aussehen mich neugierig machte, mich in endlose Träumereien versetzte. Da war vor allem ein gewisser Großvater namens Samuel, der während der Glaubensverfolgungen[17] gelebt hatte und dem ich daher ein ganz besonderes Interesse entgegenbrachte.

Ich legte bei diesen Geschichten keinen Wert auf Abwechslung; oft sogar ließ ich mir solche, die schon erzählt worden waren, von Anfang an wiederholen, weil sie mich mehr als üblich gefesselt hatten.

Im allgemeinen handelte es sich um Reisen (auf jenen Eselchen, die früher im Leben der Leute auf der Insel eine sehr große Rolle spielten) zu entfernten Besitztümern, zu Weinbergen, oder es galt die Sandflächen der «Grand'côte» zu durchqueren; dann entluden sich an den Abenden solcher Ausflüge schreckliche Gewitter, die zum Übernachten in Herbergen, in Bauernhöfen zwangen...

Und wenn dann meine Phantasie so richtig auf die Dinge von damals konzentriert war und die Dunkelheit sich völlig verdichtet hatte, ohne daß mir dies bewußt geworden war, rief – klingkling – die Tischglocke zum Abendessen!... Ich stand auf, hüpfte vor Vergnügen. Wir gingen zusammen ins Eßzimmer hinunter, wo ich die ganze Familie versammelt fand, wo die Lampen angezündet waren, Fröhlichkeit herrschte und wo ich zuallererst auf Mama zustürzte, um mein Gesicht in ihrem Kleid zu verbergen.

XI

Gaspard war ein untersetztes und schwerfälliges Hündchen, ein nicht besonders hübsch aussehendes Tier, dessen ganzes Wesen sich aber in zwei großen Augen voller Lebensfreude und Freundschaft spiegelte. Ich weiß nicht mehr, auf welche Weise dieser Hund aufgenommen worden war in unserem Haus, wo er, von mir zärtlich geliebt, einige Monate verbrachte.

Nun, eines Abends hatte Gaspard mich auf einem Winterspaziergang verlassen. Man tröstete mich damit, daß er sicher allein zurückkommen werde, und ich ging ziemlich tapfer nach Hause. Als aber die Nacht anbrach, zog sich mein Herz schmerzlich zusammen.

Meine Eltern hatten an jenem Tag einen begabten Violinisten zum Abendessen eingeladen, und man hatte mir erlaubt, länger aufzubleiben, um ihn spielen zu hören. Schon seine ersten Bogenschwünge, sobald er irgendein untröstliches Adagio zum Seufzen brachte, beschworen bei mir Bilder von dunklen Straßen in den Wäldern herauf und eine schwarze Nacht, in der man sich verlassen und verloren fühlt; dann sah ich ganz deutlich, wie Gaspard im Regen auf einer schicksalhaften Kreuzung umherirrte und, da er sich nicht mehr zurechtfand, in unbekannter Richtung davonlief, um nie mehr zurückzukommen... Da traten mir die Tränen in die Augen, und niemand bemerkte es, während die Geige fortfuhr, in der Stille ihre traurigen Seufzer auszustoßen, die aus der Tiefe der Abgründe beantwortet wurden von Visionen, die keine Form, keinen Namen, keinen Sinn mehr hatten.

Dies war mein erstes Erlebnis mit der Musik als Beschwörerin von finsteren Schatten. Danach vergingen Jahre, bevor ich Zugang zu ihr fand, denn die kurzen Klavierstücke, die ich selbst zu spielen begann und die, wie man sagte, «für mein Alter bemerkenswert» seien, waren noch nichts weiter als ein angenehmer rhythmischer Klang in meinen Ohren.

XII

Im folgenden geht es um eine Angst, die daher rührte, daß man mir etwas vorgelesen hatte. (Ich selbst las nie und verachtete die Bücher sehr.[18])

Ein kleiner Junge, der große Schuld auf sich geladen hatte, indem er seine Familie und seine Heimat verließ, stattete seinem Elternhaus nach einigen Jahren, in deren Verlauf seine Mutter, sein Vater und seine Schwester gestorben waren, wieder einen Besuch ab. Natürlich geschah es im November, und der Autor beschrieb den grauen Himmel, sprach vom Wind, der die letzten Blätter von den Bäumen riß.

In dem verwilderten Garten entdeckte der verlorene Sohn in einer Laube aus kahlen Zweigen, als er sich zum feuchten Boden hinunter bückte, zwischen dem vielen Herbstlaub eine blaue Perle, die an diesem Ort liegengeblieben war seit der Zeit, da er hier mit seiner Schwester gespielt hatte...

Ach, wie ich da aufsprang und bat, man solle nicht weiterlesen, während ein Schluchzen in mir aufstieg!... Ich hatte sie gesehen, wahrhaftig gesehen, den verlassenen Garten, die alte entblätterte Laube und, unter dem rostroten Laub halb versteckt, die blaue Perle als Erinnerung an eine verstorbene Schwester... All das tat mir weh, so schrecklich weh, gab mir einen Begriff vom kraftlosen Dahinschwinden des Daseins und der Dinge, vom endlosen Dahinwelken alles Bestehenden...

Es ist eigenartig, daß mir aus meiner so liebevoll umsorgten Kindheit vor allem traurige Bilder im Gedächtnis geblieben sind. Natürlich bildeten diese Stimmungen die sehr seltenen Ausnahmen, und für gewöhnlich lebte ich mit der für alle Kinder üblichen, fröhlichen Unbekümmertheit; aber zweifellos hinterließen diese Tage vollkommener Heiterkeit gerade deshalb keine Spuren in meinem Gedächtnis, weil sie das Übliche waren, und deshalb kann ich mich ihrer nicht mehr entsinnen.

Ich habe auch viele Erinnerungen an die Sommerzeit, die alle ähnlich sind und die auf den in meinem Gedächtnis angesammelten verworrenen Dingen so etwas wie helle Sonnenflecken bilden.

Die große Hitze, der tiefblaue Himmel, das Flimmern unserer Sandstrände, das von den weißgekalkten Hütten unserer kleinen Dörfer auf der «Insel» zurückgeworfene Licht erweckten immer dieselben melancholischen, schläfrigen Gefühle, die sich später in den islamischen Ländern mit noch größerer Intensität erneut einstellten.

XIII

«Zur Mitternacht aber ward ein Geschrei: ‹Siehe, der Bräutigam kommt; gehet aus, ihm entgegen!› ... und die bereit waren, gingen mit ihm hinein zur Hochzeit; und die Tür ward verschlossen. Zuletzt kamen auch die anderen Jungfrauen und sprachen: ‹Herr, Herr, tu uns auf!› Er antwortete aber und sprach: ‹Wahrlich, ich sage euch, ich kenne euch nicht. Darum wachet; denn ihr wisset weder Tag noch Stunde, in welcher des Menschen Sohn kommen wird.›»[19]

Nach diesen laut vorgelesenen Versen klappte mein Vater die Bibel zu; im Salon, wo wir alle, auch die Bediensteten, versammelt waren, wurden Stühle gerückt, und jedermann kniete nieder, um zu beten. Wie es in den alten protestantischen Familien Sitte war, geschah dies jeden Abend, bevor man für die Nachtruhe auseinanderging.

«Und die Tür ward verschlossen...» Ich kniete auf dem Boden und hörte dem Gebet nicht mehr zu, denn es erschienen mir die törichten Jungfrauen... Sie trugen weiße Schleier, die flatterten, als sie angstvoll herbeieilten, und in den Händen hielten sie Lämpchen mit zuckenden Flammen, welche sogleich erloschen und die Jungfrauen für immer draußen in der Finsternis zurückließen, vor dieser verschlossenen, in alle Ewigkeit unwiderruflich verschlossenen Tür... Also konnte es doch einen Zeitpunkt geben, da es für alles Bitten und Flehen zu spät sein würde, da der Herr, unserer Sünden überdrüssig, uns nicht mehr erhören würde!... Ich hatte diese Möglichkeit noch nie in Betracht gezogen. Und eine dunkle, große Furcht ergriff mein ganzes Wesen angesichts dieser unausweichlichen Verdammnis, eine Furcht, die bis dahin meinem Kleinkinderglauben ferngeblieben war...

Während langer Zeit, wochen- und monatelang, quälte mich das Gleichnis von den törichten Jungfrauen im Schlaf. Und jeden Abend wiederholte ich bei Anbruch der Dunkelheit innerlich die wohltönenden und zugleich furchteinflößenden Worte: «Darum wachet; denn ihr wisset weder Tag noch Stunde, in welcher des Menschen Sohn kommen wird.» – «Wenn er nun heute nacht käme», dachte ich, «wenn ich aufgeweckt würde von der ‹Stimme wie großes Wasserrauschen›, von der Posaune des Engels, die den unermeßlichen Schrecken über das Ende der Welt verkünden würde...» Und ich schlief nicht ein, bevor ich nicht ausführlich gebetet und um die Gnade des Herrn gefleht hatte.

Ich glaube übrigens kaum, daß es je ein Kind gab, dessen Gewissen skrupulöser war als das meine; bei allem hatte ich übermäßige Zweifel, oft unverstanden von jenen, die mich am meisten liebten, was mir das Herz sehr schwer machte. So erinnere ich mich, daß ich tagelang von nichts anderem als von der Besorgnis geplagt wurde, etwas gesagt, etwas erzählt zu haben, das nicht ganz genau stimmte. Das ging so weit, daß man mich fast jedesmal, wenn ich etwas fertig erzählt oder erklärt hatte, leise und in einem Ton wie jemand, der den Rosenkranz murmelt, denselben immer gleichbleibenden Satz stammeln hörte: «Eigentlich weiß ich wahrscheinlich gar nicht so recht, wie sich das zugetragen hat.» Immer noch denke ich rückblickend mit einer gewissen Bedrückung an jene tausend kleinen Gewissensbisse und Ängste vor der Sünde, die zwischen meinem sechsten und achten Lebensjahr Kälte und Schatten auf meine Kindheit warfen.

Wenn man mich zu jener Zeit fragte, was ich später werden wolle, antwortete ich jeweils, ohne zu zögern: «Pfarrer» – und ich schien meiner religiösen Berufung absolut sicher zu sein. In meiner Umgebung lächelte man darüber, und zweifellos fand man es in Ordnung, da ich es ja so wollte.

Abends und vor allem nachts dachte ich ständig an dieses «Nachher», das einen Namen trug, der an sich schon voller Bangnis war: an die Ewigkeit. Und mein Weggang aus dieser Welt – einer Welt, die ich doch kaum gesehen hatte und die nichts war als ein bedeutungsloser, ein äußerst farbloser Winkel – schien mir sehr nahe zu sein. Mit Ungeduld und Todesangst zugleich stellte ich mir in baldiger Zukunft ein Leben in strahlend weißer Kleidung, in einem hellen Lichtglanz vor, mit einer großen Zahl von Engeln und Auserwählten um den «Thron des Lammes» sitzend und mit diesen einen unermeßlichen, bewegten Kreis bildend, der beim Klang einer Musik in der unendlichen Leere des Himmels langsam, unaufhörlich und schwindelerregend schwanken würde...

XIV

«Als ein kleines Mädchen... einmal eine sehr große Frucht aus den Kolonien entzweibrach... kroch ein Tier daraus hervor, ein grünes Tier... welches das Mädchen stach... und dann starb es daran.»

Es ist meine kleine Freundin Antoinette (sie sechs, ich sieben Jahre alt), welche mir diese Geschichte erzählt im Zusammenhang mit einer Aprikose, die wir soeben entzweigebrochen haben, um sie miteinander zu teilen. Wir sitzen im schönen Monat Juni zuhinterst in ihrem Garten unter einem dicht belaubten Aprikosenbaum, ganz nahe nebeneinander auf ein und demselben Schemel, in einem Haus so groß wie ein Bienenstock, das wir für unseren persönlichen Gebrauch aus alten Brettern selbst gebaut und mit fremdländischen Matten bedeckt haben, in denen früher Kaffee aus den Antillen eingepackt gewesen war. Durch unser Dach aus grobem Strohgeflecht fallen feine Sonnenstrahlen auf uns; sie tanzen auf unseren weißen Schürzen, auf unseren Gesichtern –

weil die Blätter eines nahen Baumes sich in einer warmen Brise bewegen. (Während mindestens zwei Sommern war es unser beliebtester Zeitvertreib, auf diese Weise in Winkeln, die uns einsam vorkamen, Robinsonhütten zu bauen und darin gut versteckt zusammenzusitzen, um miteinander zu plaudern.) In der Geschichte vom kleinen Mädchen, das von einem Tier gestochen wurde, verfiel ich schon bei der Stelle «... eine sehr große Frucht aus den Kolonien» sofort in Träumereien. Und es erschien mir ein Bild mit Bäumen, mit fremdartigen Früchten, mit von wunderschönen Vögeln bewohnten Wäldern.

Oh, wie verwirrend, wie magisch klang doch in meiner Kindheit dieses einfache Wort «Kolonien», das damals für mich die Gesamtheit aller warmen Länder in der Ferne bezeichnete, mit ihren Palmen, ihren großen Blüten, ihren Negern, ihren Tieren, ihren Abenteuern. Aus dem Durcheinander, das ich mit diesen Dingen anstellte, entstand ein völlig richtiges Gefühl für das Ganze, eine Intuition für seine dumpfe Pracht und ermattende Melancholie.

Ich glaube, an die Palme wurde ich zum ersten Mal erinnert durch einen Stich in dem Buch «Die jungen Naturalisten» von Madame Ulliac-Trémadeur[20], einem Neujahrsgeschenk, aus dem ich mir abends vorlesen ließ. (Die Palmen aus den Gewächshäusern waren damals in unserer Kleinstadt noch nicht aufgetaucht.) Der Illustrator hatte zwei dieser unbekannten Bäume am Rand eines Strandes, an dem Neger entlanggingen, dargestellt. Kürzlich betrachtete ich aus Neugierde wieder einmal dieses anregende Bild in dem vergilbten, von der Winterfeuchtigkeit beschädigten Buch, und ich habe mich wirklich gefragt, wie es in mir auch nur den geringsten Traum hätte erwecken können, wenn meine Kinderseele nicht schon so voller uralter Erinnerungen gewesen wäre...

Ach, die Kolonien! Unmöglich zu sagen, was in meinem Kopf allein beim Aussprechen dieses Wortes alles aufwachen wollte! Eine Frucht aus den Kolonien, ein Vogel von dort, eine Muschel verwandelten sich für mich sofort in nahezu verzauberte Gegenstände.

Es gab bei der kleinen Antoinette eine Menge von Dingen aus den Kolonien: einen Papagei, bunt gefärbte Vögel in einer Voliere, Muschel- und Insektensammlungen. In den Schubladen ihrer Mama hatte ich seltsame Halsketten aus Samenkörnern als Duftspender gesehen. Auf dem Dachboden ihres Hauses, wo wir manchmal zusammen herumstöberten, fand man Tierfelle, eigenartige Beutel, Kisten, auf denen noch Adressen aus Städten der Antillen zu lesen waren; und im ganzen Haus herrschte ein undefinierbarer exotischer Wohlgeruch.

Wie ich schon gesagt habe, war ihr Garten vom unsrigen nur durch sehr niedrige Mauern getrennt, die von Rosen- und Jasminsträuchern überwachsen waren. Und ein großer hundertjähriger Granatapfelbaum, der in ihrem Garten wuchs, streckte seine Zweige zu uns herüber, streute im Frühling seine korallenfarbigen Blütenblätter in unseren Hof.

Oft führten wir ein Gespräch von Haus zu Haus: «Kann ich spielen kommen, sag? Ist deine Mama einverstanden?» – «Nein; ich war unartig, ich sitze meine Strafe ab.» (Das kam bei ihr häufig vor.)

Dann war ich sehr enttäuscht; aber ich muß gestehen, es war eigentlich weniger ihretwegen als wegen des Papageis und wegen der exotischen Gegenstände.

Die kleine Antoinette, war dort in den Kolonien zur Welt gekommen, und – wie seltsam! – sie schien nicht zu begreifen, wieviel das bedeutete; sie war nicht entzückt darüber, sie konnte sich kaum daran erinnern ... Während ich alles auf der Welt dafür gegeben hätte, wenn sich diese fernen Länder in meinen Augen auch nur für einen flüchtigen Augenblick widerspiegelt hätten – Länder, die, ich fühlte es sehr wohl, völlig unerreichbar waren ...

Mit einem fast quälenden Bedauern, dem Bedauern eines in seinem Käfig eingesperrten Pinseläffchens, dachte ich daran, daß ich in meinem Pfarrerdasein, wie lange es auch dauern mochte, diese Länder leider niemals, niemals sehen würde ...

XV

Ich möchte über das Spiel berichten, mit dem wir, Antoinette und ich, uns im Verlauf der beiden schon erwähnten herrlichen Sommerperioden die Zeit am liebsten vertrieben.

Das ging so: Am Anfang waren wir Raupen; auf dem Bauch und auf den Knien krochen wir mühsam auf dem Boden herum und suchten Blätter zum Essen. Dann stellten wir uns vor, daß ein unbezwingbares Schlafbedürfnis unsere Sinne abstumpfte, und wir legten uns in irgendeinem Schlupfwinkel unter Zweigen nieder, den Kopf von der weißen Schürze bedeckt: wir hatten uns in Kokons, in Schmetterlingspuppen verwandelt.

Dieser Zustand dauerte mehr oder weniger lange, und wir versetzten uns so gut in unsere Rolle von Insekten in der Metamorphose, daß einem indiskreten Lauscher Sätze wie die folgenden zu Ohren gekommen wären, die wir in völlig überzeugtem Ton miteinander austauschten: «Denkst du, daß du bald davonfliegen wirst?» – «Oh, ich spüre, daß es nun nicht mehr lange dauern wird; in meinen Schultern... entfaltet es sich bereits...» (Das waren natürlich die Flügel.)

Endlich wachte man auf; man streckte sich, nahm komische Stellungen ein und sagte nichts mehr zueinander, als wäre man durchdrungen vom großartigen Ereignis der letzten Verwandlung...

Dann begann man auf einmal ausgelassen umherzurennen – sehr leichtfüßig und immer in dünnen Schuhen; mit beiden Händen hielt man die Ecken der Kinderschürzen hoch und bewegte diese unentwegt, als wären es Flügel; man lief und lief, verfolgte einander, floh voreinander, kreuzte einander in plötzlichen, wunderlichen Kurven; man roch ganz nahe an allen Blüten und ahmte den unablässigen Eifer der Falter nach; man ahmte auch ihr Schwirren nach, mit halb geschlossenem Mund und aufgeblasenen Wangen: «Huu-uu-uu...»

XVI

Die Schmetterlinge, die armen Schmetterlinge, die in unseren Tagen immer mehr aus der Mode kommen, spielten in meinem Kinderleben lange Zeit eine große Rolle, wie ich beschämt zugeben muß; und neben ihnen auch die Fliegen, die Käfer, die Libellen, alles auf Blumen und Gräsern lebende Getier.

Obwohl es mir leid tat, sie töten zu müssen, legte ich von ihnen ganze Sammlungen an, und man sah mich stets mit dem Schmetterlingsnetz in der Hand. Jene, die in meinem Hof umherflatterten, waren zwar, mit Ausnahme einiger Exemplare, die sich von den Feldern hierher verirrt hatten, nicht besonders schön; aber ich hatte ja auch den Garten und die Wälder der «Limoise», die für mich die ganzen Sommermonate über Jagdgründe voller Überraschungen und voller Wunder waren.

Allerdings machten mich die Karikaturen von Toepffer zu diesem Thema nachdenklich, und wenn Lucette, sobald sie mich mit irgendeinem

Schmetterling am Hut sah, mich mit ihrer unnachahmlich spöttischen Miene «Monsieur Cryptogame»[21] nannte, so war das für mich sehr demütigend.

XVII

Die arme alte Großmutter mit den Liedern lag im Sterben.

Wir standen alle um ihr Bett herum, als ein Frühlingstag zur Neige ging. Sie war erst seit etwa achtundvierzig Stunden bettlägerig, aber angesichts ihres hohen Alters hatte der Arzt erklärt, das bedeute für sie das sehr nahe Ende.

Sie war plötzlich wieder ganz klar geworden im Kopf; sie irrte sich nicht mehr in unseren Namen. Sie rief uns zu sich, um mit sanfter und gesetzter Stimme – wahrscheinlich mit ihrer früheren Stimme, die ich vorher nicht gekannt hatte – mit uns zu sprechen.

Neben meinem Vater stehend, ließ ich meine Blicke von der sterbenden Großmutter über deren schlichtes, geräumiges Zimmer mit den alten Möbeln schweifen. Ich schaute vor allem die Bilder an den Wänden an, auf denen Blumen in Vasen gemalt waren.

Oh, diese Aquarelle in Großmutters Zimmer, was für unbedeutende, naive Kleinigkeiten waren das doch! Sie trugen alle die Widmung «Blumenstrauß für meine Mutter» und darunter einen respektvollen Vierzeiler, der ihr gewidmet war und den ich jetzt lesen und verstehen konnte. Es waren Arbeiten aus der Kindheit oder frühen Jugendzeit meines Vaters, der auf diese Weise an jedem Geburtstagsfest die einfache Wohnung mit einem neuen Bild verschönert hatte. Unbedeutende, naive Kleinigkeiten waren es, aber wie gut zeugten sie doch von dem bescheidenen Leben von damals und von der ehrfürchtigen Vertraulichkeit zwischen Mutter und Sohn – vom Leben in früheren Zeiten, nach den großen Schicksalsschlägen, unmittelbar nach den schrecklichen Kriegen[22], den englischen Seeräubern und den Brandschiffen... Wohl zum ersten Mal überlegte ich mir, daß Großmutter einst jung gewesen war, daß mein Vater sie, bevor sich ihr Gemüt verwirrt hatte, sicher zärtlich geliebt hatte, so wie ich Mama liebte, und daß sein Kummer über ihren Verlust schrecklich groß sein würde. Ich hatte Mitleid mit ihm, und ich hatte sehr viele Gewissensbisse, weil ich über die Lieder gelacht hatte, weil ich über die Plaudereien mit dem Spiegelbild gelacht hatte...

Man schickte mich hinunter. Unter verschiedenen Vorwänden hielt man mich im Verlauf des Abends von Großmutter fern, ohne daß ich begriff, weshalb; dann brachte man mich zu unseren Freunden, den D***, wo ich das Nachtessen mit Lucette einnahm.

Als ich aber gegen halb neun von meinem Kindermädchen wieder nach Hause gebracht wurde, wollte ich eilends zu Großmutter hinaufgehen.

Sogleich fiel mir auf, daß in allen Dingen eine vollkommene Ordnung wiederhergestellt worden war und im Zimmer eine Atmosphäre des tiefen Friedens herrschte... Zuhinterst im Halbschatten saß mein Vater unbeweglich am Kopfende des Bettes, dessen Vorhänge kunstgerecht drapiert waren, und genau in der Mitte des Kissens erblickte ich den Kopf meiner schlafenden Großmutter; ihre Stellung wirkte irgendwie zu gesittet – sozusagen zu endgültig, zu ewig.

Gleich bei der Tür saßen meine Mutter und meine Schwester zu beiden Seiten eines Nähtischchens und arbeiteten am selben Platz, den sie seit der Erkrankung meiner Großmutter eingenommen hatten, um bei ihr zu wachen. Sobald ich aufgetaucht war, hatten sie mir mit Handzeichen zu verstehen gegeben: «Leise, leise! Kein Lärm, sie schläft!» Der Lampenschirm warf ein helles Licht auf ihre Handarbeit, die ein Durcheinander von kleinen quadratischen Stoffresten aus grüner, brauner, gelber und grauer Seide war, unter denen ich Stückchen von ihren früheren Kleidern oder ihren früheren Hutbändern erkannte.

Im ersten Moment glaubte ich, es seien Gegenstände, die man für sterbende Menschen herzurichten pflegte; aber als ich mich ganz leise, ein wenig beunruhigt danach erkundigte, erklärten sie mir, daß es nichts weiter als Duftbeutel seien, die sie zuschnitten und dann für einen Wohltätigkeitsbasar nähen würden.

Ich sagte zu ihnen, ich wolle vor dem Schlafengehen zu Großmutter und versuchen, ihr gute Nacht zu wünschen, und sie ließen mich einige Schritte zum Bett hin machen; aber als ich die Mitte des Zimmers erreichte, besannen sie sich nach einem Blickaustausch plötzlich eines Besseren und meinten, immer noch ganz leise: «Nein, nein, komm zurück, du könntest sie stören!»

Im übrigen war ich von selbst stehengeblieben, erschüttert und erstarrt: ich hatte begriffen...

Trotz des Schreckens, der mich wie versteinert stillstehen ließ, war ich erstaunt, daß der Anblick von Großmutter so wenig abstoßend war. Da ich noch nie einen toten Menschen gesehen hatte, bildete ich mir bis dahin ein, daß sie alle, nachdem die Seele davongeflogen war, von der ersten Minute an ausgemergelte, ausdruckslose, verzerrte Gesichtszüge haben mußten wie Totenschädel. Aber ganz im Gegenteil: Großmutter lächelte unendlich still und sanft; sie war immer noch hübsch und wirkte verjüngt, ganz friedlich...

Da durchfuhr mich ein fahles, schwaches Wetterleuchten, wie es manchmal durch den Kopf von Kindern zuckt, als ob es ihnen vergönnt sein sollte, erahnte Abgründe mit einem flüchtigen Blick zu erkunden, und ich überlegte mir: «Wie kann Großmutter bloß im Himmel sein, wie soll man diese Aufspaltung verstehen, da doch das, was für das Grab zurückbleibt, so sehr sie selber ist und sogar ihren Gesichtsausdruck beibehält?»

Danach zog ich mich zurück, ohne irgend jemandem Fragen zu stellen, beklommenen Herzens und mit verwirrter Seele, da ich es nicht wagte, um eine Bestätigung für das, was ich doch so gut erraten hatte, zu bitten, und es vorzog, das Wort, das mir Angst machte, nicht aussprechen zu hören...

Für lange Zeit waren die kleinen Duftbeutel aus Seide für mich mit der Vorstellung vom Tod verbunden...

XVIII

Wenn ich meinen Geist darauf konzentriere, tauchen in meinem Gedächtnis die immer noch unangenehmen, fast beängstigenden Eindrücke einer ziemlich schweren Krankheit auf, die mich etwa im achten Lebensjahr befiel. Man nannte sie das Scharlachfieber, so hatte man mir gesagt, und allein schon der Name schien mir ein diabolisches Antlitz zu tragen.

Es war in der rauhen, ungesunden Zeit der Märzunwetter, und jeden Abend ergriff mich bei Einbruch der Nacht, wenn meine Mutter zufällig nicht ganz in meiner Nähe war, im Innersten der Seele ein Gefühl der Verzweiflung. (Wieder diese Beklemmung in den Dämmerstunden, welche die Tiere oder die komplizierten Geschöpfe, wie ich eines bin, in fast demselben Ausmaß spüren.) Meine geöffneten Gardinen gaben den Blick auf das immer gleiche Tischchen im Vordergrund mit Tassen voller Kräutertee und mit Arzneifläschchen frei. Und während ich diese Utensilien eines Krankenzimmers betrachtete – die immer dunkler, verschwommener wurden, auf dem düsteren Hintergrund des stillen Raumes ihre Form verloren –, zogen vor meinem geistigen Auge unzusammenhängende, krankhafte, beunruhigende Bilder vorbei...

An zwei aufeinander folgenden Abenden erhielt ich im fiebrigen Halbschlummer Besuch von verschiedenen Personen, die im Zwielicht auftauchten und mir einen übermäßigen Schrecken einjagten.

Zuerst war es eine alte, bucklige und sehr häßliche Dame, deren Aussehen von süßlicher Häßlichkeit war und die geräuschlos auf mich zukam, ohne daß ich es gehört hatte, als die Tür sich öffnete, ohne daß ich es gesehen hatte, als die Personen, die bei mir wachten, aufstanden, um sie zu empfangen. Sie entfernte sich sogleich wieder, ohne ein Wort mit mir gesprochen zu haben; aber als sie mir den Rücken zuwandte, zeigte sie ihren Buckel: Nun, dieser Buckel hatte zuoberst ein Loch, und daraus ragte die grüne Gestalt eines Papageienweibchens hervor, das die Dame in ihrem Körper trug und das mir mit einer Kasperlestimme ganz leise, aus weiter Entfernung «Kukkuck!» zurief und dann wieder in den scheußlichen alten Rücken schlüpfte... Ach, als ich dieses «Kuckuck!» hörte, stand mir der kalte Schweiß auf der Stirn; aber das Ganze hatte sich soeben in Nichts aufgelöst, und ich begriff von selbst, daß es ein Traum gewesen war.

Am nächsten Tag erschien ein langer, dünner Herr in schwarzem Gewand, der wie ein Priester aussah. Dieser aber kam nicht auf mich zu, sondern begann sehr schnell und geräuschlos, mit vorgebeugtem Körper, den Wänden meines Zimmers entlang zu eilen; seine wie Stöcke wirkenden garstigen Beine ließen während des hastigen Laufens den Priesterrock steif aussehen. Und als Gipfel des Schreckens trug er anstelle des Kopfes einen weißen Vogelschädel mit langem Schnabel, der eine scheußliche Vergrößerung eines am Meer gebleichten Möwenschädels war, den ich im Sommer zuvor an einem Strand der Insel aufgelesen hatte... (Ich glaube, der Besuch dieses Herrn fiel mit dem Tag zusammen, da meine Krankheit ihren Höhepunkt erreicht hatte und ich fast ein wenig in Gefahr schwebte.) Nach ein oder zwei Rundgängen, die er mit derselben Hast und im gleichen Schweigen vollzogen hatte, begann er sich vom Boden abzuheben... Er lief jetzt den Tapetenleisten der Täfelung entlang, indem er immer noch seine mageren Beine bewegte, und stieg dann noch höher hinauf auf die Bilder, die Spiegel – bis er durch die schon von der Dunkelheit verhüllte Zimmerdecke verschwand...

Nun, das Bild dieser beiden Besucher sollte mich zwei oder drei Jahre lang verfolgen. An den Winterabenden dachte ich voller Furcht wieder an sie, wenn ich die Treppe hochstieg, die man zu jener Zeit noch nicht zu beleuchten pflegte. «Sie könnten ja noch da sein», sagte ich mir, «hinter heimlich angelehnten Türen; der eine oder die andere könnte mir auflauern, um mir nachzulaufen, ich könnte sie hinter mir auftauchen sehen, sie dabei ertappen, wie sie die Hände von Stufe zu Stufe weiter ausstrecken, um nach meinen Beinen zu greifen...»

Und ich bin wirklich nicht ganz sicher, ob es mir mit etwas gutem Willen nicht auch heute noch gelingen würde, mich in dem Treppenhaus von diesem Herrn und dieser Dame beunruhigen zu lassen; sie standen so lange Zeit an der ersten Stelle all meiner Kinderängste, so lange Zeit haben sie den Reigen meiner Visionen und meiner bösen Träume angeführt!

Mancherlei weitere Erscheinungen geisterten durch meine ersten Lebensjahre, die indessen außerordentlich wohltuend waren. Und manche unheilverkündenden Träumereien suchten mich in den Abendstunden heim: Eindrücke einer Nacht ohne darauf folgenden Tag, einer verschlossenen Zukunft, Gedanken an einen nahen Tod. Zu sehr umsorgt, zu sehr verhätschelt, in gewisser Weise geistig überhitzt, wurde ich dann wie eine eingesperrte Pflanze von einer plötzlichen Ermattung befallen. Ich hätte um mich herum Kameraden meines Alters gebraucht, törichte und lärmige kleine Radaubrüder – statt dessen spielte ich nur mit kleinen Mädchen, die immer korrekt, gepflegt, mit der Brennschere frisiert waren und wie kleine Marquisen aus dem 18. Jahrhundert wirkten...

XIX

Ich habe eine herrliche Erinnerung an den Tag, da ich nach dem sehr lang dauernden Fieber mit dem sehr schlimmen Namen endlich hinaus an die Luft, in meinen Hof hinunter gehen durfte. Es war im April, und man hatte für dieses erste Verlassen des Hauses einen strahlenden Tag, einen ungewöhnlich blauen Himmel ausgewählt. Unter den Jasmin- und Geißblattlauben hatte ich Gefühle paradiesischer Verzauberung wie im Garten Eden. Alles war aufgeschossen und in Blüte; während ich eingesperrt gewesen war, hatte auf der Erde ohne mein Wissen eine wundervolle Erneuerung stattgefunden. Es hatte mich noch nicht sehr oft verführt, dieses ewige Blendwerk, das die Menschen seit so vielen Jahrhunderten in Hoffnung wiegt und das wahrscheinlich nur Greise nicht mehr zu genießen vermögen. Und ich, ich ließ mich davon in unendlicher Trunkenheit ganz in den Bann ziehen... Diese reine, laue, schmeichelnde Luft, dieses Licht, diese Sonne, dieses schöne Grün der jungen Pflanzen, dieses dichte

Laubwerk, das überall ganz neue Schatten spendete! Und in mir selbst diese wiedererwachenden Kräfte, diese Freude beim Atmen, dieser kraftvolle Schwung des neubegonnenen Lebens!

Mein Bruder war damals ein Bursche von einundzwanzig Jahren, der für seine Unternehmungen im Haus freie Hand hatte. Während der ganzen Dauer meiner Erkrankung hatte mich etwas, das er drunten im Hof herrichtete, neugierig gemacht und das ich fürs Leben gern gesehen hätte. Es war ein Miniatursee; in einem zauberhaften Winkel ganz zuhinterst im Garten, unter einem alten Pflaumenbaum; er hatte ihn wie eine Zisterne ausgraben und auszementieren lassen; dann hatte er von den Feldern zernagte Steine und Moos bringen lassen, um ringsherum romantische Uferpartien mit Felsen und Grotten anzulegen.

Und alles war an jenem Tag vollendet; man hatte bereits die Goldfische ausgesetzt; sogar der Springbrunnen lief zu meinen Ehren zum ersten Mal... Ich ging entzückt darauf zu; das übertraf alles, was meine Phantasie sich an größten Herrlichkeiten ausgemalt hatte! Und als mein Bruder mir zu verstehen gab, daß dies für mich sei, daß er es mir schenke, empfand ich eine innige Freude, die kein Ende zu nehmen schien. Das alles zu besitzen, was für ein unerwartetes Glück! Dies Tag für Tag genießen zu können während der schönen heißen Monate, die jetzt kommen würden!... Und wieder anfangen, draußen zu leben, mir wie letzten Sommer in allen Winkeln des derart geschmückten Hofes die Zeit zu vertreiben... Ich stand lange am Rand des Bassins und wurde nicht müde zu schauen, zu bewundern, die laue Frühlingsluft einzuatmen, mich an dem zuvor vergessenen Licht, an dem wiedergefundenen Sonnenschein zu berauschen – während über meinem Kopf der alte Pflaumenbaum, der einst von irgendeinem Vorfahr gepflanzt worden und schon ein wenig kraftlos war, über das Blau des Himmels den durchbrochenen Vorhang seiner jungen Blätter spannte und der Springbrunnen im Schatten unbeschwert vor sich hin plätscherte, als wäre es eine liebenswürdige Leiermusik zur Feier meiner Rückkehr ins Leben...

Nun ist dieser arme Pflaumenbaum, nachdem er im Alter lange dahingesiecht war, schließlich gestorben, und heute steht nur noch sein aus Ehrfurcht bewahrter Stamm da, der wie eine Ruine mit Efeu verziert ist.

Aber das Bassin mit seinen Uferpartien und Inselchen ist unversehrt geblieben; die Zeit konnte ihm nichts anderes anhaben, als ihm das Aussehen vollkommener Echtheit zu verleihen, seine mit grünen Flechten bewachsenen Steine täuschen ein sehr hohes Alter vor; die echten Wassermoose, die an den Quellen wachsenden zarten Pflänzchen haben sich hier akklimatisiert, zusammen mit dem Schilf und den wilden Schwertlilien – und die Libellen, die sich in die Stadt verirrt haben, suchen hier Zuflucht. Es ist ein ganz kleiner Winkel ländlicher Natur, der hier angesiedelt ist und nie gestört wird.

Es ist auch auf der ganzen Welt der Winkel, dem ich die größte Treue hielt, nachdem ich so viele andere geliebt habe; wie sonst nirgendwo fühle ich mich hier im Frieden, fühle ich mich hier erfrischt, wieder in meine früheste Jugend und in ein neues Leben versetzt. Er ist mein eigenes Mekka, dieser kleine Winkel hier, so sehr, daß wenn man ihn mir verderben würde, etwas in meinem Leben, so scheint mir, aus dem Gleichgewicht geraten, ich den Boden unter den Füßen verlieren würde; es würde fast den Anfang meines Endes bedeuten.

Ich glaube, die endgültige Weihe wurde diesem Ort durch meinen Seefahrerberuf verliehen, durch meine weiten Reisen, meine langen Exile, während welcher ich immer wieder an ihn dachte und ihn mir voller Liebe in Erinnerung rief.

Vor allem an einer dieser Miniaturgrotten hänge ich auf besondere Weise: sie hat mich im Verlauf meiner Seefahrten in Stunden der Mattigkeit und der Schwermut oft beschäftigt... Nachdem uns der Atem Azraëls auf unmenschliche Weise gestreift hatte, nach Rückschlägen aller Art[23], im Verlauf so vieler trauriger Jahre, die ich mit Irrfahrten durch die Welt verbrachte, während meine verwitwete Mutter und meine Tante Claire in ihren ähnlich aussehenden schwarzen Kleidern allein zurückblieben in dem geliebten, fast leeren und schweigsam wie ein Grab gewordenen Haus – im Verlauf all dieser Jahre hat sich mir das Herz mehr als einmal zusammengezogen beim Gedanken, daß das zurückgelassene Heim, die vertrauten Dinge aus meiner Kindheit sicher dem Zerfall preisgegeben waren; und ich war darüber hinaus beunruhigt, weil ich nicht wußte, ob der Zahn der Zeit, der Winterregen mir die zerbrechliche Wölbung der Grotte zerstören würde; es mag sonderbar anmuten, aber ich hätte das Gefühl eines irreparablen Risses in meinem eigenen Leben gehabt, wenn diese alten moosbedeckten Miniaturfelsen eingestürzt wären.

Neben dem Bassin gehört auch eine alte gräuliche Mauer zu dem, was ich mein Mekka nannte; ich glaube, sie bildet sogar dessen Herzstück. Ich kenne übrigens die geringsten Einzelheiten dieser Mauer: die kaum wahrnehmbaren Flechten, die darauf wachsen, die Löcher, welche die Zeit hineingefressen hat und in denen die Spinnen hausen; denn es grenzt eine Laube aus Efeu und Geißblatt daran, in deren Schatten ich mich früher niederließ, um an den schönsten Sommertagen meine Schulaufgaben zu machen, und da nahmen während meines kaum von Fleiß unterbrochenen Trödelns diese grauen Steine mit ihrer unendlich kleinen Welt von Insekten und Moosen meine ganze Aufmerksamkeit in Anspruch. Nicht nur liebe und verehre ich diese alte Mauer, wie die Araber ihre heiligste Moschee verehren, sondern es kommt mir sogar vor, als würde sie mich beschützen, als würde sie ein wenig mein Dasein sichern und meine Jugend verlängern. Ich könnte es nicht dulden, daß man daran auch nur das Geringste verändert, und würde man sie niederreißen, so würde ich das als Zusammenbruch eines Fundaments empfinden, das man mir durch nichts ersetzen könnte. Denn zweifellos werden wir angesichts der Beständigkeit gewisser seit jeher bekannter Dinge dazu verleitet, an unsere eigene Beständigkeit, an unsere eigene Dauerhaftigkeit zu glauben; wenn diese Dinge immer dieselben bleiben, scheint es uns, daß auch wir uns weder verändern noch zu existieren aufhören können. – Ich finde keine andere Erklärung für diese Art von nahezu fetischistischer Empfindung.

Und doch: Mein Gott, wenn ich überlege, daß es sich hier um irgendwelche beliebigen Steine handelt, die von irgendeinem beliebigen Ort kommen, daß sie vielleicht schon hundert Jahre, bevor von meiner Geburt überhaupt die Rede war, wie die Steine jeder anderen Mauer von den erstbesten Arbeitern zusammengefügt wurden, dann wird mir bewußt, wie kindisch die Illusion – eine Illusion gegen jedes bessere Wissen – ist, sie könnten mich beschützen; ich begreife, wie unbeständig und nichtig die Grundlage ist, auf der ich mein Leben aufzubauen glaube...

Menschen, die kein Vaterhaus hatten, die schon

von klein auf von Ort zu Ort in gemietete Unterkünfte ziehen mußten, können offensichtlich mit solchen undefinierbaren Gefühlen nichts anfangen.

Aber unter jenen, die ihr Elternhaus behalten, gibt es viele – dessen bin ich sicher –, die, ohne es sich einzugestehen oder ohne sich dessen bewußt zu sein, Gefühle dieser Art in unterschiedlichem Ausmaß erfahren. Wie ich bilden sie sich ein, sich in ihrer Schwäche auf die relative Dauerhaftigkeit einer alten, von Kindheit an geliebten Gartenmauer, einer alten, seit jeher gekannten Terrasse, eines alten Baumes, dessen Gestalt sich nicht verändert hat, stützen zu können...

Und ach, vielleicht hatten dieselben Dinge vor ihnen auch schon anderen denselben illusorischen Schutz gewährt, Unbekannten, die inzwischen zu Staub wurden und die nicht einmal vom gleichen Blut, von der gleichen Familie abstammten.

XX

Mein längster Aufenthalt auf der «Insel» entfällt auf die Zeit nach meiner schweren Erkrankung, gegen die Mitte eines Sommers. Man hatte mich zusammen mit meinem Bruder und meiner Schwester, die damals für mich eine Art zweite Mutter war, dorthin geschickt. Nach einem Aufenthalt von einigen Tagen bei unseren Verwandten in Saint-Pierre-d'Oléron (bei meiner Großtante Claire und ihren beiden bereits betagten unverheirateten Töchtern) gingen wir an die «Grand'côte», um dort zu dritt allein in einem Fischerdorf zu wohnen, das damals unbekannt und völlig ausgestorben war.

Die «Grand'côte», die «lange» oder «wilde Küste», bildet jenen Teil der Insel, der auf die offene See, die Unendlichkeiten des Atlantiks hinausblickt und wo unaufhörlich der Westwind bläst. Hier dehnen sich die Strände gerade, endlos, ohne eine einzige Krümmung aus, und die Meeresbrandung, von nichts aufgehalten und ebenso majestätisch wie an der Küste der Sahara, breitet hier meilenweit, mit lautem Dröhnen, ihre schwermütigen weißen Schnörkel aus. Eine rauhe Gegend mit öden Flächen; eine Gegend der sandigen Weiten, wo ganz kleine Bäume, immergrüne Zwergeichen, sich in den Schutz der Dünen ducken. Eine besondere, fremdartige Flora und während des ganzen Sommers duftende rosarote Nelken im Überfluß. Nur zwei, drei Dörfer, durch Einöden voneinander getrennt; Dörfer mit niedrigen Hütten, die ebenso kalkweiß sind wie jene der algerischen Eingeborenenviertel und um die herum bestimmte Blumensorten blühen, welche den Meerwind vertragen. Dort wohnen braungebrannte Fischer, ein tapferer, rechtschaffener Schlag, der bis zu der Zeit, über die ich berichte, noch sehr einfach geblieben war, denn nie waren Badegäste an diesen Küstenstrich gekommen.

In einem alten vergessenen Heft, in dem meine Schwester ihre Eindrücke (durchaus in meinem Sinn) von jenem Sommer festgehalten hatte, finde ich folgende Beschreibung unserer Unterkunft:

«Es war in der Mitte des Ortes, auf dem Dorfplatz, beim Herrn Bürgermeister.

Denn das Haus des Herrn Bürgermeister hatte zwei weit ausladende, großzügige Flügel.

Es glänzte in der Sonne mit seinem blendend weißen Kalk; seine massiven, mit groben Eisenhaken festgehaltenen Fensterläden waren dunkelgrün gestrichen, wie es auf der Insel Brauch ist. Ringsum war wie eine Girlande eine Blumenrabatte angelegt, und im Sand sprossen kraftvoll dreifarbige Winden, die ihre hübschen gelben, rosaroten oder roten Köpfchen emporstreckten, sowie ein Wirrwarr von Reseda, deren Blüten mittags aufgingen und süß wie Orangenbäume dufteten.

Gegenüber fiel ein sandiges Hohlweglein steil zum Strand hinunter.»

Auf diesen Aufenthalt an der «Grand'côte» geht meine erste wirklich innige Bekanntschaft mit den Seegräsern, den Krabben, den Quallen, mit den tausend Dingen des Meeres zurück.

Und im gleichen Sommer erlebte ich auch meine erste Liebe, die einem kleinen Mädchen vom Dorf galt. Aber auch hier gebe ich das Wort meiner Schwester, damit der Bericht wahrheitsgetreuer wird, und ich kopiere einfach, was in dem alten Heft steht:

«Im Dutzend folgten sie (die Kinder der Fischer) Pierre, alle von der Sonne gebräunt, barfuß hinterher trippelnd oder ihm tapfer vorangehend und sich von Zeit zu Zeit nach ihm umdrehend, die schönen dunklen Augen weit geöffnet... Denn damals war ‹ein kleiner Herr› so selten in dieser Gegend, daß es der Mühe wert war, deswegen das Haus zu verlassen.

So ging Pierre jeden Tag in Begleitung seines Gefolges auf dem sandigen Hohlweg zum Strand hinunter. Er sammelte Muscheln, von denen es an diesem Küstenabschnitt wunderschöne gab:

gelbe, rosarote, violette, in allen möglichen frischen, leuchtenden Farben, in allen Formen. Er fand welche, für die er voller Bewunderung war – und die Kleinen, die ihm ständig schweigsam folgten, brachten ihm ganze Hände voll davon, ohne ein Wort zu sagen.

Véronique[24] war eine der eifrigsten. Sie war ungefähr im Alter von Pierre, vielleicht ein wenig jünger, sechs oder sieben. Ein sanftes, träumerisches Gesichtchen mit mattglänzender Haut und mit einem bewundernswerten grauen Augenpaar; das alles von einer großen weißen *kichenote* (sehr alter Ausdruck dieser Gegend, der eine sehr alte Kopfbedeckung bezeichnet, eine Art von kartonverstärkter Nonnenhaube, die wie diese einen ausladenden Sonnenschutz hat) beschattet, so schlich sich Véronique ganz nahe an Pierre heran, ergriff schließlich seine Hand und ließ sie nicht mehr los. Sie gingen nebeneinander her wie kleine Kinder, die Gefallen aneinander gefunden haben, hielten sich ganz fest an den Händen, sagten nichts und schauten sich von Zeit zu Zeit an... Dann hie und da ein Kuß. ‹Voudris ben vous biser› (ich möchte Euch gern einen Kuß geben), sagte sie und streckte mit ergreifender Zärtlichkeit ihre Ärmchen nach ihm aus. Und Pierre ließ sich küssen und gab ihr den Kuß herzhaft zurück auf ihre lieben kleinen, runden Wangen.

Sobald sie morgens aufgestanden war, lief die kleine Véronique zu unserem Haus und setzte sich vor die Tür; hingekauert wie ein braver Pudel, wartete sie. Beim Aufwachen wußte Pierre natürlich, daß sie da war; ihretwegen wurde er zum Frühaufsteher; rasch mußte er sich waschen, sein blondes Haar kämmen, und dann lief er zu seiner kleinen Freundin. Sie küßten sich und erzählten sich, welche glücklichen Funde sie am Vortag gemacht hatten; manchmal hatte Véronique, bevor sie zu unserem Haus kam, bereits einen Spaziergang am Strand unternommen und brachte, in der Schürze geborgen, Wunderdinge mit.

Gegen Ende August sagte Pierre eines Tages nach langem Träumen, wobei er zweifellos all die durch die sozialen Unterschiede bedingten Schwierigkeiten abgewogen und beseitigt hatte: ‹Véronique, wir werden heiraten; und ich werde meine Eltern drüben um ihr Einverständnis bitten.›»

Dann berichtet meine Schwester wie folgt über unsere Abreise:

«Am 15. September mußten wir das Dorf verlassen. Pierre hatte mit den Muscheln, Algen, Seesternen und Kieselsteinen aus dem Meer einzelne Haufen gemacht; er war unersättlich und wollte alles mitnehmen; er verstaute alles in Kisten und packte gemeinsam mit Véronique, die ihm nach Kräften half.

Eines Morgens traf aus Saint-Pierre eine große Kutsche ein, um uns abzuholen, und schreckte das friedliche Dorf mit ihrem Schellengeläute und ihrem Peitschenknallen auf. Pierre ließ seine persönlichen Gepäckstücke mit aller Umsicht darin verstauen, und wir setzten uns alle drei in das Fahrzeug; Pierres Augen, schon voller Trauer, schauten zwischen dem Türvorhang hindurch auf den sandigen Hohlweg, der zum Strand hinabführte, und auf seine schluchzende Freundin.»

Und schließlich schreibe ich, ebenfalls wörtlich, eine Anmerkung meiner Schwester ab, die ich unter dem gleichen sommerlichen Datum am Schluß einer Seite aus dem mit den Jahren vergilbten Heft finde:

«Da spürte ich in mir – und das zweifellos nicht zum ersten Mal –, als ich Pierre anschaute, Gedanken voller Sorge aufsteigen. Ich fragte mich: ‹Was wird aus diesem Kind werden? Und was wird aus seiner kleinen Freundin, deren Gestalt beharrlich am Ende des Weges steht?› Was für eine Trostlosigkeit wohnt in diesem kleinen Herzen, wieviel Leid, da man sie derart verläßt?»

«Was wird aus diesem Kind werden?» O mein Gott, nichts anderes, als was an jenem Tag aus ihm bereits geworden war; nicht weniger und nicht mehr wird in der Zukunft aus ihm werden. Diese Abreisen, diese kindischen Gepäckstücke mit tausend Gegenständen ohne einen berechenbaren Wert, dieses Bedürfnis, alles mitzunehmen, sich von einer Welt voller Erinnerungen begleiten zu lassen – und vor allem dieses Abschiednehmen von scheuen kleinen Wesen, die ich vielleicht gerade deshalb liebte, weil sie so waren –, eben dies, dies ist mein ganzes Leben...

Die zwei oder drei Tage, welche unsere Rückreise beanspruchte, ein Halt bei unseren alten Tanten von der «Insel» inbegriffen, kamen mir endlos lange vor. Ich war so ungeduldig, Mama umarmen zu können, daß es mir den Schlaf raubte. Fast zwei Monate, ohne sie zu sehen! Meine Schwester war damals wohl die einzige Person auf der Welt, die es vermochte, eine so lange Trennung erträglich zu machen.

Als wir zurück auf dem Festland waren und die Kutsche, die uns nach Hause brachte, nach drei Stunden Fahrt von der Küste aus, wo uns ein Boot abgesetzt hatte, die Stadtmauer hinter sich gelassen hatte, erblickte ich endlich die Mutter, die auf uns wartete, sah ihre Augen, ihr liebes Lächeln wieder... Und auf dem Hintergrund der Vergangenheit ist dies eines der ganz deutlichen, für immer fest umrissenen Bilder, an das ich mich erinnern kann: ihr geliebtes, fast noch junges Gesicht, ihr geliebtes, noch dunkles Haar.

Als ich zu Hause ankam, beeilte ich mich, meinen kleinen See mit seinen Grotten, dann die Laube neben der alten Mauer dahinter zu besuchen. Aber meine Augen hatten sich jetzt während langer Zeit an die unermeßliche Weite der Küste und des Meeres gewöhnt; so kam mir das alles zusammengeschrumpft, eingeschränkt, eingeschlossen, trübselig vor. Und die Blätter waren welk; irgendeine verfrühte Herbststimmung lag in der immer noch sehr warmen Luft. Voller Furcht dachte ich an die düsteren, kalten Tage, die kommen würden, und sehr niedergeschlagen begann ich im Hof meine Kisten mit den Algen und den Muscheln auszupacken, ergriffen von einer hoffnungslosen Sehnsucht, weil ich nicht mehr auf der Insel war. Ich machte mir auch Sorgen wegen Véronique, wie sie den Winter allein verbringen würde, und plötzlich war ich zu Tränen gerührt beim Gedanken an ihr sonnverbranntes mageres Händchen, das nie mehr meine Hand halten würde...

XXI

Der Beginn der Schulaufgaben, des Unterrichts, der Hefte, der Tintenkleckse, ach wie plötzlich verdüsterte sich mein Lebenslauf!

An all das habe ich Erinnerungen von der trostlosesten Verdrießlichkeit, von der tödlichsten Langeweile. Und wäre ich ganz ehrlich, so müßte ich wahrscheinlich von den Lehrern dasselbe sagen.

O mein Gott, wenn ich an den ersten unter ihnen denke, der mich in Latein unterrichtete (*rosa,* die Rose; *cornu,* das Horn; *tonitru,* der Donner), an den großen vornübergebeugten, ungepflegten Alten, trübselig anzusehen wie ein Novemberregen! Jetzt ist er tot, der Ärmste – tiefster Frieden möge seiner Seele beschert sein! Aber er kam mir vor wie der von Toepffer geschaffene Typ des «Monsieur Ratin»; er hatte alles von ihm, sogar die Warze mit den drei Haaren auf der Spitze seiner alten Nase, deren Umrisse von einer unvorstellbaren Kompliziertheit waren; er war für mich die Personifizierung des Abstoßenden, des Schrecklichen.

Jeden Tag traf er punkt zwölf Uhr mittags ein; ich spürte, wie ich bei seinem Klingelzeichen, das ich unter Tausenden erkannt hätte, erstarrte.

Nachdem er wieder gegangen war, reinigte ich eigenhändig die Stelle auf meinem Tisch, wo er seine Ellbogen aufgelegt hatte, indem ich sie mit Servietten abwischte, die ich dann heimlich zur schmutzigen Wäsche warf. Und dieser Ekel übertrug sich auch auf die schon an sich wenig ansprechenden Bücher, die er berührt hatte; ich riß Seiten heraus, bei denen der Verdacht bestand, daß seine Hände zu lange damit in Kontakt gekommen waren...

Immer waren meine Bücher voller Tintenkleckse, immer verschmutzt, unordentlich, mit Schmierereien, mit irgendwelchen Zeichnungen verziert, wie man sie eben macht, wenn die Gedanken abschweifen. Obwohl ich sonst in allem ein sorgsames und sauberes Kind war, brachte ich diesen mir aufgezwungenen Büchern eine derartige Verachtung entgegen, daß ich mich, wenn ich mit ihnen zu tun hatte, gemein und ungezogen benahm. Und was noch erstaunlicher ist, selbst meine Gewissenhaftigkeit kam mir völlig abhanden, wenn es um meine Aufgaben ging, die ich immer in der letzten Minute und sehr unsorgfältig erledigte. Meine Abneigung gegen die Aufgaben war das erste, was ich mit meinem Gewissen in Einklang bringen mußte.

Indessen ging es trotzdem einigermaßen gut;

meine Lektionen, auf die ich jeweils im allerletzten Moment einen Blick warf, waren mir nahezu geläufig. Und im allgemeinen schrieb Monsieur Ratin «gut» oder «ziemlich gut» ins Notenheft, das ich meinem Vater jeden Abend zeigen mußte.

Aber ich glaube, wenn er oder die Lehrer, die seine Nachfolger wurden, die Wahrheit erraten, wenn sie geahnt hätten, daß sich meine Gedanken, außer während ihrer Anwesenheit, wohl keine fünf Minuten auf das konzentrierten, was sie mich lehrten, so wäre ihnen vor Empörung der rechtschaffene Kragen geplatzt.

XXII

Im Verlauf des Winters, der auf meinen Aufenthalt an der Küste der Insel folgte, wurde unser Familienleben von einem großen Ereignis geprägt: mein Bruder trat seine erste Seefahrt an.

Er war wie gesagt vierzehn Jahre älter als ich. Vielleicht hatte ich nicht Zeit gehabt, ihn gut genug kennenzulernen, eine genügend starke Bindung einzugehen, da er sich schon früh für die Lebensweise eines jungen Mannes entschied, was ihn ein wenig von uns distanzierte. Ich betrat kaum je sein Zimmer, wo mich die vielen dicken Bücher auf den Tischen, der Zigarrengeruch und seine Kameraden – Offiziere oder Studenten – erschreckten, die anzutreffen man befürchten mußte. Ich hatte auch erfahren, daß er sich nicht immer ganz anständig benahm, daß er sich manchmal noch spätabends herumtrieb, daß man ihm Vorwürfe machen mußte, und ich mißbilligte innerlich sein Verhalten. Seine nahe Abreise verdoppelte jedoch meine Zuneigung zu ihm und verursachte mir echten Kummer.

Er fuhr nach Polynesien, auf die Insel Tahiti, genau ans Ende der Welt, auf die andere Seite der Erde, und seine Reise würde vier Jahre beanspruchen, was fast der Hälfte meines bisherigen Lebens, also soviel wie einer schier endlosen Zeitspanne entsprach...

Mit ganz besonderem Interesse verfolgte ich die Vorbereitungen für diese lange Seefahrt: seine eisenbeschlagenen Koffer, die man mit soviel Vorsichtsmaßnahmen zurechtmachte, seine Goldtressen, seine bestickten Kleidungsstücke, sein Degen, den man so sorgfältig wie bei einer Bestattung in eine Menge dünnen Papiers einhüllte, und diese Dinge verschloß man dann wie Mumien in Metallbehältern. All dies verstärkte den bei mir schon vorhandenen Eindruck der Ferne und der Gefahren dieser langen Reise.

Man spürte im übrigen, daß auf dem ganzen Haus eine melancholische Stimmung lastete, die sich immer mehr verstärkte, je näher der Tag der großen Trennung heranrückte. Unsere Mahlzeiten verliefen schweigsam; es wurden lediglich Empfehlungen ausgetauscht, und ich hörte andächtig zu, ohne etwas zu sagen. Am Tag vor seiner Abreise leistete er sich den Spaß, mir – was mich sehr ehrte – verschiedene zerbrechliche Nippsachen anzuvertrauen, die auf seinem Cheminée gestanden hatten, und bat mich, sie bis zu seiner Rückkehr sorgfältig aufzubewahren.

Dann schenkte er mir ein großes Buch mit

Goldschnitt und zahlreichen Abbildungen, welches präzis von einer Reise nach Polynesien handelte; und es war in meiner frühen Kindheit das einzige Buch, das mir gefiel. Ich blätterte sofort mit hastiger Neugier darin. Das Titelbild war ein großer Stich, der eine braune, ziemlich hübsche Frau darstellte, welche mit Schilf bekränzt war und in lässiger Haltung unter einer Palme saß; darunter war zu lesen: «Porträt Ihrer Majestät Pomaré IV., Königin von Tahiti.» Weiter hinten waren zwei schöne Frauenzimmer an der Meeresküste zu sehen, die mit Blumen bekränzt und deren Brüste nackt waren; die Legende dazu lautete: «Junge Mädchen aus Tahiti an einem Strand.»

Am Tag der Abreise versammelten wir uns während der letzten Stunde, nachdem die Vorbereitungen beendet und die großen Koffer verschlossen waren, alle schweigend im Salon wie zu einem Begräbnis. Man las ein Kapitel aus der Bibel, und man betete im Kreis der Familie... Vier Jahre; und bald die undurchdringliche Welt zwischen uns und dem, der fortging!

Ich entsinne mich vor allem des Gesichts meiner Mutter während dieser ganzen Abschiedsszene; neben meinem Bruder in einem Sessel sitzend, hatte sie nach dem Beten zunächst ihr unendlich trauriges Lächeln, ihren Ausdruck des ergebenen Vertrauens bewahrt; aber plötzlich vollzog sich in ihren Gesichtszügen eine Veränderung, die ich nicht vorausgesehen hatte; ohne daß sie es wollte, kamen ihr die Tränen; und ich hatte meine Mutter noch nie weinen gesehen, und das betrübte mich schrecklich.

Während der ersten darauf folgenden Tage wurde ich das dunkle Gefühl der Leere, die er hinterlassen hatte, nicht los; ich besuchte von Zeit zu Zeit sein Zimmer, und was die verschiedenen Kleinigkeiten anbelangte, die er mir geschenkt oder anvertraut hatte, so waren sie für mich absolute Heiligtümer geworden.

Auf einer Weltkarte hatte ich mir seine Überfahrt erklären lassen, die etwa fünf Monate dauern würde. Seine Rückkehr hingegen konnte ich mir nur in der Ferne einer unvorstellbaren und unwirklichen Zukunft denken; und die Aussicht auf ein Wiedersehen wurde mir in merkwürdiger Weise vergällt, weil ich mir sagen mußte, daß ich bei seiner Heimkehr zwölf oder dreizehn Jahre zählen, daß ich dann fast erwachsen sein würde.

Im Gegensatz zu allen anderen – besonders zu den heutigen – Kindern, die es nicht erwarten können, so etwas wie Erwachsene im Kleinformat zu werden, empfand ich schon damals diese Panik, erwachsen zu werden, die sich später noch verstärkte; ich sagte es sogar, ich schrieb es, und wenn man mich nach dem Grund fragte, antwortete ich, da ich es mir nicht anders zu erklären vermochte: «Ich glaube, daß ich mich sehr langweilen werde, wenn ich groß bin.» Wahrscheinlich handelt es sich hier, bei dieser Angst vor dem Leben, die ich von Anfang an empfand, um einen äußerst seltenen, vielleicht einzigartigen Fall: ich war mir nicht im klaren darüber, wie mein Weg aussah; es gelang mir nicht, mir die Zukunft auf irgendeine Weise vorzustellen; vor mir lag nichts als undurchdringliche Dunkelheit, ein großer, im Finstern hängender Vorhang aus Blei...

XXIII

«Kuchen, Kuchen, meine guten, frisch gebackenen Kuchen!» Dies wird mit einer kindlich klagenden Melodie gesungen, die von einer alten Händlerin stammt, welche während meiner ersten zehn oder fünfzehn Lebensjahre an den Winterabenden regelmäßig an den Fenstern unseres Hauses vorbeiging.

Und wenn ich an jene Abendstunden denke, ertönt im Hintergrund meines Gedächtnisses die ganze Zeit über dieser kurze melancholische Refrain.

Das Lied von den frisch gebackenen Kuchen ist vor allem mit Erinnerungen an die Sonntage verbunden; denn da ich an jenen Abenden keine Schulaufgaben erledigen mußte, blieb ich bei meinen Eltern im Salon, der sich auf der Straßenseite des Erdgeschosses befand, und wenn dann die gute Alte punkt neun Uhr auf dem Gehsteig vorbeiging und in der Stille der frostigen Nacht ihr sonores Lied sang, stand ich ganz in der Nähe am Fenster, um es zu hören.

Sie kündigte die Kälte an, so wie die Schwalben den Frühling ankündigen; nach den kühlen Herbsttagen sagte man beim ersten Mal, da man ihren Refrain hörte: «Der Winter ist da.»

Der Salon jener Abende, wie ich ihn damals kannte, war groß und kam mir riesig vor. Er war sehr einfach, aber mit Geschmack eingerichtet: die Wände und das Holz der Türen braun, mit mattgoldenen Streifen, die Möbel mit roten Samtpolstern, die aus der Epoche von Louis-Philippe stammen mußten, die Familienporträts in strengen schwarzgoldenen Rahmen, auf dem Kaminsims ernst aussehende Bronzebüsten, auf dem Tisch in der Mitte, an einem Ehrenplatz, eine dicke Bibel aus dem 16. Jahrhundert, eine Reliquie hugenottischer Vorfahren, die um ihres Glaubens willen verfolgt worden waren; und Blumen, immer Körbe und Vasen voller Blumen, zu einer Zeit, da dies noch nicht so wie heute eine weitverbreitete Mode war.

Nach dem Abendessen war es für mich ein herrlicher Augenblick, wenn man den Speisesaal verließ und es sich hier im Salon gemütlich machte; alles wirkte vornehm, war voller Ruhe und Behaglichkeit; und wenn sich die ganze Familie, Großmutter und Tanten, in der Runde niedergelassen hatte, begann ich in der Mitte auf dem roten Teppich Sprünge zu vollführen in meiner überschäumenden Freude darüber, mich liebevoll betreut zu wissen, und voller Ungeduld an die

«Spielchen» denkend, die in Kürze für mich organisiert würden. Unsere Nachbarn, die D***, kamen jeden Sonntag, um den Abend mit uns zu verbringen; das war Tradition in beiden Familien, welche eine jener alten provinziellen Freundschaften verband, die auf frühere Generationen zurückgehen und wie ein Erbgut weitergegeben werden. Gegen acht Uhr, wenn ich ihr Klingelzeichen erkannte, hüpfte ich vor Vergnügen, und ich konnte nicht an mich halten, rannte davon, um ihnen bis zur straßenseitigen Tür entgegenzugehen, dies besonders wegen Lucette, meiner großen Freundin, die natürlich ihre Eltern begleitete.

Mit welch trauriger Andacht lasse ich doch diese geliebten oder verehrten, gesegneten Gestalten, die mich an den Sonntagabenden umgaben, an meinem inneren Auge vorbeiziehen! Die meisten von ihnen sind verschwunden, und ihre Bilder, die ich im Gedächtnis bewahren möchte, werden gegen meinen Willen trüb, hüllen sich in Nebel, werden ebenfalls verschwinden...

Man begann also mit den Kinderspielen, um mir Freude zu machen, mir, dem einzigen Kind; man spielte «Mariage», «Toilette à Madame», «Chevalier-cornu», «Belle bergère», «Furet»; alle ließen sich herbei mitzumachen, selbst die Betagtesten; Großtante Berthe, die Älteste von allen, erwies sich sogar als jene, deren Komik am unwiderstehlichsten war.

Und plötzlich wurde ich ruhig und blieb aufmerksam stehen, wenn ich in der Ferne den Refrain hörte: «Kuchen, Kuchen, meine guten, frisch gebackenen Kuchen!»

Der Ton kam rasch näher, denn die Sängerin trippelte und trippelte, mit kleinen Schritten, aber schnell; fast unmittelbar darauf erschien sie an unseren Fenstern und wiederholte ganz in der Nähe mit lauter, heiserer Stimme ihr immer gleiches Lied.

Und es war für mich ein großes Vergnügen – nicht etwa, weil man einige von diesen dürftigen Kuchen kaufte, denn sie waren keine besondere Delikatesse, und ich hatte sie nicht sehr gern –, sondern weil ich, wenn man es mir erlaubte, in Begleitung einer guten Tante selbst zur Tür lief, um die Händlerin im Vorbeigehen anzuhalten.

Mit einer Verbeugung trat sie heran – die freundliche Alte –, stolz darauf, daß man sie rief, und stellte einen Fuß auf die zur Tür führenden Stufen; ihr sauberes Kleid war immer mit weißen Überärmeln geziert. Dann, während sie den Deckel von ihrem Korb nahm, schaute ich lange hinaus mit meinem Käfigvogelblick, so weit als möglich hinaus in die kalte, verlassene Straße. Und darin lag der ganze Zauber der Angelegenheit, einen Mundvoll eiskalter Luft einzuatmen, von der großen Dunkelheit draußen einen Eindruck zu gewinnen und daraufhin, immer noch laufend, in den behaglich warmen Salon zurückzukehren, während der eintönige Refrain sich entfernte, sich jeden Abend in derselben Richtung verlor, in denselben Straßen drunten in der Nähe des Hafens und der Stadtmauer... Der Weg dieser Händlerin war stets der gleiche, und ich folgte ihr in Gedanken mit einem eigenartigen Interesse, solange ihr unablässig wiederholtes Lied noch zu hören war.

Meine Aufmerksamkeit für sie war mit Erbarmen gemischt, da sie als arme alte Frau jede Nacht derart umherziehen mußte – aber es entstand dabei auch ein anderes Gefühl. Ach, es war noch so verworren, so unbestimmt, daß ich ihm sicher zu viel Bedeutung beimesse, selbst wenn ich es so beiläufig wie nur möglich erwähne. Ich hegte nämlich eine Art von unruhiger Neugierde für jenen unteren Stadtteil, zu welchem hin die Händlerin so beherzt ihre Schritte lenkte und wo man mich nie hinbrachte: alte, nur von weitem erblickte Straßen, tagsüber einsam, in denen aber die Matrosen seit undenklichen Zeiten an ihren abendlichen Festgelagen einen großen Radau vollführten, so daß der Lärm ihres Gesangs manchmal bis zu uns hinaufdrang. Was mochte dort unten nur vor sich gehen? Wie verliefen diese derben Lustbarkeiten, die sich in Geschrei ausdrückten? Womit vertrieben sie sich denn die Zeit, diese Leute, die vom Meer und von fernen, von der Sonne versengten Ländern heimgekehrt waren? Was war das für ein härteres, einfacheres und freieres Leben, das sie führten? – Um all diese

Fragen aufzuklären, müßte man sie natürlich sehr gemäßigt wiedergeben, so als würde man sie in einen weißen Schleier hüllen. Aber schon war der Keim einer gewissen Unruhe, einer Sehnsucht nach irgend etwas Anderem, Unbekanntem in meinem kleinen Kopf vorhanden; wenn ich, meine Kuchen in den Händen tragend, in den Salon zurückkehrte, wo man so leise redete, konnte es vorkommen, daß ich mir für einen kaum nennenswerten, kurzen Moment verkümmert und gefangen vorkam.

Um halb zehn – selten später, und dies meinetwegen – servierte man den Tee und sehr dünne Brotscheiben, die mit einer köstlichen Butter bestrichen und mit jener Sorgfalt geschnitten waren, wie man sie heutzutage, da man keine Zeit mehr hat, für nichts mehr aufbringt. Dann ging man nach der Bibel- und Gebetsstunde gegen elf Uhr zu Bett.

In meinem weißen Bettchen liegend, war ich an den Sonntagen aufgeregter als während der Woche. Zunächst war da die Aussicht auf das morgige Wiederauftauchen von Monsieur Ratin, dessen Anblick nach dieser Pause noch unerfreulicher war als sonst; ich bedauerte es, daß der Ruhetag schon vorüber, so schnell vorüber war, und ich hatte schon im voraus die Schulaufgaben satt, die nun eine ganze Woche lang zu erledigen waren, bevor der nächste Sonntag kommen würde. Dann hörte ich manchmal weit weg eine singende

Matrosenschar vorüberziehen, und meine Gedanken wechselten ihren Kurs, in Richtung auf die Kolonien oder auf die Seeschiffe; es ergriff mich sogar eine Art von unbestimmter, dumpfer Lust – eine latente Lust, wenn ich dieses Wort gebrauchen darf –, ebenfalls hinauszulaufen, den fröhlichen Abenteuern in der frischen Luft der Winternächte oder in der grellen Sonne der exotischen Hafenstädte entgegen, und wie die Matrosen aus voller Kehle die natürliche Freude am Leben zu besingen...

XXIV

«Und ich sah und hörte einen Engel fliegen mitten durch den Himmel und sagen mit großer Stimme: ‹Weh, weh, weh denen, die auf Erden wohnen...›»[25]

Außer der Abendlesung im Kreis der Familie las ich jeden Morgen vor dem Aufstehen ein Kapitel aus der Bibel.

Meine Bibel war klein und sehr fein. Zwischen den Seiten lagen getrocknete Blumen, an denen mir viel lag, besonders an einem wunderschönen Zweig von rosarotem Rittersporn, der die Gabe besaß, mir ganz deutlich die *gleux* auf der Insel Oléron in Erinnerung zu rufen, wo ich ihn gepflückt hatte.

Ich weiß nicht, wie die *gleux* richtig heißen. Es sind die nach der Getreideernte stehengebliebenen Halme; es sind kurzgeschorene gelbe Stoppelfelder, die von der Augustsonne gedörrt und vergoldet werden. Die von Heuschrecken bewohnten *gleux* auf der Insel werden überragt von sehr hochstieligen, spät blühenden Kornblumen und vor allem von weißem, violettem oder rosarotem Rittersporn.

Bevor ich jeweils an einem Wintermorgen im Bett mit meiner Lektüre begann, schaute ich immer diesen Blütenzweig an, dessen Farbe noch frisch war und der mir eine Vision von den sonnendurchglühten Feldern von Oléron und die Sehnsucht danach verschaffte...

«Und ich sah und hörte einen Engel fliegen mitten durch den Himmel und sagen mit großer Stimme: ‹Weh, weh, weh denen, die auf Erden wohnen...›

Und der fünfte Engel posaunte, und ich sah einen Stern, gefallen vom Himmel auf die Erde, und ihm ward der Schlüssel zum Brunnen des Abgrunds gegeben.»

Wenn ich allein in der Bibel las und die Stellen selbst auswählen konnte, entschied ich mich immer für die großartige Genesis, die Trennung von Licht und Finsternis, oder aber für die apokalyptischen Visionen und Wunder; ich war jedesmal fasziniert von dieser ganzen Poesie der Träume und der Schrecken, die meines Wissens in keinem Buch der Menschheit je ihresgleichen gefunden hat... Das Tier mit den sieben Häuptern, die Zeichen am Himmel, der Ton der letzten Posaune, dieses Grauen war mir vertraut; es verfolgte mich in meinen Phantasien und verzauberte sie.

Es gab ein Buch aus dem letzten Jahrhundert, eine Reliquie meiner hugenottischen Vorfahren, das mir diese Dinge lebendig vor Augen führte: es war eine «Geschichte der Bibel» mit seltsamen apokalyptischen Bildern, auf denen der Hintergrund immer schwarz war. Meine Großmutter mütterlicherseits bewahrte in einem Wandschrank ihres Zimmers dieses Buch, das sie von der Insel Oléron mitgenommen hatte, sorgfältig auf. Und da ich die Gewohnheit beibehalten hatte, im Winter in melancholischer Stimmung zu ihr hinauf zu gehen, sobald ich es Nacht werden sah, war es fast immer in jenen Stunden des ungewissen Lichts, daß ich sie bat, mir das Buch auszuleihen, damit ich auf ihren Knien darin blättern konnte; bis zum letzten Augenblick der Dämmerung wendete ich die vergilbten Seiten um, ich betrachtete den schnellen Flug der Engel mit den großen Flügeln, die Vorhänge der Finsternis, die das Ende der Welten prophezeiten, die Himmel, die dunkler waren als die Erde, und in der Mitte der Wolkenberge das einfache und schreckliche Dreieck, das Symbol für Jehova.

XXV

Ägypten, das antike Ägypten, das ebenfalls dazu ausersehen war, etwas später auf mich eine Art von geheimnisvoller Faszination auszuüben, entdeckte ich zum ersten Mal ohne Scheu oder Erstaunen auf einem Stich der Zeitschrift «Magasin pittoresque». Wie alte Bekannte grüßte ich zwei Götter mit Sperberkopf, die im Profil auf einem Stein eingraviert waren. Sie befanden sich zu beiden Seiten eines fremdartigen Tierkreises, und obwohl es damals ein trüber Tag war, bin ich ganz sicher, daß ich plötzlich den Eindruck hatte, es scheine eine heiße, dumpfe Sonne.

XXVI

Im Lauf des Winters, der auf die Abreise meines Bruders folgte, verbrachte ich viele meiner Mußestunden in seinem Zimmer, wo ich im Buch «Reise nach Polynesien», das er mir geschenkt hatte, die Bilder ausmalte. Mit größter Sorgfalt kolorierte ich zuerst die Blütenzweige und die Vogelschwärme. Dann kamen die Leute an die Reihe. Die beiden tahitianischen Mädchen an der Meeresküste aber, bei denen der Zeichner von irgendwelchen Nymphen inspiriert worden war, malte ich weiß an, o ja, weiß und rosa wie die lieblichsten Puppen. Und so bemalt fand ich sie entzückend.

Es blieb der Zukunft vorbehalten, mir beizubringen, daß dies nicht ihre Hautfarbe war und daß ihr Reiz ganz woanders lag...

Im übrigen hat sich mein Schönheitsbegriff seit jener Zeit ziemlich verändert, und ich wäre damals sehr erstaunt gewesen, wenn ich erfahren hätte, was für eine Art von Gesichtern ich im unvorhersehbaren Lauf meines Lebens reizvoll finden würde. Aber alle Kinder haben in dieser Beziehung dasselbe Ideal, das sich, wenn sie erwachsen werden, wandelt. Mit ihrem ganzen naiven, unschuldigen Bewunderungsvermögen brauchen Kinder Gesichtszüge von sanfter Regelmäßigkeit und eine Hautfarbe von rosaroter Frische; später beurteilen sie dies je nach ihrer Geisteshaltung und vor allem entsprechend ihrer Sinnenwelt.

XXVII

Ich weiß nicht mehr genau, in welcher Zeit ich mein «Museum» gründete, das mich sehr lange beschäftigte. Ein wenig oberhalb des Zimmers meiner Großtante Berthe befand sich eine kleine abgesonderte Dachkammer, von der ich vollständig Besitz ergriffen hatte; der Reiz dieses Ortes rührte von einem Fenster, das sich sehr hoch oben befand und gegen Westen auf die alten Bäume der Stadtmauer sah, auf die fernen Wiesen, wo im eintönigen Grün verstreute rostrote Punkte darauf hinwiesen, daß dort Rinder- und Kuhherden weideten. Ich hatte es fertiggebracht, daß man diese Dachkammer tapezieren ließ mit einer hellgelben, leicht rosa gefärbten Tapete, die immer noch dort ist, und daß man Gestelle und Vitrinen anbrachte. Ich stellte darin meine Schmetterlinge aus, die ich für sehr wertvoll hielt; ich ordnete Vogelnester an, die ich in den Wäldern der «Limoise» gefunden hatte, an den Küsten der «Insel» aufgelesene Muscheln und weitere aus den Kolonien, die früher von unbekannten Verwandten heimgebracht und auf dem Estrich zuunterst in alten Koffern entdeckt worden waren, wo sie jahrelang unter dem Staub geschlummert hatten. In dieser Kammer verbrachte ich ganze Stunden still und allein, in die Betrachtung exotischer Perlmuttermuscheln versunken, und träumte von den Ländern, aus welchen sie stammten, indem ich mir fremdartige Gestade vorstellte.

Ein lieber alter Großonkel[26], ein entfernter Verwandter, der mich sehr mochte, unterstützte diesen Zeitvertreib. Er war Arzt, und da er in jungen Jahren lange in Afrika an der Küste gelebt hatte, besaß er eine Naturaliensammlung, die bedeutender war als so manche in den städtischen Museen. Es gab dort erstaunliche Dinge, die meine Aufmerksamkeit fesselten: seltene, eigenartige Muscheln und Waffen, die immer noch jene exotischen Wohlgerüche ausströmten, an denen ich mich später berauschte, und nie gesehene Schmetterlinge unter Glas.

Er wohnte in der Nähe, und ich besuchte ihn oft. Der Weg zu seiner Praxis führte durch den Garten, in dem die weißen Kelche des Stechapfels und Kakteen blühten und wo sich ein grauer Papagei aus Gabun aufhielt, der Dinge in der Negersprache sagte.

Und wenn der alte Onkel über Senegal, Gorea und Guinea berichtete, berauschte ich mich an der Musik dieser Wörter und ahnte schon etwas von der dunklen Schwere des schwarzen Erdteils.

Mein guter Onkel hatte prophezeit, daß ich Naturforscher werden würde – und täuschte sich dabei sehr, wie übrigens viele andere, die Prognosen für meine Zukunft stellten; aber er irrte sich noch mehr als jene, denn er begriff nicht, daß meine Neigung für Naturgeschichte nur eine vorübergehende Abschweifung meiner noch vagen Vorstellungen war; daß die kühlen Vitrinen, die nüchternen Klassifizierungen, die tote Wissenschaft nichts an sich hatten, das meine Aufmerksamkeit für lange Zeit zu fesseln vermochte. Nein, was mich mit solcher Macht anzog, befand sich hinter diesen erstarrten Dingen, dahinter und jenseits davon – es war die Natur selbst, erschreckend und mit tausend Gesichtern, die unbekannte Gesamtheit der Tiere und der Wälder...

XXVIII

Indessen brachte ich leider auch lange Stunden damit zu, angeblich meine Schulaufgaben zu machen.

Toepffer, der einzige wahre Dichter der sonst so unverstandenen Schüler, teilte diese in drei Gruppen ein:

1. jene, die ein Gymnasium besuchen,
2. jene, die zu Hause arbeiten und deren Fenster auf irgendeinen düsteren Hinterhof mit einem traurigen alten Feigenbaum hinausblickt,
3. jene, die ebenfalls bei sich zu Hause arbeiten, aber ein kleines helles Zimmer zur Straßenseite hin haben.

Ich gehörte zu letzterer Kategorie, welche Toepffer für privilegiert hält und die später die fröhlichsten Menschen hervorbringt. Mein Kinderzimmer befand sich auf der Straßenseite des ersten Stockwerks: weiße Vorhänge, grüne, mit weißen Rosenbuketts bedruckte Tapeten; beim Fenster mein Arbeitspult und darüber meine immer sehr vernachlässigte Bibliothek.

Bei schönem Wetter war dieses Fenster geöffnet, wobei die Jalousien halb geschlossen blieben, damit ich ständig hinaussehen konnte, ohne daß meine Faulenzerei von irgendeinem Nachbarn bemerkt oder verraten wurde. Von morgens bis abends betrachtete ich also diesen ruhigen, sonnigen Straßenabschnitt zwischen den kleinen weißen Provinzhäusern, der drüben bei den alten Bäumen an der Stadtmauer zu Ende ging, die seltenen Passanten, deren Gesichter ich bald alle kannte, die verschiedenen Katzen des Quartiers, die an den Türen oder auf den Dächern herumstrichen, sowie die in der warmen Luft kreisenden Mauersegler und die den Staub des Straßenpflasters streifenden Schwalben... Ach, wieviel Zeit habe ich doch an diesem Fenster verbracht, den Geist mit den vagen Träumereien eines gefangenen Spatzen beschäftigt, während mein mit Tintenklecksen beflecktes Heft offen dalag, wo die ersten Worte einer unvollendeten Übersetzung oder eines Aufsatzes, der nicht geraten wollte, standen!

Die Zeit, da ich den Vorbeigehenden Streiche spielte, ließ nicht lange auf sich warten; dies war im übrigen eine unabwendbare Folge meines gelangweilten Müßiggangs, der oft mit Gewissensbissen einherging.

Ich muß zugeben, daß Lucette, meine große Freundin, sich manchmal sehr gerne an diesen Streichen beteiligte. Obwohl schon ein junges Mädchen von sechzehn oder siebzehn Jahren, wurde sie gelegentlich zu einem Kind wie ich. «Weißt du, du darfst es keinesfalls jemandem erzählen», empfahl sie mir mit einem unbezahlbaren Blinzeln ihrer listigen Augen (und ich sage das jetzt, nachdem die Jahre verstrichen sind und das Gras wohl schon zwanzig Sommer lang auf ihrem Grab geblüht hat).

Man ging so vor, daß man zunächst hübsche Päckchen vorbereitete, die mit weißem Papier gut eingehüllt, mit rosa Seidenbändern gut verschnürt wurden und die Kirschenstiele, Pflaumenkerne oder sonst irgendwelche nichtigen Gemeinheiten enthielen; man warf das Ganze auf die Straße und stellte sich hinter die Jalousien, um zu sehen, wer das Päckchen auflesen würde.

Danach waren es Briefe – völlig alberne, zusammenhanglose Briefe mit eingestreuten Zeichnungen als Textillustrationen –, die man an die humorvollsten Bewohner der Nachbarschaft richtete und die man zu den Zeiten, da sie vorbeizukommen pflegten, an einen Faden befestigt, heimlich auf den Gehsteig legte...

Oh, wie unbändig lachten wir doch, wenn wir diese Stilblüten abfaßten! – Übrigens bin ich nach Lucette nie wieder jemandem begegnet, mit dem ich so sehr von ganzem Herzen lachen konnte, und das fast immer über Dinge, deren kaum verständliche Komik außer uns selbst niemanden aufgeheitert hätte. Außer unserer Freundschaft zwischen kleinem Bruder und großer Schwester war da noch etwas: dieselbe Neigung zu Spötteleien, eine vollständige Übereinstimmung unseres Sinnes für das Zusammenhanglose und Lächerliche. Auch fand ich, sie sei geistreicher als irgendwer, und oft konnten wir wegen eines einzigen von uns geäußerten Wortes auf Kosten unserer Mitmenschen oder von uns selbst plötzlich zusammen in Gelächter ausbrechen, bis wir platzten, bis wir uns vor Lachen zu Boden warfen.

Ich gebe zu, all das paßte nicht zu meinen düsteren Träumereien über die Apokalypse und zu meinen ernsten Glaubenskonflikten. Aber schon damals war ich voller Widersprüche...

Arme kleine Lucette oder Luçon («Luçon» war ein männlicher Eigenname im Singular, den ich ihr gegeben hatte; ich pflegte zu sagen: «Mein lieber Luçon»), arme kleine Lucette, immerhin gehörte auch sie zu meinen Lehrern; aber ein Lehrer, der mir natürlich weder Ekel noch Schrecken einflößte; wie Monsieur Ratin hatte sie ein Notenheft, in das sie «gut» oder «sehr gut» eintrug und das ich abends meinen Eltern zu zeigen hatte. Denn ich habe es zuvor unterlassen, darüber zu berichten, daß sie mir zum Spaß frühmorgens heimlich Klavierunterricht erteilt hatte, um mich eines Abends als Überraschung anläßlich einer Familienfeier die Stücke «Le Petit Suisse» und «Le Rocher de Saint-Malo» spielen zu lassen. Die Folge war, daß man sie gebeten hatte, ihr so erfolgreich begonnenes Werk fortzusetzen, so daß meine musikalische Ausbildung bis zu den Kompositionen von Chopin und Liszt in ihren Händen lag.

Die Malerei und die Musik waren die beiden einzigen Gebiete, wo ich ein wenig arbeitete.

In der Malkunst wurde ich von meiner Schwester unterrichtet, aber ich kann mich nicht mehr an die Anfänge erinnern, da sie zu weit zurückliegen; ich glaube, daß ich seit jeher fähig war, mit Bleistift oder Pinsel die kindlichen Einfälle, die meine Phantasie hervorbrachte, annähernd festzuhalten.

XXIX

Bei Großmutter hatte es zuunterst in dem Wandschrank mit den Reliquien, wo das Buch über die großen Schrecken der Apokalypse – «Die Geschichte der Bibel» – aufbewahrt wurde, auch einige andere ehrwürdige Dinge. Zunächst einen alten Psalter, der zwischen seinen Silberverschlüssen unendlich klein, so klein wie ein Puppenbuch wirkte und zu seiner Zeit ein Wunder der Buchdruckerkunst gewesen sein muß. Er war in diesem Miniaturformat hergestellt worden, so sagte man mir, damit er sich mühelos verbergen ließ; zur Zeit der Glaubensverfolgungen mußten ihn Vorfahren aus unserer Familie oft unter ihren Kleidern versteckt mit sich tragen. Ferner gab es in einer Schachtel ein Bündel von auf Pergament geschriebenen Briefen, die mit dem Stempel von Leyden oder von Amsterdam versehen waren und von 1702 oder 1710 datierten; sie trugen große Wachssiegel, über deren Ziffer eine gräfliche Krone thronte. Es waren Briefe unserer hugenottischen Ahnen, die beim Widerruf des Edikts von

Nantes ihre Ländereien, ihre Freunde, ihre Heimat, alles auf der Welt verlassen hatten, um ihren Glauben nicht verleugnen zu müssen. Sie schrieben einem bejahrten Großvater, der damals zu alt war, um ins Exil zu gehen, und der auf irgendeine Weise unerkannt in einem Winkel der Insel Oléron²⁷ verbleiben konnte. Sie waren ihm gegenüber unterwürfig und respektvoll, wie man es heutzutage nicht mehr ist, und baten ihn für alles um Rat oder Erlaubnis – sogar, ob sie gewisse Perücken, die zu jener Zeit in Amsterdam Mode wurden, tragen durften. Dann berichteten sie über ihre Angelegenheiten, ohne je zu murren, mit protestantischer Ergebenheit; da ihre Güter beschlagnahmt worden waren, mußten sie Handel treiben, um drüben ihr Leben zu fristen; und wie sie sagten, hofften sie, mit Hilfe Gottes immer genug Brot für ihre Kinder zu haben.

Neben der Ehrfurcht, die sie mir einflößten, besaßen diese Briefe für mich den besonderen Zauber, den sehr alte Dinge ausstrahlen; ich fand es eigenartig, auf diese Weise Einblick in frühere Begebenheiten zu gewinnen, in das persönliche Leben von Menschen, das sich vor mehr als eininhalb Jahrhunderten abgespielt hatte.

Und dann füllte sich beim Lesen dieser Briefe mein Herz mit Empörung gegen die katholische Kirche, gegen das päpstliche Rom, Herrscherin der vergangenen Jahrhunderte und in der erstaunlichen Prophezeiung der Apokalypse – zumindest

in meinen Augen – ganz deutlich gekennzeichnet:
... Und das Tier ist eine Stadt, und seine sieben
Häupter sind sieben Berge, auf welchen die Stadt
sitzt.[28]

Großmutter, in ihrer schwarzen Kleidung immer streng und gerade aufgerichtet, genau so, wie man sich die alten hugenottischen Damen vorzustellen hat, war während der Restauration um ihres Glaubens willen ebenfalls belästigt worden, und obwohl auch sie niemals murrte, spürte man, daß ihre Erinnerung an diese Zeit bedrückend war.

Überdies hatte man mir auf der «Insel» im Schatten eines Wäldchens, das von Mauern umgeben war, die an den früheren Wohnsitz unserer Familie angrenzten, die Stelle gezeigt, wo mehrere meiner Ahnen ruhten; sie waren von den Friedhöfen verbannt worden, weil sie als Protestanten sterben wollten.

Wie konnte man nur angesichts all dieser Vergangenheit ungläubig sein? Wäre die Inquisition wieder eingeführt worden, so hätte ich ganz bestimmt freudig wie ein kleiner religiöser Schwärmer das Martyrium auf mich genommen.

Mein Glaube war sogar ein kämpferischer Glaube, weit entfernt von der Resignation meiner Vorfahren; trotz meiner Abneigung gegen das Lesen sah man mich oft in die Lektüre von Büchern vertieft, die vom Glaubensstreit handelten; ich wußte Stellen aus den Kirchenvätern, aus den Beschlüssen der ersten Konzile auswendig; ich hätte wie ein Doktor über die Dogmen diskutieren können, ich war beschlagen in der Argumentation gegen das Papsttum.

Und doch überfiel mich in gewissen Augenblicken ein Kältegefühl; besonders in der Kirche entstand um mich herum bereits ein trübes Grau. Die Langeweile während gewissen Sonntagspredigten, die Leere der im voraus festgelegten Gebete, die in dem üblichen salbungsvollen Ton und mit den vorgegebenen Gesten gesprochen wurden, und die Gleichgültigkeit dieser sonntäglich gekleideten Leute, die kamen, um zuzuhören – wie sehr habe ich doch früh schon und mit tiefem Kummer, mit grauenvoller Enttäuschung die widerliche Förmlichkeit von all dem gespürt! Sogar der Anblick der Kirche brachte mich aus der Fassung: eine Stadtkirche, in der Absicht, etwas Hübsches zu schaffen, neu gebaut, ohne daß man es wagte, allzu hübsch zu bauen; ich erinnere mich vor allem an gewisse unbedeutende Wandornamente, die ich verabscheute, bei deren Anblick ich erstarrte. Es war ein wenig das Gefühl, das ich später in jenen Kirchen von Paris im Übermaß empfand, die elegant sein wollen und wo man an den Eingängen Türhütern mit Bandschleifen auf den Achseln begegnet... Ach, diese Versammlungen in den Cevennen, diese Pastoren in der Wüste![29]

Natürlich konnten derartige Kleinigkeiten meinen Glauben, der fest zu sein schien wie eine auf

Fels gebaute Burg, nicht stark erschüttern, aber sie führten zum ersten unmerklichen Riß, durch welchen tropfenweise eiskaltes Wasser zu sickern begann.

Wo ich noch echte Andacht empfand, den echten, wohltuenden Frieden im Hause des Herrn spürte, war in der alten Kirche von Saint-Pierre-d'Oléron; mein Ahne Samuel mußte dort in der Zeit der Verfolgungen oft gebetet haben, und meine Mutter war während ihrer ganzen Jugend dorthin gegangen... Ich liebte auch jene kleinen Dorfkirchen, in die wir manchmal an sommerlichen Sonntagen gingen. Die meisten waren recht alt, hatten ganz einfache, weiß gekalkte Mauern; sie waren irgendwo errichtet worden, am Rand eines Kornfelds mit wildwachsenden Blumen ringsumher, oder ganz abgelegen, im hintersten Winkel irgendeiner Einfriedung, am Ende einer alten Baumallee. – Die Katholiken haben nichts, das in bezug auf religiöse Anziehungskraft diese bescheidenen kleinen Gotteshäuser an unseren protestantischen Küstenstrichen übertrifft – dies gelingt nicht einmal ihren herrlichsten, inmitten der bretonischen Wälder verlorenen Granitkapellen, die ich später so sehr lieben lernte.

Ich wollte immer Pfarrer werden, ohne allen Zweifel; zunächst schien es mir, das sei meine Pflicht. Ich hatte es gesagt, ich hatte es in meinen Gebeten versprochen; konnte ich denn jetzt das gegebene Wort zurücknehmen?

Aber wenn ich mich bemühte, diese Zukunft in meinem kleinen Kopf zu ordnen, eine Zukunft, die mir zunehmend von undurchdringlicher Finsternis verhüllt schien, richteten sich meine Gedanken mit Vorliebe auf eine Kirche, die von der Welt etwas abgeschirmt war, wo der Glaube meiner Herde noch ursprünglich und mein bescheidenes Gotteshaus durch eine Vergangenheit voller Gebete geheiligt sein würde...

Zum Beispiel auf der Insel Oléron!

Auf der Insel Oléron, ja, dort konnte ich mir, umgeben von Erinnerungen an meine hugenottischen Vorfahren, eher, mit weniger Angst, ein Leben vorstellen, das ich dem Herrn widmen könnte.

XXX

Mein Bruder war auf der Insel der Wonnen angekommen.

Sein erster von dort abgeschickter Brief, ein sehr langer Brief, auf dünnem, leichtem, während der Meerfahrt vergilbtem Papier geschrieben, hatte vier Monate gebraucht, bis er uns erreichte.

Er war in unserem Familienleben ein Ereignis. Ich kann mich noch erinnern, mit welch fröhlicher Eile ich, zwei Stufen auf einmal nehmend, in den zweiten Stock hinauflief, um meine Großmutter und meine Tanten aus ihren Zimmern zu holen, während drunten Vater und Mutter das Briefsiegel aufbrachen.

In dem dicken Umschlag, der über und über mit amerikanischen Briefmarken beklebt war, steckte ein spezielles Briefchen für mich, und als ich es öffnete, fand ich darin eine getrocknete Blume, eine Art fünfblättrigen Stern von blasser, aber immer noch rosaroter Färbung. Diese Blume, berichtete mein Bruder, sei in seinem tahitischen Haus, das von der erstaunlichen Pflanzenwelt dort drüben überwuchert wurde, am Fenster gewachsen und erblüht. Oh, mit was für eigenartigen Gefühlen – mit was für einer Begierde, wenn ich so sagen darf – betrachtete und berührte ich doch diese immergrüne Pflanze als einen kleinen, immer noch farbigen, immer noch fast lebendigen Teil einer so fernen, so unbekannten Natur! Dann preßte ich sie mit so großer Sorgfalt, daß ich sie jetzt noch besitze.

Und als ich nach manchen Jahren zu dem Haus[30] pilgerte, das mein Bruder auf der anderen Hälfte der Erdkugel bewohnt hatte, sah ich, daß der schattige Garten tatsächlich ganz rosarot war von diesem Immergrün, daß die Blumen sogar die Türschwelle überwucherten und im verwahrlosten Innern des Hauses weiterblühten.

XXXI

Nachdem ich das neunte Lebensjahr zurückgelegt hatte, redete man eine Weile davon, mich ins Gymnasium zu schicken, um mich an die Mühen dieser Welt zu gewöhnen, und während diese Frage in der Familie erörtert wurde, lebte ich einige Tage lang voller Angst vor diesem Gefängnis, dessen Mauern und vergitterte Fenster ich vom Sehen her kannte.

Aber nach reiflicher Überlegung fand man, ich sei ein zu zartes und zu rares Pflänzchen, um den Kontakt mit jenen anderen Kindern ertragen zu können, deren Spiele grob, deren Benehmen unanständig sein mochten; man beschloß also, mich noch zu Hause zu behalten.

Indessen wurde ich von Monsieur Ratin befreit. Sein Nachfolger war ein guter alter Lehrer mit einem rundlichen Gesicht, der mir zwar weniger mißfiel, bei dem ich aber auch nicht mehr arbeitete als zuvor. Wenn nachmittags die Stunde seines Eintreffens näherrückte und ich in aller Eile die Aufgaben gemacht hatte, stand ich an meinem

Fenster, um ihn abzupassen, das Schulbuch an der Stelle geöffnet, die ich zu lernen hatte; sobald ich ihn am entfernten Ende der Straße in einer Biegung auftauchen sah, begann ich mit dem Studium...

Und wenn er hereinkam, wußte ich im allgemeinen so viel, daß ich zumindest die Note «ziemlich gut» erhielt, so daß ich nicht gescholten wurde.

Ich hatte auch einen Englischlehrer, der jeden Morgen kam und den ich (ich bin nie darauf gekommen, weshalb) «Aristogiton» nannte. Er ließ mich, nach der Robertson-Methode, die Geschichte des Sultans Mohammed lernen. Er war übrigens der einzige, der die Lage klar überblickte. Es war seine innerste Überzeugung, daß ich nichts, nichts, weniger als nichts tat; aber er hatte wenigstens soviel Takt, sich nicht darüber zu beklagen, und dafür empfand ich ihm gegenüber eine Dankbarkeit, die bald in Zuneigung überging.

Im Sommer, während der heißen Tage, war der Hinterhof der Ort, wo ich zu arbeiten vorgab; ich überhäufte einen grünen Tisch, der unter einer Laube aus Efeu, Weinreben und Geißblatt stand, mit meinen tintenbefleckten Heften und Büchern. Und wie gut eignete sich doch dieser Ort, um in völliger Sicherheit faulenzen zu können! Ohne selbst gesehen zu werden, sah man durch das Gitterwerk und die grünen Zweige hindurch die Gefahren schon auf große Entfernung herankommen... Ich war stets besorgt, in dieses Versteck je nach Saison einen Vorrat an Kirschen oder Trauben mitzunehmen, und ich hätte dort wirklich stundenlang ganz herrlich träumen können, wenn mich nicht immer wieder diese hartnäckigen Gewissensbisse heimgesucht hätten, diese Gewissensbisse wegen der unerledigten Schulaufgaben...

Durch das herabhängende Laub hindurch konnte ich ganz nah das kühle, von Miniaturgrotten umgebene Bassin sehen, dem ich seit der Abreise meines Bruders große Verehrung entgegenbrachte. Auf seiner Oberfläche, die sich unter einem Springbrunnen kräuselte, tanzten Sonnenstrahlen, die dann schräg aufstiegen, um in meiner grünen Kuppel auf der Unterseite der Blätter als leuchtendes, unaufhörlich schwankendes Schillern zu verlöschen.

Diese Laube war ein stiller Schattenwinkel, wo ich mir das Landleben vortäuschte; über die niedrigen alten Mauern hinweg hörte ich die exotischen Vögel, die in den Volieren von Antoinettes Mama sangen, sowie die im Freien lebenden Vögel: die Schwalben auf den Dachvorsprüngen oder die gewöhnlichen Spatzen in den Bäumen der Gärten.

Manchmal streckte ich mich auf einem der grün gestrichenen Gartenbänke der Länge nach aus, um durch die Lücken im Laub des Geißblatts die über den blauen Himmel ziehenden weißen Wolken zu betrachten. Ich machte mich mit der den Mücken eigenen Lebensweise vertraut, die, mit ihren langen Beinen leicht zitternd, den ganzen Tag an der Unterseite der Blätter verbrachten. Oder meine Aufmerksamkeit wurde von der alten Mauer am Ende des Gartens gefesselt, wo sich zwischen den Insekten schreckliche Dramen abspielten: Plötzlich schossen heimtückische Spinnen aus ihrem Loch hervor, um arme leichtsinnige Tierchen zu fangen, die ich dann fast immer mit Hilfe eines Strohhalms befreite.

Ich vergaß zu sagen, daß ich auch die Gesellschaft eines zärtlich geliebten alten Katers genoß, den ich «Hoheit» nannte und der ein treuer Kamerad meiner Kindheit war.

«Hoheit» wußte, zu welchen Tageszeiten ich mich in meinem Versteck aufhielt, und erschien dort diskret auf den Spitzen seiner Samtpfoten, sprang aber erst auf meinen Schoß, nachdem er mit einem langen Blick mein Einverständnis eingeholt hatte.

Er war sehr häßlich, der Arme, komischerweise war nur eine seiner beiden Gesichtshälften gefleckt; überdies hatte er infolge eines fürchterlichen Unfalls einen rechtwinklig gebrochenen und deshalb krummen Schwanz. Daher war er für Lucette ein Gegenstand fortwährender Spötteleien, während bei ihr eine reizende Angorakatze nach der anderen in die Dynastie hineingeboren wurde. Wenn ich ihr einen Besuch abstattete, unterließ sie es selten, nach den Erkundigungen über meine Familienangehörigen mit unbezahlbarer Herablassung, die allein schon einen Lachanfall bei mir auslöste, anzufügen: «Und... deinem abscheulichen Kater... geht es ihm gut, mein Kind?»

XXXII

Inzwischen machte mein «Museum» große Fortschritte, und es war nötig geworden, neue Gestelle darin anzubringen.

Der Großonkel, den ich sehr oft besuchte und der sich vermehrt meiner Neigung für Naturgeschichte annahm, fand in seiner Muschelsammlung eine Menge von Exemplaren, die er doppelt besaß und die er mir schenkte. Mit unermüdlicher Güte und Geduld brachte er mir die wissenschaftlichen Klassifizierungen von Cuvier, Linné, Lamarck oder Bruguières bei, und ich wundere mich, daß ich diesen so große Aufmerksamkeit schenkte.

Auf einem kleinen, sehr alten Schreibtisch, der zum Mobiliar meines «Museums» gehörte, hatte ich ein Heft liegen, in das ich aufgrund der Notizen des Großonkels für jede der sorgfältig etikettierten Muscheln die Bezeichnung der Gattung, der Art, der Familie, der Klasse und schließlich des Herkunftsorts eintrug.

Und dort, in dem gedämpften Licht, das auf

jenen Schreibtisch fiel, in der Stille des hochgelegenen kleinen Winkels, der in seiner Abgeschiedenheit bereits mit Gegenständen aus den entlegensten Orten der Welt oder aus den tiefsten Tiefen des Meeres angefüllt war, wenn mein Geist sich eingehend beschäftigt hatte mit dem wechselnden Geheimnis der tierischen Formen und der unendlichen Mannigfaltigkeit der Muscheln – mit welch großer Erregung schrieb ich doch dann in mein Heft angesichts von Namen wie «Spirifer» oder «Terebratel» verzauberte und sonnendurchtränkte Worte: «Ostküste von Afrika», «Küste von Guinea», «Indischer Ozean»!

Ich entsinne mich, in diesem «Museum» an einem Märznachmittag eine der seltsamsten Erfahrungen mit meinem Bedürfnis, auf etwas zu reagieren, gemacht zu haben, das mich später in gewissen Phasen vollständiger Entspannung den Lärm, den Aufruhr, die einfache vulgäre Fröhlichkeit der Matrosen aufsuchen ließ.

Es war während der Fastnacht. Bei sonnigem Wetter war ich mit meinem Vater ausgegangen, um mir das Maskentreiben in den Straßen anzusehen; und dann, nachdem ich frühzeitig heimgekehrt war, hatte ich mich unverzüglich in mein «Museum» hinaufbegeben, um mir mit der Klassierung meiner Muscheln die Zeit zu vertreiben. Aber das entfernte Geschrei der Masken und der Lärm ihrer Trommeln drang bis zu meinem einsamen Gelehrtenschlupfwinkel hinauf und erfüllte mich mit unerträglicher Traurigkeit. Wenn auch in mancher Hinsicht sogar noch schmerzlicher, war es eine Empfindung, wie sie das Lied der alten Kuchenverkäuferin bei mir hervorrief, wenn sie in den Winternächten in Richtung der Straßen zum Hafen und der Stadtmauer verschwand. Es überkam mich plötzlich und unerwartet eine richtige Angst, die sehr schwer zu erklären war. Unterschwellig litt ich darunter, eingesperrt und mit gefühllosen Dingen beschäftigt zu sein, die gerade recht für Greise waren, während draußen die Burschen aus dem Volk – Jungen aller Altersstufen, aller Größen – und die Matrosen, sogar noch kindischer als jene, mit billigen Masken auf den Gesichtern umherliefen und -sprangen und aus voller Kehle sangen. Ich hatte nicht die geringste Lust, es ihnen gleichzutun, das versteht sich von selbst; ich spürte sogar mit Widerwillen und voller Verachtung, wie unmöglich dies gewesen wäre. Und ich legte großen Wert darauf, nicht auszugehen, da ich die Klassierung der bunten Familie der Purpurschnecken, der dreiundzwanzigsten Art unter den Gastropoden, beenden mußte.

Aber trotzdem beunruhigten sie mich auf recht sonderbare Weise, diese Leute in den Gassen... Und da, in meiner Not, ging ich hinunter, um meine Mutter zu holen, sie inständig zu bitten, heraufzukommen und mir Gesellschaft zu leisten. Erstaunt über meine Bitte (denn ich lud nie jemanden in dieses Heiligtum ein), vor allem aber erstaunt über meine verängstigte Miene, meinte sie zuerst scherzend, das sei lächerlich für einen bald zehnjährigen Jungen; jedoch willigte sie sofort ein und ließ sich, eine Stickerei in der Hand, fast ein wenig besorgt in meinem «Museum» neben mir nieder.

Wie war ich da beruhigt, erneut angeregt durch ihre wohltuende Gegenwart! Ich machte mich wieder ans Werk, ohne mich um das Maskentreiben zu kümmern, und betrachtete nur noch von Zeit zu Zeit ihr geliebtes Profil, dessen Umrisse sich vom hellen Viereck meines Fensterchens abhoben, während der Märztag zur Neige ging.

XXXIII

Es wundert mich, daß ich mich nicht mehr erinnern kann, dank welcher – langsamen oder plötzlichen – Wandlung meine Neigung zum Pfarrerberuf zu einer Neigung für den eher kämpferischen Beruf des Missionars wurde.

Mir scheint sogar, ich hätte viel früher darauf kommen müssen, denn ich hatte mich von jeher über die evangelischen Missionen auf dem laufenden gehalten, besonders über jene in Südafrika, im Land der Basuto. Und seit meiner frühesten Kindheit hatte ich den «Messager», ein Monatsmagazin, abonniert, dessen Titelbild mir schon damals aufgefallen war. Dieses Bild könnte ich zuvorderst unter jene Bilder einreihen, von denen ich schon gesprochen habe und die uns unabhängig von der Darstellung, der Farbgebung oder der Perspektive zu beeindrucken vermögen. Es stellte eine unwahrscheinliche Palme am Ufer eines Meeres dar, hinter dem eine enorme Sonne unterging, und am Fuß dieses Baumes einen jungen Wilden, der am fernen Horizont das Schiff kommen sah, das die

Heilsbotschaft brachte. Schon in meinen allerersten Anfängen, als ich zuunterst in meinem mit Watte ausgepolsterten Nestchen saß, von wo mir die Welt nichts weiter als unförmig und ziemlich grau vorkam, hatte dieses Bild viele Träume in mir wachgerufen. Jetzt war ich imstande, alles Kindliche in seiner Ausführung zu beurteilen, aber ich unterlag weiterhin dem Zauber der enormen, im Meer halb versunkenen Sonne und des kleinen Missionsschiffes, das sich mit vollen Segeln der unbekannten Küste näherte.

Wenn man mich also jetzt nach meiner Berufung fragte, antwortete ich: «Ich werde Missionar.» Aber ich sagte es mit leiser Stimme, so wie jemand, der seinen Kräften nicht ganz traut, und ich verstand auch gut, daß man mir keinen Glauben mehr schenkte. Selbst meine Mutter reagierte auf diese Antwort nur mit einem traurigen Lächeln; denn zunächst war es mehr, als was sie von meiner Frömmigkeit verlangte, und überdies ahnte sie zweifellos, daß es keineswegs das sein würde, daß es etwas anderes, Beunruhigenderes sein würde, das zu durchschauen für den Moment völlig unmöglich war.

Missionar! Es schien jedoch, daß auf diese Weise alles miteinander zu vereinbaren war. Zwar gab es da die Reisen in die Ferne, das abenteuerliche, ständig von Gefahren bedrohte Leben, aber es geschah im Dienste des Herrn. So kam mein Gewissen für einige Zeit zur Ruhe.

Nachdem ich mir diese Lösung ausgedacht hatte, vermied ich es, meine Gedanken dabei verweilen zu lassen, aus Angst, noch irgend etwas Entsetzliches daran zu entdecken. Im übrigen tropfte weiterhin das eiskalte Wasser der nichtssagenden Predigten, der unnötigen Wiederholungen, des religiösen Kauderwelschs auf meinen ursprünglichen Glauben. Und überdies nahm meine verdrossene Furcht vor dem Leben und vor der Zukunft immer mehr zu; der bleierne Schleier hing weiterhin quer über meinem dunklen Weg und ließ sich mit seinen langen schweren Falten unmöglich lüften.

XXXIV

Bis anhin habe ich zu wenig von der «Limoise» erzählt, vom Ort meiner Einweihung in das Geschehen der Natur. Meine ganze Kindheit ist eng mit diesem Erdenwinkel verbunden, mit seinen alten Eichenwäldern, mit seinem steinigen, von Thymianteppichen oder von Buschwerk bedeckten Boden.

Im Verlauf von zehn oder zwölf strahlenden Sommern verbrachte ich als Schüler jeden Donnerstag in der «Limoise», und während der Arbeitstage träumte ich von einem Donnerstag zum anderen um so mehr davon.

Vom Monat Mai an bewohnten nun unsere Freunde, die Familie D***, mit Lucette dieses Landhaus und blieben nach der Weinlese noch bis zu den ersten kühlen Oktobertagen dort – und ich wurde jeden Mittwochabend regelmäßig hingebracht.

Allein schon der Weg zur «Limoise» war für mich etwas Herrliches. Nur sehr selten nahm man die Kutsche, denn sie war kaum fünf oder sechs

Kilometer von uns entfernt, obwohl sie mir sehr abgelegen, ganz in den Wäldern verborgen zu sein schien. Sie lag in südlicher Richtung, in Richtung der warmen Länder. (Ich hätte ihren Zauber weniger stark empfunden, wenn es gegen Norden gegangen wäre.)

So verließ ich denn jeden Mittwochabend bei Sonnenuntergang, je nach Monat zu verschiedenen Tageszeiten, unser Haus in Begleitung des älteren Bruders von Lucette, einem großen, achtzehn- oder zwanzigjährigen Burschen, der damals auf mich wie ein Mann im reifen Alter wirkte. Ich paßte mich soweit als möglich seiner Gangart an, schritt demnach rascher aus als auf meinen gewohnten Spaziergängen mit Vater und Schwester. Wir gingen durch die ruhigen unteren Stadtviertel und an jener alten Seemannskaserne vorbei, deren wohlbekannte Trompeten- und Trommelklänge an Tagen, da der Südwind wehte, bis zu meinem «Museum» hinaufdrangen; dann passierten wir beim ältesten und düstersten der Tore – einem ziemlich verwahrlosten Tor, das nur noch Bauern und Viehherden benützen – die Stadtmauer, und endlich erreichten wir die Straße, die zum Fluß führt.[31]

Zwei Kilometer auf einer schnurgeraden Allee, die damals von alten verkrüppelten Bäumen gesäumt war; sie waren von den Flechten ganz gelb, und ihre Wipfel neigten sich alle nach links wegen der Meerwinde, die, von Westen her kommend, ununterbrochen über das weite Wiesenland dieser Gegend bliesen.

Solchen Leuten gegenüber, die von einer Landschaft konventionelle Vorstellungen haben und unbedingt eine Bilderbuchgegend brauchen, zwischen Pappeln dahinfließendes Wasser und den von einem alten Schloß gekrönten Berg, solchen Leuten gegenüber sei im voraus zugegeben, daß diese armselige Straße sehr häßlich ist.

Ich hingegen finde sie wundervoll trotz der eintönigen Linien an ihrem Horizont. Rechts und links hat es zwar nichts als flache Wiesen, auf denen Rinderherden weiden. Und weiter vorn zieht sich über den ganzen fernen Horizont etwas, das die Wiesen fast wie mit einem langen Wall abzuriegeln scheint: es ist der Kamm der gegenüberliegenden steinigen Hochebene, an deren Fuß der Fluß entlangströmt; es ist das andere Ufer, höher gelegen als das diesseitige und von unterschiedlicher Beschaffenheit, aber ebenso flach, ebenso eintönig. Und gerade in dieser Eintönigkeit liegt für mich der unverstandene Reiz unserer Landschaften; in ihren Umrissen herrscht über weite Strecken oft eine ununterbrochene, tiefe Ruhe.

Diese alte Straße ist mir übrigens die liebste unserer Gegend, wahrscheinlich weil viele meiner Schülerträume sich in diesen weiten Ebenen festsetzten, in denen ich ihnen von Zeit zu Zeit noch begegne ... Sie ist auch die einzige, die man mir nicht mit Fabriken, Docks oder Bahnhöfen verunstaltet hat. Sie gehört ganz und gar mir, ohne daß es sich jemand träumen läßt – und deshalb auch nicht beabsichtigt –, mir diesen Besitz streitig zu machen.

Der gesamte Reiz, den die Außenwelt auf uns auszuüben scheint, liegt in uns selbst, geht von uns selbst aus; von uns strömt er aus – natürlich nur für uns –, und er tut nichts anderes, als zu uns zurückzukommen. Aber ich glaubte nicht früh genug an diese immerhin allgemein bekannte Wahrheit. Während meiner ersten Lebensjahre lag demnach der gesamte Reiz in den alten Mauern oder in den Geißblattranken meines Hinterhofes, in unseren Sandflächen auf der Insel Oléron, in den Weideplätzen oder in den Steinen unserer Ebenen. Später, als ich diesen Reiz überall vergeudete, wußte ich nichts Besseres, als dessen Quelle zum Versiegen bringen. Und ich habe leider das Land meiner Kindheit – vielleicht das Land, in das ich zum Sterben zurückkehren werde – in meinen eigenen Augen zu sehr seiner Farben beraubt und herabgesetzt; es gelingt mir nur noch für Augenblicke und an einzelnen Orten, meine früheren Illusionen hervorzurufen; natürlich werde ich von allzu überwältigenden Erinnerungen an andere Länder verfolgt...

Ich war daran, zu erzählen, wie ich jeden Mittwochabend meine Schritte freudig zu jener Straße lenkte, um mich auf die ferne Felsenmauer zuzubewegen, die jenseits des Flusses die Weideflächen abriegelt, in Richtung jener Gegend der Eichen und der Steine, in der die «Limoise» liegt und die von meiner damaligen Phantasie eigenartig vergrößert wurde.

Der Fluß, den man überqueren mußte, befand sich am Ende der schnurgeraden Allee aus alten Bäumen, die von den goldfarbenen Flechten zerfressen und von den Westwinden zerzaust wurden. Sehr launisch war er, dieser Fluß, den Gezeiten und der ganzen Willkür des nahen Meeres ausgeliefert. Wir fuhren auf einer Fähre oder in einer Jolle hinüber, immer mit denselben, seit jeher vertrauten Flußschiffern, ehemaligen Matrosen mit weißen Bärten und sonnenverbrannten Gesichtern.

Am anderen Ufer, dem Ufer der Steine, hatte ich die Illusion, daß die Stadt, die wir soeben verlassen hatten und deren graue Mauern noch sichtbar waren, plötzlich zurückwich; in meinem kleinen Kopf entstanden plötzlich übermäßig große Entfernungen, und die Weiten entschwanden. Denn es war ja auch alles anders, der Boden, die Gräser, die wildwachsenden Blumen und die Schmetterlinge, die sich auf ihnen niederließen; hier war nichts mehr so wie in der Nähe der Stadt, im Moor- und Weideland, wo meine Spaziergänge an den übrigen Wochentagen stattfanden. Und diese Unterschiede, welche andere Menschen nicht einmal bemerkt hätten, müssen mir besonders aufgefallen sein und haben mich bezaubert, mich, der ich die Zeit damit zu vertrödeln pflegte, in der Natur auch das Winzigkleinste peinlich genau zu beobachten, der ich mich in die Betrachtung der unbedeutendsten Moosarten vertiefen konnte. Selbst die Abenddämmerung hatte jeweils am Mittwoch irgend etwas Besonderes an sich, das ich mir nur schwer erklären konnte; meist ging zum Zeitpunkt, da wir am jenseitigen Ufer ankamen, die Sonne unter, und von der einsamen Hochebene herab betrachtet, auf der wir uns befanden, schien es mir, als sei ihre rote Scheibe größer als gewöhnlich, wenn sie hinter dem mit hochstehendem Gras bewachsenen Flachland versank, das wir soeben verlassen hatten.

Nachdem wir also den Fluß überquert hatten, zweigten wir unverzüglich von der Hauptstraße ab und kamen auf wenig begangenen Fußwegen in eine Gegend, die heute auf abscheuliche Weise entweiht ist, damals aber wunderschön war und den Namen «Les Chaumes» trug.

Dieser Landstrich war Gemeindegut und gehörte zu einem Dorf, dessen alte Kirche weiter hinten zu sehen war. Da die «Chaumes» also keinen Besitzer hatten, war ihre liebenswerte Wildheit unberührt geblieben. Es war nichts weiter als eine Art von steiniger Hochebene, die aus einem einzigen Stück bestand, das leicht gewellt und mit einem Teppich aus trockenen, kurzstieligen, duftenden Pflanzen bewachsen war, die unter unseren

Schritten knisterten; dort lebte auf seltenen Blümchen eine ganze Welt merkwürdig gefärbter, winziger Schmetterlinge und mikroskopisch kleiner Mücken.

Man begegnete manchmal auch Schafherden und ihren Hirtinnen, die viel bäurischer aussahen als jene nahe der Stadt und eine von Wind und Sonne erheblich dunkler gegerbte Haut hatten. Und diese melancholische, sonnendurchglühte Gegend war für mich wie ein Vorzimmer zur «Limoise»; sie besaß bereits ihren Thymian- und Majoranduft.

Am Rand dieser Heide tauchte der Weiler «Le Frelin» auf. Nun, den Namen «Frelin» liebte ich, er schien mir von der Bezeichnung jener dicken, schrecklichen Hornissen[32] abgeleitet zu sein, die in den Wäldern der «Limoise» im Innern gewisser Eichen nisteten und die man im Frühling tötete, indem man ringsum große Feuer anzündete. Der Weiler bestand aus drei oder vier kleinen Häusern. Wie in unserer Gegend üblich, waren sie sehr niedrig und alt, sehr alt und grau; ihre runden Türen waren von mittelalterlichem Blumenzierat eingerahmt und von halb verblichenen Wappenschildern überhöht. Da ich sie fast immer zur selben Tageszeit – bei erlöschendem Licht, wenn die Abenddämmerung anbrach – erblickte, riefen sie in meinem Gemüt die geheimnisvolle Vorstellung vergangener Zeiten wach; vor allem bezeugten sie das hohe Alter dieses felsigen Bodens, der lange vor unserem städtischen Wiesenland entstanden war, das dem Meer abgewonnen wurde und wo nichts aus viel früheren Zeiten stammt als aus der Epoche Ludwigs XIV.

Nach «Le Frelin» begann ich, auf den Wegen voraus zu blicken, denn im allgemeinen ging es nicht lange, bis Lucette zu sehen war, die uns mit ihrem Vater oder ihrer Mutter in der Kutsche oder zu Fuß entgegenkam. Und sobald ich sie erkannte, rannte ich auf sie zu, um sie zu umarmen.

Man durchquerte das Dorf, indem man der Kirche entlang fuhr, einem Kleinod aus dem 12. Jahrhundert in jenem romanischen Stil, der hier am eigenartigsten und am außergewöhnlichsten anzutreffen ist; dann sah man in dem immer noch ersterbenden Dämmerlicht weiter vorn einen breiten schwarzen Streifen auftauchen: die Wälder der «Limoise», die zur Hauptsache aus immergrünen Eichen mit sehr dunklem Laub bestanden. Danach schlug man die Privatwege des Landsitzes ein; man kam an den Brunnen vorbei, wo die Ochsen warteten, bis sie zum Trinken an die Reihe kamen. Und schließlich öffnete man das alte Pförtchen; man betrat den ersten Hof, eine Art grasbewachsener Platz, der bereits in den dunklen Schatten seiner hundertjährigen Bäume getaucht war.

Das Wohnhaus lag zwischen diesem Hof und einem großen, etwas verwilderten Garten, der an die Eichenwälder angrenzte. Beim Betreten der alten Wohnung mit den weiß gekalkten Wänden und dem altmodischen Holztäfer suchte ich zuerst mit den Blicken mein Schmetterlingsnetz, das immer an seinem Platz hing, bereit für die Jagd am nächsten Tag ...

Nach dem Abendessen ging man meist in den hinteren Teil des Gartens und setzte sich auf die Bänke in einer Laube, bei der alten Umfassungsmauer – ohne die geringste Beteiligung der nachtschwarzen Landschaft, wo die Waldeulen schrien. Und während man dort saß, in der schönen, warmen, besternten Nacht, in der klangvollen, von Grillenmusik erfüllten Stille, da begann plötzlich weit weg, aber sehr deutlich, drüben in der Dorfkirche eine Glocke zu läuten.

Dieses Angelus-Läuten von Echillais; wenn ich es an den schönen Abenden von damals im Garten hörte, was für einen Klang hatte doch diese Glocke, ein wenig scheppernd war er zwar, aber immer noch silberhell wie jene sehr alten Stimmen, die einmal hübsch waren und wohlklingend geblieben sind! Was für einen Zauber des Verflossenen, der melancholischen Andacht und des friedvollen Todes vermochte doch dieser Ton in der glasklaren Dunkelheit der Natur zu verbreiten! ... Und die Glocke läutete lange, ungleichmäßig, klang bald gedämpft, bald wieder lauter von weitem zu uns herüber, je nach dem milden Windhauch, der die Luft bewegte. Ich dachte an all die

Menschen in den abgelegenen Bauernhäusern, die dem Geläut bestimmt zuhörten; ich dachte vor allem auch an die umliegenden verlassenen Orte, wo es niemanden gab, der die Glocke hörte, und es überlief mich ein Schauer beim Gedanken an die nahen Wälder, in denen sich die letzten Schwingungen verlieren mußten...

Ein aus hervorragenden Köpfen zusammengesetzter Gemeinderat hat jetzt – nachdem er den armen alten Kirchturm mit einer lächerlichen Fahnenstange mitsamt Trikolore ausstaffiert hatte – das Angelus-Läuten abgeschafft. Das ist also vorbei; der uralte Ruf der Sommerabende wird nie mehr zu hören sein...

Es war sehr angenehm, danach schlafen zu gehen, besonders mit der Aussicht auf den nächsten Tag, den Donnerstag, der alle Arten von Zeitvertreib verhieß. In den Gästezimmern im Erdgeschoß des großen einsamen Hauses hätte ich mich sicher geängstigt; deshalb brachte man mich, bis ich zwölf Jahre alt war, oben in dem riesengroßen Zimmer von Lucettes Mutter unter, wo ich hinter Wandschirmen eine Privatwohnung hatte. In meiner Ecke befand sich eine mit Glasscheiben versehene Bibliothek im Louis XV-Stil, die angefüllt war mit Büchern über die Schiffahrt des letzten Jahrhunderts und mit seit hundert Jahren nicht mehr gelesenen Marinezeitschriften. Und auf der weißen Kalkwand gab es jeden Sommer dieselben kaum wahrnehmbaren, kleinen Schmetterlinge, die tagsüber durch die offenen Fenster hereinkamen und dort mit ausgebreiteten Flügeln schliefen. Die Zwischenfälle zum Abschluß des Abends ereigneten sich immer dann, wenn man am Einschlafen war: eine Fledermaus, die zu ungelegener Zeit ihren Auftritt hatte und wie eine Wahnsinnige um die Kerzenflammen wirbelte; oder ein riesiger brummender Nachtfalter, den man mit einer Bürste an langem Stiel verjagen mußte. Oder aber es brach ein Gewitter aus und zerzauste die nahen Bäume, die mit ihren Ästen gegen die Hausmauer schlugen, riß die alten Fenster, die man geschlossen hatte, wieder auf und erschütterte alles.

Ich bewahre eine erschreckende, großartige Erinnerung an diese Gewitter in der «Limoise», so wie sie mir damals vorkamen, wo alles größer und stärker mit Leben erfüllt war als heute...

XXXV

Zu dieser Zeit – sie entfällt etwa auf mein elftes Lebensjahr – taucht eine neue Freundin auf, die bei mir bald in hoher kindlicher Gunst stehen wird (Antoinette hat das Land verlassen; Véronique ist vergessen).

Sie hieß Jeanne, und sie kam aus einer Marineoffiziers-Familie, welche wie die Familie D*** seit gut einem Jahrhundert mit der unseren befreundet war. Ich war zwei oder drei Jahre älter als sie und hatte sie zunächst kaum beachtet, da ich sie wahrscheinlich zu kindisch fand.

Sie hatte übrigens in ihren ersten Lebensjahren ein sehr komisches Katzengesichtchen gehabt; es war unmöglich vorauszusehen, wie sich ihr allzu feines Frätzchen entwickeln würde, unmöglich zu erraten, ob sie häßlich oder hübsch sein würde; dann kam bald die Phase einer gewissen Anmut, und schließlich wurde sie mit acht oder zehn Jahren zu einem ganz und gar reizenden, bezaubernden Mädchen. Da sie sehr schalkhaft, ebenso gesellig war wie ich ungesellig und auf den Kinderbällen und -abendgesellschaften ebenso gut eingeführt worden war wie ich davon ferngehalten wurde, schien sie mir damals hinsichtlich mondäner Eleganz tonangebend und, was raffinierte Koketterie anging, perfekt zu sein. Trotz der großen Vertraulichkeit, die zwischen unseren Familien herrschte, war es offensichtlich, daß ihre Eltern unsere Freundschaft nicht billigten, denn sie hielten es zweifellos für unpassend, daß der Kamerad ihrer Tochter ein Junge war. Ich litt sehr darunter, und da kindliche Empfindungen äußerst heftig und anhaltend sind, brauchte es Jahre, mußte ich fast zum Jüngling heranwachsen, bis ich ihrem Vater und ihrer Mutter die Demütigungen verzeihen konnte, die ich von ihnen erfahren hatte.

Dadurch wurde mein Verlangen, mit ihr spielen zu dürfen, um so größer. Und da sie dies damals spürte, führte sie sich als die unnahbare kleine Märchenprinzessin auf und verspottete unbarmherzig meine Schüchternheit, mein linkisches Benehmen, meine mißglückten Auftritte bei Einladungen, es fand zwischen uns ein Austausch von sehr komischen Sticheleien oder von unbezahlbaren kindlichen Galanterien statt.

Wenn ich eingeladen wurde, einen Tag bei ihr zu Hause zu verbringen, genoß ich ihn schon im voraus, war aber danach meist bekümmert, denn ich benahm mich immer ungeschickt in dieser Familie, von der ich mich unverstanden fühlte.

Und jedesmal, wenn ich Jeanne bei uns zum Essen haben wollte, mußte Großtante Berthe, die von ihren Eltern akzeptiert wurde, lange im voraus mit ihnen verhandeln.

Als sie nun eines Tages von Paris zurückkam, berichtete mir diese kleine Jeanne begeistert vom Märchenspiel «Peau-d'Ane», welches sie auf der Bühne gesehen hatte.

Dies war bei mir auf fruchtbaren Boden gefallen: das Stück sollte mich vier oder fünf Jahre lang beschäftigen, mir die wertvollste Zeit stehlen, die ich im Verlauf meines Lebens je verschwendet habe.

Denn wir kamen zusammen auf die Idee, das Stück auf einer Theaterbühne, die mir gehörte, zu inszenieren. Und dank «Peau-d'Ane» wurde unsere Beziehung viel enger. Allmählich nahm das Projekt in unseren Köpfen gigantische Ausmaße an; von Monat zu Monat wurde es größer und größer und machte uns immer mehr Vergnügen, je besser unsere Möglichkeiten wurden, die Aufführung zu realisieren. Wir entwarfen phantastische Kulissen; wir kostümierten für die Vorstellung zahllose Püppchen. Ich werde wirklich noch mehrere Male von diesem Märchenspiel erzählen müssen, das in meiner Kindheit etwas vom Wichtigsten war.

Und selbst als Jeanne des Vorhabens überdrüssig wurde, arbeitete ich allein daran weiter, es wurde immer kostspieliger, da ich mich an wirklich grandiose Unternehmen heranwagte: Mondscheinnächte, Feuersbrünste, Gewitter. Ich baute auch herrliche Paläste, orientalische Gärten. Alle meine Träume von verwunschenen Wohnungen, von fremdartigem Luxus, die ich später in verschiedenen Erdenwinkeln mehr oder weniger verwirklichte, nahmen in diesem Theaterstück zum ersten Mal Gestalt an; wenn ich meine mystische Vorstellung über die ersten Lebensjahre hinter mir lasse, könnte ich fast behaupten, daß das ganze Trugbild meiner Existenz zunächst auf jener Kinder-Bühne ausprobiert und inszeniert wurde.

Ich war mindestens fünfzehn Jahre alt, als die letzten unfertigen Kulissen für immer in den Kartonschachteln verschwanden, die ihnen als stille Grabstätte dienen.

Und da ich schon daran bin, der Zukunft vorzugreifen, möchte ich zum Schluß folgendes anmerken: In den letzten Jahren habe ich mit Jeanne, die inzwischen zu einer Schönheit herangewachsen ist, unzählige Male geplant, gemeinsam die Schachteln, in denen unsere Figuren schlafen, wieder zu öffnen, aber das Leben nimmt jetzt einen so raschen Verlauf, daß wir nie die Zeit dafür gefunden haben und sie auch nie finden werden.

Vielleicht, später, unsere Kinder oder, wer weiß, unsere Enkel? Eines Tages werden diese unbekannten Nachkommen, wenn man nicht

mehr an uns denken wird, beim Stöbern in
den hintersten Winkeln höchst geheimnisvoller
Wandschränke die erstaunliche Entdeckung von
Figuren, Nymphen, Feen und Dämonen machen,
die von uns ausstaffiert worden waren...

XXXVI

Es scheint, daß Kinder, die im Innern Frankreichs wohnen, es sich in den Kopf setzen, das Meer sehen zu wollen. Ich, der unsere eintönigen Ebenen nie verlassen hatte, träumte davon, die Berge zu sehen. Ich stellte mir so gut als möglich vor, was das sein mochte; auf mehreren Gemälden hatte ich sie schon abgebildet gesehen, ich hatte sogar welche für die Kulissen von «Peau-d'Ane» gemalt. Meine Schwester hatte mir von einer Schweizer Reise in die Gegend des Vierwaldstättersees Schilderungen davon gegeben und mir lange Briefe darüber geschrieben, wie man sie gewöhnlich Kindern, die so alt sind, wie ich damals war, nicht schickt. Und meine Kenntnisse wurden ergänzt durch Photographien von Gletschern, die sie mir für mein Stereoskop mitgebracht hatte. Aber ich wünschte mir sehnlich, diese Gebilde in Wirklichkeit zu sehen.

Nun kam eines Tages wie auf Wunsch ein Brief, der für unser Haus ein großes Ereignis war. Er stammte von einem Vetter zweiten Grades[33] meines Vaters, mit dem zusammen er wie ein Bruder aufgezogen worden war, der jedoch aus irgendwelchen Gründen in den letzten dreißig Jahren kein Lebenszeichen mehr von sich gegeben hatte. Als ich zur Welt kam, hatte man es in der Familie schon völlig aufgegeben, von ihm zu sprechen, so daß ich nicht einmal wußte, daß er existierte. Und er war es nun, der schrieb und wieder mit uns Verbindung aufzunehmen wünschte; er wohne, so berichtete er, in einem entlegenen Städtchen in den Bergen Südfrankreichs, und er teilte uns mit, daß er Söhne und eine Tochter im Alter meines Bruders und meiner Schwester habe. Sein Brief war sehr freundlich, und man antwortete ihm im gleichen Ton, indem man ihm über alle drei von uns Geschwistern berichtete.

Nachdem dieser Briefwechsel fortgesetzt worden war, beschloß man, mich zu dieser Familie in die Ferien zu schicken zusammen mit meiner Schwester, die dort wie während unseren Reisen zur «Insel» bei mir die Mutterrolle übernehmen würde.

Der Süden, die Berge, die plötzliche Erweiterung meines Horizontes – und auch die neuen wie vom Himmel gefallenen entfernten Verwandten –, all das wurde zum Gegenstand meiner unausgesetzten Träumereien bis zum Monat August, dem Zeitpunkt, der für unsere Abreise festgelegt worden war.

XXXVII

Die kleine Jeanne war zu uns gekommen, um einen Tag in unserem Haus zu verbringen; es war Ende Mai, in diesem Frühling, da ich so voller Erwartungen war, und ich war zwölf Jahre alt. Den ganzen Nachmittag hatten wir fünf bis sechs Zentimeter große Gelenkpuppen aus Porzellan auf der Bühne in Bewegung gesetzt; wir hatten Kulissen gemalt; kurz, wir hatten das Stück «Peau-d'Ane» gestaltet – aber auf ursprüngliche Manier – inmitten von Farben, Pinseln, Karton- und Goldpapierschnitzeln und von Gazestofffetzen. Als dann der Zeitpunkt nahte, da man sich ins Eßzimmer begab, hatten wir unsere wertvollen Arbeiten in eine große Kiste gestopft, die von diesem Tag an für diesen Zweck bestimmt war und deren frisches Tannenholz aus dem Innern einen hartnäckigen Harzgeruch ausströmte.

Nach dem Abendessen nahm man uns während der lang anhaltenden ruhigen Dämmerstunden beide zusammen auf einen Spaziergang mit.

Aber draußen – es war eine Überraschung, die

mich zusehends betrübte – war es recht kalt, und über dem Frühlingshimmel lag ein Schleier, der an den Winter gemahnte. Statt mit uns aus der Stadt hinaus in Richtung der immer von Spaziergängern belebten Alleen und Straßen zu gehen, wandte man sich dem großen Marine-Park zu, einem schicklicheren Ort, der jedoch am Abend nach Sonnenuntergang menschenleer war.

Auf dem Weg dorthin auf einer langen, geraden Straße, in der kein einziger Passant zu sehen war, hörten wir, als wir die Kapelle der Waisenmädchen erreichten, das Geläute und den Psalmengesang für die Maria-Königin-Feier; dann erschien eine Prozession: kleine weiß gekleidete Mädchen, die in ihren Frühlingskleidchen aus Musselin zu frieren schienen. Nachdem diese bescheidene Prozession mit ihren zwei oder drei Fahnen durch das verlassene Quartier gezogen und ein melancholisches Ritornell gesungen hatte, kehrte sie geräuschlos in die Kapelle zurück. Niemand hatte zugeschaut auf der Straße, auf deren ganzer Länge wir die einzigen waren; ich bekam das Gefühl, daß den Mädchen auch in dem grau verhangenen Himmel, der ebenfalls leer sein mußte, niemand zugeschaut hatte. Diese armselige Prozession von verwaisten Kindern schnürte mir die Kehle erst recht zusammen und fügte meiner Enttäuschung über die Maiabende das Bewußtsein hinzu, wie eitel das Beten und wie nichtig doch alles war.

Im Marine-Park wurde meine Betrübnis noch

größer. Es war entschieden kalt, und ganz erstaunt fröstelten wir in unseren Frühlingskleidern. Es war übrigens weit und breit kein einziger Spaziergänger zu sehen. In langen buschigen, völlig menschenleeren Reihen standen die hohen blühenden Kastanien und die dicht belaubten Bäume in ihrem frischen hellen Grün; die Pracht der grünen Schattierungen entfaltete sich unter einem reglosen, blaßgrauen, eiskalten Himmel, ohne daß sie jemand sah. Und in den Rabatten blühte eine verschwenderische Fülle von Rosen, Pfingstrosen und Lilien, die sich in der Jahreszeit getäuscht zu haben und wie wir zu frösteln schienen in diesem plötzlich erkalteten Dämmerlicht.

Ich hatte übrigens oft den Eindruck, daß die Melancholie des Frühlings jene des Herbstes noch übertrifft, bestimmt weil sie für die einzige Sache der Welt, die uns zumindest nie fehlen sollte, einen Widersinn, eine Enttäuschung darstellt.

In der Verwirrung, in die ich durch diesen Anblick geriet, bekam ich Lust, Jeanne einen Lausbubenstreich zu spielen.

Ich geriet manchmal ihr gegenüber in solche Versuchungen, um mich für ihren Witz zu rächen, der frühzeitiger als bei mir geschärft und voller Spott war. Ich lud sie also ein, aus der Nähe an den Lilien, die betörend dufteten, zu riechen, und während sie sich vorbeugte, gab ich ihr von hinten einen ganz leichten Stoß, so daß sie ihre Nase mitten in die Blüten steckte und ihr Gesicht von

Pollen gelb war. Sie war empört! Und durch das Gefühl, eine Tat von schlechtem Geschmack begangen zu haben, wurde für mich die Heimkehr vom Spaziergang erst recht unangenehm.

Die schönen Maiabende!... Ich hatte doch aus den vorhergehenden Jahren eine ganz andere, erfreuliche Erinnerung daran bewahrt; waren sie denn wirklich so, voller Kälte, mit bedecktem Himmel, mit einsamen Parks?... Und dieser lustige Tag mit Jeanne war so rasch vorbeigegangen, hatte so schlecht geendet! In meinem Innern kam ich zum Schluß des vergänglichen «War das alles!», welches in der Folge meine häufigste Überlegung wurde und das ich ebensogut als Devise hätte wählen können...

Als ich wieder zu Hause war, musterte ich in der Holzkiste unsere nachmittägliche Arbeit, und ich roch den balsamischen Duft der Bretter, den alle unsere Theaterrequisiten angenommen hatten. Nun, sehr lange, während ein, zwei oder mehr Jahren, erinnerte mich dieser Geruch aus der «Peau-d'Ane»-Kiste hartnäckig an diesen Maiabend und an seine unendliche Öde, die zu den sonderbarsten Empfindungen meiner Kinderzeit gehörte. Im übrigen haben sich in meinem Erwachsenenleben diese grundlosen Ängste niemals mehr gezeigt, die von der Furcht des Nichtbegreifens begleitet waren, von der Furcht, immer in den gleichen unauslotbaren Abgründen den Boden unter den Füßen zu verlieren; ich habe nicht mehr gelitten, ohne zumindest zu wissen, weshalb. Nein, jene Dinge waren eine Besonderheit meiner Kindheit, und das vorliegende Buch hätte ebensogut den (zugegebenermaßen gefährlichen) Titel tragen können: «Tagebuch meiner unerklärten Anwandlungen von großer Traurigkeit und der Gelegenheitsstreiche, mit denen ich mich davon abzulenken versuchte.»

XXXVIII

Es war ungefähr in derselben Lebensphase, als ich das Zimmer von Tante Claire, um die Schulaufgaben zu erledigen und mich mit «Peau-d'Ane» zu beschäftigen, fast ausschließlich für mich beanspruchte. Ich richtete mich dort wie in einem eroberten Land ein, beanspruchte allen Platz und zog die Möglichkeit, daß ich störte, überhaupt nicht in Betracht.

Zunächst war Tante Claire die Person, die mich am meisten verwöhnte. Und wie gewissenhaft kümmerte sie sich doch um meine kleinen Angelegenheiten! So brauchte ich ihr in bezug auf eine Auslage von Dingen, die außerordentlich zerbrechlich waren oder beim kleinsten Hauch davonfliegen konnten – wie zum Beispiel die Schmetterlingsflügel oder die Flügeldecken von Mistkäfern, die als Schmuck für die Nymphenkostüme des Märchenspiels vorgesehen waren –, nur einmal zu sagen: «Ich vertraue dir das alles an, liebe Tante!» und konnte dann ruhig weggehen, denn niemand würde sich daran vergreifen.

Und überdies war da der Pralinenbär als Attraktion im Zimmer. Oft betrat ich es aus keinem anderen Grund, als um ihm einen Besuch abzustatten. Er war aus Porzellan und besetzte eine Kaminecke, wo er auf seinem Hinterteil saß. Gemäß einer Vereinbarung mit Tante Claire befand sich in seinem Innern jedesmal, wenn sein Kopf zur Seite gedreht war (und er drehte ihn mehrmals täglich zur Seite), eine Praline oder ein Bonbon für mich. Nachdem ich es gegessen hatte, richtete ich sein Gesicht sorgfältig wieder in die Mitte, um anzuzeigen, daß ich dagewesen war, und ging weg.

Tante Claire setzte sich auch für «Peau-d'Ane» ein; sie arbeitete an den Kostümen, und ich teilte ihr jeden Tag eine Aufgabe zu. Sie hatte vor allem die Herstellung der Kopfbedeckungen für die Feen und Nymphen übernommen; auf ihren Porzellanköpfen, die so groß wie die Kleinfingerbeere waren, befestigte sie blonde Seidenperücken, die sie anschließend mit Hilfe kleiner Brennscheren da und dort mit ein paar Locken versah...

Wenn ich mich dann endlich dazu entschloß, mit den Schulaufgaben zu beginnen, nachdem ich meine Zeit auf alle möglichen Arten verbummelt hatte, war es in der Aufregung der letzten halben Stunde wieder Tante Claire, die mir zu Hilfe kam; sie nahm das riesengroße Wörterbuch, das ich brauchte, zur Hand und suchte für mich die

Wörter für meine Übersetzungen ins Lateinische oder Französische heraus. Sie hatte sich sogar daran gewöhnt, Griechisch zu lesen, damit sie mir helfen konnte, meine Lektionen in diesem Fach zu lernen. Und für diese Übungen schleppte ich sie immer ins Treppenhaus, wo ich mich sogleich auf den Stufen ausstreckte und die Füße höher als den Kopf plazierte. Drei oder vier Jahre lang war dies meine klassische Stellung, während ich aus der «Kyropädie» oder der «Ilias» rezitierte.

XXXIX

Ich hatte immer eine große Freude, wenn am Donnerstagabend über der «Limoise» ein schreckliches Gewitter ausbrach, das meine Heimkehr verunmöglichte.

Und das kam vor; wir hatten solche Gewitter erlebt. Ich konnte also notfalls an den Tagen, da ich meine Schulaufgaben nicht erledigt hatte, diese Hoffnung hegen... (Denn ein erbarmungsloser Lehrer hatte die Aufgaben für den Donnerstag eingeführt; ich mußte nun Hefte und Bücher in die «Limoise» mitschleppen; meine kurzen Tage im Freien waren gänzlich davon überschattet.)

Als nun eines Abends gegen acht Uhr das ersehnte Gewitter mit großartiger Wucht ausgebrochen war, hielten wir uns, Lucette und ich – etwas verängstigt – im großen Salon auf, wo jedes Geräusch widerhallte und die ziemlich kahlen Wände lediglich mit zwei oder drei eigenartigen alten Stichen in antiken Rahmen geschmückt waren. Sie legte unter den Blicken ihrer Mama die letzten

Spielkarten einer «Réussite», während ich auf einem altertümlich tönenden ländlichen Klavier ganz leise einen provenzalischen Tanz von Rameau spielte und diese leichte Musik aus vergangenen Zeiten, wie sie sich so mit dem lauten Getöse der krachenden Donnerschläge vermischte, wunderschön fand...

Nachdem sie ihr Kartenspiel beendet hatte, blätterte Lucette in meinen Aufgabenheften, die auf dem Tisch herumlagen, stellte mit einem nur für mich bestimmten Blinzeln fest, daß ich nichts getan hatte, und fragte mich dann plötzlich: «Und deine ‹Geschichte der Römer› von Duruy, wo hast du sie hingelegt?»

«Meinen Duruy?» In der Tat, wo war es, dieses ganz neue, noch kaum beschmutzte Buch? O Gott, drüben, zuhinterst im Garten, hatte ich es in den hintersten Spargelbeeten liegen lassen! (Ich hatte mir diese Spargelbeete, die sich im Sommer in eine Art von Hain aus hochstieligen, krautigen und sehr schlanken Pflanzen verwandeln, angeeignet, um dort meinen Geschichtsstudien nachzugehen. Ebenso war eine bestimmte Allee aus Haselnußsträuchern – buschig, undurchdringlich, schattig wie ein grünes Kellergewölbe – der Ort, den ich für das unvergleichlich mühseligere Studium der lateinischen Verskunst ausgesucht hatte.) Dieses Mal aber wurde ich von Lucettes Mama tüchtig ausgescholten, und man beschloß, dem Buch auf der Stelle zu Hilfe zu eilen.

Es wurde eine Expedition organisiert: An der Spitze ging ein Knecht mit einer Stallaterne; Lucette und ich folgten ihm in Holzschuhen, mit großer Anstrengung einen Regenschirm haltend, den die Gewitterböen ständig umkehrten.

Draußen verflog jegliche Angst; aber ich öffnete meine Augen ganz weit und spitzte die Ohren. Wie ungewohnt und unheimlich kam mir dieser entlegene Teil des Gartens vor im hellen Schein der grünen Blitze, die zitterten, flackerten und uns dann von Zeit zu Zeit geblendet in der finsteren Nacht zurückließen! Und was für einen tiefen Eindruck riefen die nahen Eichenwälder bei mir hervor, wo unaufhörlich das Krachen von abbrechenden Ästen zu hören war...

In den Spargelbeeten fanden wir die völlig durchnäßte und mit Erde verschmierte «Geschichte der Römer» von Duruy. Vor dem Gewitter hatten sogar Schnecken, zweifellos vom bevorstehenden Regen aufgemuntert, das Buch in allen Richtungen überquert und mit ihrem glänzenden Schleim Arabesken darauf gezeichnet...

Nun, die Schneckenspuren haben sich auf diesem Buch lange Zeit gehalten, da ich sie mit Papierhüllen sorgfältig schützte. Denn sie vermochten mich an tausend Dinge zu erinnern dank den Gedankenassoziationen, die sich bei mir seit jeher selbst zwischen den verschiedenartigsten Bildern einstellten, vorausgesetzt, daß sie ein einziges Mal in einem günstigen Augenblick ganz einfach durch ihr gleichzeitiges Auftreten miteinander in Verbindung kamen.

Wenn ich sie nachts bei Licht betrachtete, riefen diese kleinen glänzenden Zickzacklinien auf dem Deckel des Buches von Duruy sofort den provenzalischen Tanz von Rameau, den dünnen abgenutzten Klang des Klaviers, der vom Lärm des starken Gewitters übertönt wurde, in Erinnerung; und sie gaben mir auch eine Erinnerung zurück, die ich an jenem Abend (angeregt durch einen an der Mauer hängenden Stich von Teniers) hatte, eine Vision von kleinen Gestalten aus dem letzten Jahrhundert, die im Schatten von Wäldern wie jenen der «Limoise» tanzten; sie riefen in mir eine ganze Reihe von Bildern über die Lustbarkeiten des Landlebens wach, die in den alten Zeiten im Freien unter den Eichen stattgefunden hatten.

XL

Indessen wäre die Heimkehr am Donnerstagabend manchmal auch von großem Reiz gewesen, hätten mich nur nicht die Gewissensbisse wegen der unerledigten Schulaufgaben geplagt.

Man brachte mich mit der Kutsche, auf dem Esel oder zu Fuß bis zum Fluß zurück. Hatte ich einmal die steinige Hochebene am südlichen Flußufer verlassen und war wieder auf der gegenüberliegenden Seite angelangt, so fand ich immer meinen Vater und meine Schwester vor, die mir entgegengekommen waren, und ich ging heiter mit ihnen auf der geraden Straße zwischen den Weiden weiter, die zu unserem Haus führte; ich schlug auf dem Heimweg, in der Vorfreude auf das Wiedersehen mit Mama, den Tanten und unserem geliebten Haus, jeweils einen schnellen Schritt an.

Beim Betreten der Stadt durch das alte, einsame Tor war es schon dunkle Nacht, eine Sommer- oder Frühlingsnacht; wenn man an der Kaserne vorbeiging, hörte man die vertraute

Trommel- und Trompetenmusik, welche die frühe Schlafenszeit der Matrosen ankündigte.

Zu Hause angekommen, begegnete ich den geliebten schwarzen Gestalten meist zuhinterst im Hof, wo sie unter freiem Himmel oder in der Geißblattlaube saßen.

Und wenn die anderen bereits drinnen waren, so traf ich sicher Tante Berthe noch allein dort an; sie hatte einen unabhängigen Charakter und schenkte der Gefahr einer Erkältung in der Abendkühle keine Beachtung. Nachdem sie mir einen Kuß gegeben hatte, schnüffelte sie an meinen Kleidern, rümpfte dabei die Nase, um mich zum Lachen zu bringen, und sagte: «Kleiner, du riechst nach der ‹Limoise›!»

Tatsächlich roch ich nach der «Limoise». Wenn man von dort zurückkam, brachte man immer einen Duft von Thymian, von Schafen, von irgend etwas Aromatischem zurück, das diesem Erdenwinkel eigen war.

XLI

In bezug auf die «Limoise» kann ich mit Stolz über eine meiner Taten berichten, die hinsichtlich Gehorsam, hinsichtlich Treue gegenüber einem Versprechen wirklich heldenhaft war.

Es geschah kurze Zeit vor meiner Abreise nach Südfrankreich, mit der sich meine Phantasie so stark beschäftigte, das heißt ungefähr in dem auf meinen zwölften Geburtstag folgenden Monat Juli.

An jenem Mittwoch hatte man mich früher als gewöhnlich weggeschickt, um sicher zu sein, daß ich vor Einbruch der Dunkelheit das Ziel erreichen würde, und begnügte sich auf mein Drängen hin damit, mich aus der Stadt hinauszuführen; dann erlaubte man mir für einmal, bis zur «Limoise» wie ein großer Junge allein weiterzumarschieren.

Beim Überqueren des Flusses zog ich – und schämte mich dabei bereits unsagbar vor den alten, von der Seeluft gebräunten Schiffern – aus meiner Tasche die Halsbinde aus weißer Seide, die umzulegen ich versprochen hatte, um mich vor der Kühle auf dem Wasser zu schützen.

Und einmal auf der Ebene der «Chaumes», einer schattenlosen, immer von glühender Sonnenhitze versengten Gegend, angekommen, erfüllte ich den Eid, den ich beim Weggehen hatte leisten müssen: ich öffnete einen *en-tout-cas!*[34] – Oh, ich spürte, wie ich errötete, ich fand mich selbst auf schmerzliche Weise lächerlich in Gegenwart eines kleinen Hirtenmädchens, das dort mit unbedecktem Kopf seine Schafe hütete. Zu allem Überfluß kamen vom Dorf her noch vier Jungen, die wahrscheinlich in der Schule gewesen waren und die mich schon von weitem bestaunten. Mein Gott, ich fühlte mich schwach werden! Würde ich wirklich den Mut haben, mein Wort bis zum Schluß zu halten?

Sie traten neben mich und blickten diesem kleinen Herrn, der sich so sehr vor einem Sonnenstich fürchtete, ganz aus der Nähe ins Gesicht; einer von ihnen sagte etwas, das völlig sinnlos war, mich aber wie eine tödliche Beleidigung traf: «Das ist der Marquis von Carabas!»[35], und sie begannen alle zu lachen. Dennoch setzte ich meinen Weg fort, ohne mit der Wimper zu zucken, ohne etwas zu erwidern, obwohl mir das Blut in die Wangen stieg, in den Ohren rauschte – und ich machte meinen Sonnenschirm nicht zu!

Im Verlauf der Zeit sollte es mir noch oft passieren, daß ich meinen Weg ging, ohne die Beleidigungen zu beachten, die von beklagenswerten Leuten ausgesprochen wurden, welche die Gründe meines Verhaltens nicht kannten; aber ich kann mich nicht erinnern, daß ich deswegen litt. Diese Szene hingegen!... Wirklich, ich habe sonst niemals aus Gewissensgründen eine derart verdienstvolle Tat vollbracht.

Aber ich bin überzeugt, daß der Ursprung für meine Abneigung gegen Schirme, die mich bis ins reife Alter begleitete, nirgendwo sonst zu suchen ist. Und ich schreibe es den Halsbinden, den dicht verschlossenen Fenstern, den übertriebenen Vorsichtsmaßnahmen zu, mit denen man mich früher umgab, daß ich später, in der Phase meiner extremen Reaktionen, das Bedürfnis hatte, den Oberkörper an der Sonne zu bräunen und ihn den aus allen Himmelsrichtungen wehenden Winden auszusetzen.

XLII

Ich schaute zur Tür eines sehr rasch fahrenden Bahnwagens hinaus und fragte meine mir gegenüber sitzende Schwester: «Sind das nicht schon die Berge?»

«Noch nicht», entgegnete sie, immer noch die Erinnerung an die Alpen im Gedächtnis, «noch nicht. Höchstens große Hügel.»

Es war ein heißer, strahlender Augusttag. Wir reisten in einem Schnellzug der südfranzösischen Linie und waren unterwegs in die Heimat unserer unbekannten Verwandten...

«Oh, aber das dort?... Na also!» rief ich triumphierend, als ich mit weit aufgerissenen Augen etwas entdeckte, das höher als alles andere war und sich blau vom hellen Horizont abhob.

Sie beugte sich vor. «Ach ja», sagte sie, «diesmal hingegen gebe ich dir recht; sie sind zwar nicht sehr hoch, aber schließlich...»

Abends im Hotel einer Stadt, wo wir bis zum nächsten Tag haltmachen mußten, war für uns alles unterhaltend, und ich entsinne mich, wie herrlich die Nacht war, als wir, auf die Balkonbrüstung unseres Zimmers gelehnt, zusahen, wie die bläulichen Berge dunkel wurden, und dem Gesang der Grillen zuhörten.

Am nächsten Morgen, dem dritten Tag unserer Reise in Etappen, mieteten wir eine komische Kutsche, um uns in das damals recht verlassene Städtchen bringen zu lassen, wo unsere Vettern wohnten.

Fünf Stunden lang fuhren wir über Pässe, durch enge Schluchten und auf Seitenstraßen, und während dieser ganzen Zeit war für mich alles zauberhaft. Nicht nur die Berge waren etwas Neues, sondern alles ringsum war völlig neuartig: der Boden, die Steine hatten eine leuchtend rote Färbung. Während unsere Dörfer alle sehr hell waren unter ihrer schneeweißen Kalkschicht und alle so niedrig, als dürften sie sich nicht über die endlose Einförmigkeit der sie umgebenden Ebenen erheben, reckten hier die Häuser – sie waren ebenso rötlich wie die Felsen – ihre alten Giebel und Türmchen in die Höhe und nisteten hoch oben auf den Hügelkämmen; die Bauern, von dunklerem Teint als bei uns, redeten eine unverständliche Sprache, und ich beobachtete vor allem die Frauen, die beim Gehen ihre Hüften auf eine Weise wiegten, die bei unseren Bäuerinnen nicht üblich war, und die auf dem Kopf Lasten – Garben oder dickbäuchige Kannen aus glänzendem Kupfer – trugen. Meine Sinne waren ganz und gar angespannt, erregt und auf gefährliche Weise bezaubert von dieser ersten Entdeckung fremdartiger, bisher unbekannter Bilder.

Gegen Abend erreichten wir das merkwürdige Städtchen[36], welches das Ziel unserer Reise war. Es lag am Ufer eines jener südfranzösischen Flüsse, die in flachen Betten aus weißen Kieseln dahinrauschen, und besaß noch seine alten spitzbogigen Stadttore, seinen hohen, mit Pechnasen versehenen Festungswall, seine mit gotischen Häusern gesäumten Straßen, und seine Mauern waren im allgemeinen blutrot.

Etwas neugierig und aufgeregt suchten wir mit den Blicken die Verwandten, die wir nicht einmal von Porträts her kannten und die bestimmt unsere Ankunft erwarteten und uns entgegenkommen würden... Plötzlich sahen wir einen großgewachsenen jungen Mann mit einem Mädchen in weißem Musselinkleid am Arm auftauchen; ohne das leiseste Zögern von der einen oder anderen Seite tauschten wir ein Zeichen des Erkennens aus: wir hatten uns gefunden.

Gastfreundlich begrüßten uns der Onkel und die Tante, die beide trotz ihrer bereits grau gewordenen Haare Spuren einer bemerkenswerten Schönheit aufwiesen, auf der Türschwelle ihres Hauses. Dieses stammte aus der Zeit Ludwigs XIII. und stand an der Ecke eines jener regelmäßigen, von Portalvorbauten eingerahmten Plätze, wie man sie in vielen Städtchen Südfrankreichs sieht. Man kam zuerst in einen Flur, dessen Boden mit hellrosa Steinfliesen belegt und mit einem riesengroßen Brunnen aus rötlichem Kupfer geschmückt war. Eine aus denselben Steinfliesen bestehende Treppe – sie war sehr breit, wie eine Schloßtreppe – mit einem merkwürdigen schmiedeeisernen Geländer führte in die mit altem Holztäfer versehenen Wohnräume im ersten Stockwerk. Und ich spürte, daß die Vergangenheit, an welche diese Dinge erinnerten, anders war als jene in der Saintonge und auf der «Insel» – der einzigen Vergangenheit, mit der ich bis dahin etwas vertraut geworden war.

Nach dem Abendessen gingen wir alle zusammen ans Ufer des rauschenden Flusses und ließen uns in einer Wiese zwischen Kornblumen und Majoran nieder, die man in der Dunkelheit an ihrem durchdringenden Duft erkannte. Es war sehr warm, sehr ruhig, und zahllose Grillen sangen. Mir schien, noch nie eine so klare Nacht und noch nie so viele Sterne an einem so tiefblauen Himmel gesehen zu haben. Obwohl zwischen meiner Heimat und dieser Gegend der Unterschied in bezug auf die Breitengrade nicht sehr groß ist, hüllen die Seebrisen, die unsere Wintertage abkühlen, manchmal auch die Sommerabende in Nebel; dieser Sternenhimmel mochte also tatsächlich ungetrübter sein als bei mir zu Hause, von mehr südlichem Charakter.

Und rings um mich ragten große bläuliche Silhouetten empor, an denen ich mich nicht satt sehen konnte: die nie zuvor erblickten Berge, die bei mir den so stark ersehnten Eindruck der Fremdartigkeit wachriefen und mir zeigten, daß mein Traum sich wirklich erfüllt hatte...

Ich sollte noch manchen Sommer in diesem Dorf verbringen und darin in dem Maße heimisch werden, daß ich den südlichen Dialekt lernte, den die Leute hier sprachen. Kurz, die beiden sonnenbeschienenen Heimatländer meiner Kindheit waren die Saintonge und diese Gegend hier.

Die Bretagne, die mir von vielen Leuten als Vaterland zugeschrieben wird, habe ich erst sehr viel später, im Alter von siebzehn Jahren gesehen, und es dauerte sehr lange, bis ich mit ihr vertraut wurde – was sicher der Grund dafür war, daß ich sie später um so mehr liebte. Sie hatte zunächst außerordentlich bedrückend und traurig auf mich gewirkt; erst meinem Bruder Yves gelang es, mir die Augen für ihren melancholischen Reiz zu öffnen, das Innere ihrer Bauernhäuser und Waldkapellen zu ergründen. Und danach gab der Einfluß, den ein junges Mädchen aus der Gegend von Tréguier, sehr spät, als ich etwa siebenundzwanzig war, auf meine Einbildungskraft ausübte, den eigentlichen Ausschlag für meine Liebe zu dieser Adoptivheimat.[37]

XLIII

Am Tag nach meiner Ankunft beim Onkel in Südfrankreich wurden mir die Kinder der Familie Peyral als Kameraden vorgestellt, die, wie es hier üblich war, Übernamen mit vorangehendem bestimmten Artikel hatten. Es handelte sich um die Maricette und um die Titi, zwei zehn- bis zwölfjährige Mädchen (sie waren immer noch kleine Mädchen), und um Médou, ihren jüngeren Bruder, der noch so klein war, daß er kaum zählte.

Da ich im allgemeinen für meine zwölf Jahre noch sehr kindlich war – trotz der Ideen, die ich von Dingen hatte, die wahrscheinlich jenseits der bei Kindern üblichen Gedankenwelt liegen –, bildeten wir sofort eine Schar von absolut Gleichgesinnten, und unsere Gemeinschaft überdauerte sogar mehrere Sommer.

Auf allen Hügeln der Umgebung besaß der Vater der Peyral-Kinder Wälder und Weinberge, in denen wir unumschränkt herrschten; niemand beaufsichtigte hier unsere Unternehmen, mochten sie auch noch so ausgefallen sein. In diesem mitten in den Feldern gelegenen Ort, wo unsere Familien von den Bauern der Umgebung sehr geachtet wurden, war man der Ansicht, daß nichts dagegen einzuwenden war, wenn wir aufs Geratewohl in der Gegend herumzogen. Wir begaben uns also schon morgens alle vier auf geheimnisvolle Expeditionen, auf eine Mahlzeit in den entfernten Weinbergen oder auf die Jagd nach unauffindbaren Schmetterlingen; manchmal warben wir irgendwelche Bauernkinder an, die immer bereit waren, uns unterwürfig zu folgen. Und nachdem ich daran gewöhnt gewesen war, daß jeder einzelne Augenblick überwacht wurde, war eine solche Freiheit eine herrliche Abwechslung für mich. In diesen Bergen begann ein ganz neues Leben voller Unabhängigkeit und frischer Luft; aber ich könnte fast behaupten, daß es die Fortsetzung meiner Einsamkeit war, denn ich war das älteste dieser Kinder, die sich an meinen wunderlichen Spielen beteiligten, und auf dem Gebiet der geistigen Vorstellungen, der Träume gähnten Abgründe zwischen uns...

Ich war im übrigen der unbestrittene Anführer der Kinderschar; einzig die Titi rebellierte einige Male, doch konnte ich sie sofort beschwichtigen. Alle waren artig um nichts anderes bemüht, als mir zu gefallen, und es paßte mir, derart die Oberhand zu haben.

Es war das erste Trüppchen, das ich anführte. Später kamen zu meinem Zeitvertreib noch viele andere hinzu, die weniger leicht zu beherrschen waren; aber stets achtete ich darauf, daß sie sich aus Kindern zusammensetzten, die jünger waren als ich, vor allem verstandesmäßig jünger, einfacher, so daß sie meine Launen nicht durchschauten und meine Kindereien nie belächelten.

XLIV

Für die Ferien hatte man mir als Schulaufgabe lediglich die Lektüre des «Telemach» aufgetragen (wie man sieht, war meine Erziehung in gewisser Hinsicht eher altmodisch). Es war eine Ausgabe aus dem 18. Jahrhundert in mehreren Bänden. Und was außergewöhnlich war, ich langweilte mich beim Lesen nicht einmal allzu sehr; ich konnte mir Griechenland, seine weißen Marmorskulpturen unter einem klaren Himmel, ziemlich deutlich vorstellen, und vor meinem geistigen Auge entstand ein Bild der Antike, das sicher viel heidnischer war als jenes von Fénelon: Kalypso und ihre Nymphen hatten mich bezaubert...

Um in Ruhe lesen zu können, sonderte ich mich jeden Tag für eine Weile von den Peyral-Kindern ab und suchte einen meiner beiden Lieblingsorte – den Garten meines Onkels oder seinen Estrich – auf.

Der riesengroße, bei ständig geschlossenen Dachluken immer dunkle Dachboden erstreckte sich unter dem hohen Giebel aus dem frühen

17. Jahrhundert über die ganze Länge des Hauses. Schon in den ersten Tagen meines Aufenthalts hatte mich der alte Kram aus vergangenen Zeiten angezogen, der dort unter Staub und Spinnweben schlummerte; dann hatte ich mir allmählich angewöhnt, nach dem Mittagessen mit meinem «Telemach» heimlich hinaufzugehen in der Gewißheit, daß man mich an diesem Ort nicht suchen würde. In der von Sonnenhitze durchglühten Mittagszeit schien dort oben als Kontrast fast finstere Nacht zu herrschen. Ich öffnete geräuschlos den Wetterschutz einer Dachluke, so daß eine blendende Lichtflut hereinströmte; dann lehnte ich mich auf das Dach hinaus, stützte die Ellbogen auf den erhitzten, mit goldgelbem Moos bewachsenen alten Schiefer und begann zu lesen. Auf diesem Dach lagen in meiner Reichweite Tausende von Agen-Pflaumen, die dort auf Rosten aus Weidengeflecht zum Trocknen ausgebreitet waren. Von der Sonne überhitzt, runzlig, geschmort und nochmals geschmort, waren sie eine Köstlichkeit; sie erfüllten den ganzen Dachboden mit ihrem Duft; und die Bienen und Wespen, die wie ich nach Belieben davon aßen, fielen, vor Wohlgefühl und Hitze ohnmächtig geworden, ringsumher auf den Rücken. Und auf sämtlichen der vielhundertjährigen Dächer der Umgebung waren zwischen all den gotischen Giebeln bis weit in die Ferne ähnliche Roste zu sehen, mit den gleichen Pflaumen bedeckt, von den gleichen summenden Bienen besucht.

Man konnte auch die beiden Straßen, die zum Haus meines Onkels führten, in ihrer ganzen Länge sehen; von mittelalterlichen Häusern gesäumt, endete jede an einem spitzbogigen Tor, das die hohe Stadtmauer aus roten Steinen durchbrach. Die ganze Ortschaft lag träge, heiß und still in der betäubenden sommerlichen Mittagsstunde; man hörte nur das verworrene Gackern und Schnattern der zahllosen Hühner und zahllosen Enten, die den vertrockneten Unrat in den Straßen aufpickten. Und in der Ferne ragten die von Sonnenlicht überfluteten Berge in den reglosen blauen Himmel.

Ich las den «Telemach» in sehr kleinen Dosen; drei oder vier Seiten befriedigten meine Neugierde und beruhigten überdies mein Gewissen für den ganzen Tag. Dann ging ich schnell wieder zu meinen Freunden hinab, und wir zogen zusammen hinaus zu den Weinbergen und in die Wälder.

Der Garten meines Onkels, den ich ebenfalls als Zufluchtsort benutzte, grenzte nicht direkt an das Haus; wie alle anderen Gärten lag er außerhalb des mittelalterlichen Festungswalls, der die Ortschaft umgab. Er war von ziemlich hohen Mauern eingefaßt, und man betrat ihn durch eine altertümliche runde Pforte, die sich mit einem riesengroßen Schlüssel öffnen ließ. An gewissen Tagen begab ich mich mit dem «Telemach» und mit meinem Schmetterlingsnetz allein dorthin.

Es gab mehrere Pflaumenbäume, von welchen

die gleichen köstlichen Früchte überreif auf den heißen Boden fielen, die man zum Trocknen auf die Dächer legte; den alten Gartenwegen entlang wuchsen Rebstöcke, deren Muskatellertrauben von unzähligen Fliegen und Bienen verzehrt wurden. Und der ganze hintere Teil – denn es war ein sehr großer Garten – war wie ein gewöhnliches Feld von Luzerne überwachsen.

Der Reiz dieses alten Obstgartens bestand darin, daß man sich dort, hinter einer zweimal abgeschlossenen Pforte, von viel Raum und Ruhe umgeben, völlig allein fühlte.

Und schließlich muß ich noch über eine gewisse Laube in diesem Garten berichten, wo sich im übernächsten Sommer das wesentliche Ereignis meiner Kindheit abspielte. Sie grenzte an die Umfassungsmauer und war von einem Spalier mit Muskatellertrauben überwachsen, die den ganzen Tag über von der Sonne versengt wurden. Diese Laube rief bei mir, ohne daß ich dies begründen konnte, den Eindruck hervor, in einem «warmen Land» zu sein. (Und in der Tat begegnete ich später in den kleinen Gärten der Kolonien denselben schwülen Wohlgerüchen und denselben Bildern.) Sie wurde von Zeit zu Zeit von seltenen, anderswo nie anzutreffenden Schmetterlingen besucht, die von vorn gesehen nichts weiter als gelb und schwarz erschienen, aber von der Seite betrachtet in wunderschön schillerndem, metallischem Blau erglänzten, ganz wie jene Exoten aus

Guyana, die im «Museum» in den Vitrinen aufgespießt waren, die ich von meinem Onkel erhalten hatte. Sie waren sehr mißtrauisch, sehr schwer zu fangen und ließen sich für einen Augenblick auf den duftenden Beeren der Muskatellertrauben nieder, um dann über die Mauer davonzufliegen; ich aber setzte den Fuß in einen Spalt zwischen den Steinen und zog mich an der Mauer hoch, damit ich die durch die schwüle, schweigende Landschaft Fliehenden beobachten konnte. Und für eine ganze Weile blieb ich dort, auf die Mauer gelehnt, und schaute in die Ferne: am Horizont erhoben sich die bewaldeten Berge, und auf ihren Gipfeln standen da und dort Burgruinen und Türme aus der Zeit des Feudalismus; und weiter vorn, mitten in den Mais- oder Buchweizenfeldern, lag das Landgut «Bories», dessen alter gewölbter Portalvorbau als einziger in der Umgebung wie der Eingang zu einer afrikanischen Stadt mit Kalk weiß getüncht war.

Dieses Landgut, hatte man mir gesagt, gehöre den Kindern der Familie Sainte-Hermangarde, künftigen Spielkameraden, deren baldige Ankunft man mir ankündigte und die zu sehen ich mich fast fürchtete, denn ich hielt meine Truppe mit den Peyral-Kindern für ausreichend und von auserlesener Zusammensetzung.

XLV

Castelnau[38] – ein alter Name, der bei mir Bilder von Sonnenschein hervorruft, von klarem Licht auf den Höhen, von melancholischem Frieden in den Ruinen, von Andacht angesichts einer seit Jahrhunderten begrabenen, toten Pracht.

Hoch oben auf einem der bewaldeten Berge der Umgebung stand dieses alte Schloß Castelnau, und die rötliche Masse seiner Terrassen, seiner Mauern, seiner Türme und Türmchen hob sich scharf vom Himmel ab.

Man konnte es vom Garten meines Onkels aus sehen, da sein oberster Teil über die Festungsmauer hinausragte.

Es war übrigens das Wahrzeichen der ganzen Gegend, etwas, das man, ohne es zu wollen, von überall her erblickte, diese gezackte ockerfarbige Steinmauer, die aus einem Gewirr von Laub herausragte, diese Ruine als Krönung eines mit dem hellen Grün von Kastanienbäumen und Eichen geschmückten Sockels.

Schon am Tag meiner Ankunft hatte ich es aus

den Augenwinkeln gesehen und war von diesem alten Adlernest überrascht und gefesselt, das im dunklen Mittelalter sicher prächtig gewesen war. Nun war es die Regel, daß die Familie meines Onkels sich im Sommer, jeden Monat zwei- oder dreimal dort hinaufbegab, um das Mittagessen einzunehmen und den Tag beim Besitzer, einem alten Priester, zu verbringen, der ein seitlich an der Ruine angebautes, bequemes kleines Haus bewohnte.

Diese Tage waren für mich ein Fest und ein Märchen.

Wir machten uns alle zusammen ziemlich früh am Morgen auf den Weg, um die heiße Ebene noch vor der glühenden Tageszeit hinter uns zu bringen. Sobald man am Fuß des Berges ankam, befand man sich in der Frische und im Schatten des Waldes, der ihn mit seinem schönen grünen Mantel bedeckte. Unter einem Gewölbe aus hohen Eichen, unter dichtem Laubwerk stieg man über Zickzackwege immer weiter bergan; die ganze Familie ging im Gänsemarsch wie jene Pilger, die in den altertümlichen Zeichnungen von Gustave Doré einsame, auf einem Berggipfel gelegene Abteien besuchen. Hier und da sickerten kleine Quellen unter dem Farnkraut hervor und bildeten Rinnsale auf der rötlichen Erde; zwischen den Bäumen hindurch gab es allmählich kurze Ausblicke in große Tiefen. Nachdem man schließlich den Berggipfel erreicht hatte, durchquerte man das älteste und seltsamste der Dörfer, das seit Jahrhunderten dort oben liegt; und man klingelte an der kleinen Pforte des Priesters. Sein Gärtchen und sein Haus wurden vom Schloß überragt, von dem ganzen Durcheinander aus schartigen, rissigen, zusammenbrechenden roten Ringmauern und Türmen. Ein unendlicher Friede schien aus diesen luftigen Ruinen aufzusteigen, eine unendliche Stille daraus hervorzuströmen, die über alle Dinge der Umgebung erhaben und zugleich einschüchternd war...

Sie dauerten immer sehr lange, die Mahlzeiten, zu denen der alte Priester einlud; oft war es sogar eine Prasserei nach südfranzösischer Manier, bei welcher mehrere Prominente aus der Region zu Gast waren. Es wurden nacheinander zehn oder fünfzehn Gänge serviert, zusammen mit dem am besten ausgereiften, schönsten Obst und mit den auserlesensten Weinen, welche die Gegend zu jener Zeit im Überfluß hervorbrachte.

Während der heißen August- oder Septembernachmittage wurde stundenlang getafelt, und ich, das einzige Kind bei diesen Tischrunden, hielt es nicht aus an meinem Platz, denn ich war ungeduldig, vor allem angesichts der erdrückenden Nähe des Schlosses; so bat ich schon beim Auftragen des zweiten Ganges um die Erlaubnis hinauszugehen. Ich wurde dann von einer alten Haushälterin begleitet, welche die erste Pforte in der Festungsmauer des mittelalterlichen Castelnau für mich aufschloß; danach überließ sie mir die Schlüssel, die zu dem großartigen Bauwerk führten, und allein, mit prickelnder Angst, betrat ich es auf einem mir bereits vertrauten Weg, indem ich Zugbrücken und übereinanderliegende Festungswälle hinter mir ließ.

Ich war also für längere Zeit allein und sicher, daß ich für ein oder zwei Stunden niemanden mehr sehen würde; ich konnte in diesem Labyrinth frei umherstreifen, war der Herrscher dieser hochgelegenen, von Schwermut erfüllten Wehranlage. Oh, was für träumerische Augenblicke habe ich doch dort verbracht!... Zuerst machte ich einen Rundgang auf den Terrassen, welche über den von oben sichtbaren bewaldeten Abhang hinausragten; nach allen Seiten erstreckten sich endlose Weiten; da und dort schlängelten sich die Silberschnüre der Flüsse in der Ferne, und in der glasklaren Sommerluft drangen meine Blicke bis zu den benachbarten Provinzen. Eine große Ruhe schien sich über dieser Region Frankreichs auszubreiten, die – ein wenig wie in den guten alten Zeiten – sein bescheidenes Eigenleben führte und die noch keine einzige Bahnlinie durchquerte...

Dann drang ich ins Innere der Ruine vor, in die Schloßhöfe, Treppenhäuser, in die leeren Säle; ich stieg in die Türme hinauf und scheuchte Taubenschwärme auf oder schreckte Fledermäuse und Käuzchen aus ihrem Schlaf. Im ersten Stockwerk hatte es ganze Fluchten von unermeßlich großen, düsteren Räumen, die ein Dach hatten, dessen Luken immer geschlossen waren. Ich betrat sie mit Furcht und Freude, lauschte dem Klang meiner Schritte in dieser Grabesstille; ich besah mir die seltsamen gotischen Malereien, die verblichenen Fresken oder die immer noch mit Gold verzierten Ornamente, Fabeltiere und merkwürdigen Blumengirlanden, die in der Renaissance eingefügt wurden. Eine ganze Vergangenheit von unwirklicher, wilder Pracht, die bis zum Grauen reichte, schien damals in eine ferne Verschwommenheit zu entschwinden und wurde doch von derselben südlichen Sonne, die rings um mich die roten Steine dieser verlassenen Ruinen erwärmte, hell beschienen. Und auch heute, da ich Castelnau richtig einzuschätzen vermag und es rückblickend mit Augen betrachte, die inzwischen allen Glanz der Erde gesehen haben, glaube ich nach wie vor, daß dieses verzauberte Schloß meiner Kindheit an seiner reizvollen Lage doch einer der großartigsten Überreste aus dem französischen Feudalismus ist...

Da gab es zum Beispiel in einem Turm ein gewisses Zimmer mit Balken in Königsblau voller Rosetten und vergoldeten Wappenschildern... Kein einziger Ort hat mir je einen tieferen Einblick in die Welt des Mittelalters verschafft. Inmitten dieser katakombenhaften Stille lehnte ich mich allein auf den Sims eines kleinen, von dicken

Mauern umrahmten Fensters, betrachtete die grünenden Weiten unter mir und versuchte mir vorzustellen, wie auf den aus der Vogelperspektive erkennbaren Pfaden ganze Truppen von bewaffneten Reitern oder adlige Schloßherrinnen in hohen, spitzen Kopfbedeckungen mit ihrem Gefolge vorüberzogen... Und für mich, der ich in der eintönigen Ebene aufgewachsen war, bildete die große bläuliche Leere der Ferne den ganz besonderen Reiz dieses Ortes; man erblickte sie von allen Öffnungen und Schießscharten, von irgendwelchen Luken in den Wohnräumen oder Türmen aus, und diese Ferne verschaffte mir unversehens das ganz neue Gefühl, das extreme Höhen hervorrufen.

XLVI

Immer noch trafen von Zeit zu Zeit die Briefe meines Bruders auf sehr dünnem, eng beschriebenem Papier in unregelmäßigen Abständen ein, je nachdem, wann die Segelschiffe drüben über den Stillen Ozean fuhren. Es hatte welche darunter, die speziell an mich gerichtet und sogar sehr lang waren, da sie unvergeßliche Schilderungen enthielten. Schon kannte ich einige Ausdrücke der Sprache von Ozeanien mit ihren weichen Konsonanten; in den Träumen meiner Nächte sah ich oft die herrliche Insel und ging dort spazieren; sie verfolgte mich in meiner Phantasie wie ein utopisches Vaterland auf einem anderen Planeten, nach dem man sich inbrünstig sehnt, das man aber nicht erreichen kann.

Nun erhielt ich während unseres Aufenthalts bei den Verwandten in Südfrankreich einen dieser an mich gerichteten Briefe, den mein Vater nachgesandt hatte.

Um ihn zu lesen, begab ich mich auf jene Seite des Daches, wo die Pflaumen trockneten. Mein

Bruder berichtete ausführlich über einen Ort namens Fataüa, bei dem es sich um ein tiefgelegenes Tal zwischen steilen Bergen handelte: «Dort herrschte ein ständiges Halbdunkel unter hohen unbekannten Bäumen, und die kühlen Wasserfälle ließen ganze Teppiche aus seltenen Farnen sprießen...» Ja, ich konnte mir das sehr gut vorstellen, jetzt, da auch ich von Bergen und feuchten Tälern voller Farnkräuter umgeben war... Überdies waren diese Beschreibungen sehr genau und umfassend; mein Bruder ahnte nicht, wie gefährlich die Verlockung war, welche seine Briefe jetzt schon auf das Kind ausübten, das er so anhänglich gegenüber seiner Familie, so ruhig, so gläubig zurückgelassen hatte...

«Es war nur schade», schrieb er mir zum Schluß, «daß die herrliche Insel keine Tür hatte, durch die man irgendwo in den Hof unseres Hauses gelangen konnte, zum Beispiel in die große Geißblattlaube hinter den Grotten unseres Bassins...»

Diese Vorstellung einer Geheimtür in der Mauer, die zum hinteren Teil unseres Hofes führen würde, vor allem aber die Verbindung zwischen dem kleinen, von meinem Bruder eingerichteten Gartenteiches und dem fernen Ozeanien beeindruckten mich außerordentlich, und in der folgenden Nacht hatte ich einen Traum:

Ich betrat diesen Hof; es herrschte eine Todesdämmerung, so als wäre die Sonne für immer erloschen; in den Dingen, in der Luft lag eine jener unsagbaren, nur in den Träumen vorkommenden Verzweiflungen, die man sich im Wachzustand nicht einmal mehr vorstellen kann.

Als ich zuhinterst bei dem so sehr geliebten Bassin ankam, spürte ich, wie ich mich von der Erde abhob wie ein Vogel, der davonfliegt. Zuerst schwebte ich unschlüssig wie ein zu leichter Gegenstand, dann flog ich über die Mauer gegen Südwesten, in Richtung Ozeanien; ich entdeckte keine Flügel an meinem Körper, und ich flog rücklings – mit Schwindelgefühlen und voller Angst abzustürzen. Ich erreichte eine beängstigende Geschwindigkeit, als wäre ich ein fortgeschleuderter Stein, ein schwankender, im Leeren wirbelnder Stern; unter mir entflohen blaß und neblig Meere um Meere, immer noch in diesem Dämmerlicht einer zu Ende gehenden Welt... Und nach einigen Sekunden war ich in der Dunkelheit plötzlich von den hohen Bäumen des Fataüa-Tals umgeben: ich war angekommen.

Hier in dieser Landschaft träumte ich weiter, hörte jedoch auf, an meinen Traum zu glauben, so sehr prägte sich die Unmöglichkeit, wirklich je dort drüben anzukommen, meinem Verstand ein, und außerdem war ich allzuoft von solchen Bildern getäuscht worden, die dann jedesmal mit dem Schlaf verschwanden. Ich fürchtete mich lediglich vor dem Erwachen, so sehr entzückte mich diese Illusion, auch wenn sie unvollständig war. Indessen waren die Teppiche aus seltenen Farnkräutern wirklich vorhanden; in der jetzt noch dichteren Finsternis pflückte ich mehr oder weniger aufs Geratewohl davon und sagte mir: «Zumindest diese Pflanzen müssen doch Wirklichkeit sein, denn ich berühre sie, ich habe sie ja in den Händen; sie können nicht entschwinden, wenn mein Traum sich in nichts auflöst.» Und ich drückte sie mit aller Kraft an mich, um sicherer zu sein, daß ich sie behalten würde...

Ich wachte auf. Ein schöner Sommertag brach an; im Dorf waren allmählich die Geräusche des Alltagslebens zu hören: das unaufhörliche Gegakker der Hühner, die bereits in den Straßen herumspazierten, und das Hin- und Herrattern der Webstühle, so daß ich mir sogleich bewußt wurde, wo ich mich befand. Meine leere Hand war noch krampfhaft geschlossen, der Abdruck der Fingernägel im Fleisch noch fast zu sehen; das alles, um das vermeintliche Farnbüschel aus Fataüa, das unfaßbare Nichts des Traumes, besser behalten zu können...

XLVII

Sehr rasch hatte ich zu meinem großen Vetter und zu meiner großen Base aus dem Süden eine Zuneigung gefaßt, und ich duzte sie, als hätte ich sie von jeher gekannt. Ich glaube, es braucht die Bande des Blutes, um ohne weiteres eine derartige Vertrautheit zwischen Menschen zu schaffen, die tags zuvor nicht einmal von ihrer gegenseitigen Existenz wußten. Ich liebte auch meinen Onkel und meine Tante; vor allem meine Tante, die mich ein wenig verwöhnte, die äußerst gutherzig und immer noch schön anzusehen war trotz ihrer sechzig Jahre, trotz ihrer ganz grauen Haare und obwohl sie wie eine Großmutter gekleidet war. Sie war ein Mensch, den es in unserer Zeit, da alles gleichgeschaltet, alles ähnlich ist, bald nicht mehr geben wird. Sie stammte aus einer der ältesten Familien der Gegend und hatte diese französische Provinz noch nie verlassen; ihr Benehmen, ihre liebenswürdige Gastfreundschaft, ihre Höflichkeit waren für die Region charakteristisch, und ich fand an dieser Eigenart Gefallen.

Im Gegensatz zu meiner bedeutungslosen Stubenhockervergangenheit lebte ich hier von morgens bis abends im Freien, auf den Wegen, vor den Türen, in den Straßen.

Und für mich waren sie ebenso fremdartig wie reizvoll, diese schmalen Straßen, die mit schwarzen Kieselsteinen wie im Orient gepflastert und von Häusern aus der Gotik oder solchen aus der Zeit Ludwigs XIII. gesäumt waren.

Ich kannte jetzt alle Winkel, Plätze, Straßenkreuzungen und Gassen dieser Ortschaft sowie die meisten dieser redlichen Landleute, die hier wohnten.

Die Frauen, welche am Haus meines Onkels vorbeikamen, Bäuerinnen mit Kröpfen, die, ihre Obstkörbe auf dem Kopf, von den Feldern und Weinbergen heimkehrten, blieben jedesmal stehen, um mir die reifsten Trauben, die herrlichsten Pfirsiche zu schenken.

Auch bezauberten mich der südliche Dialekt, die Lieder der Bergbewohner, all diese unbestreitbar andersartigen Eindrücke, die von allen Seiten gleichzeitig auf mich einstürmten.

Heute noch, wenn mein Blick zufällig auf irgendeinen der Gegenstände fällt, die ich von dort unten für mein «Museum» mitbrachte, oder auf irgendeines der Briefchen, die ich meiner Mutter jeden Tag schrieb, spüre ich plötzlich etwas wie Sonnenhitze, das neuartige Fremde, den Wohlgeruch der Südfrüchte, die kräftige Bergluft, und dann werde ich mir bewußt, daß ich nichts von all dem in meine langfädigen Beschreibungen, in diese toten Seiten einbringen kann.

XLVIII

Die Kinder von Sainte-Hermangarde, von welchen man mir schon seit langem erzählt hatte, trafen Mitte September ein. Ihr Wohnsitz, das Schloß Sainte-Hermangarde, befand sich im Norden, an der Corrèze; und sie kamen jedes Jahr, um hier in einem sehr alten, baufälligen Gebäude neben dem Haus meines Onkels den Herbst zu verbringen.

Diesmal waren es zwei Jungen, etwas älter als ich. Aber entgegen meinen Befürchtungen fand ich an ihrer Gesellschaft sogleich Gefallen. Da sie es gewohnt waren, während einer gewissen Zeit des Jahres auf ihrem Landsitz zu leben, besaßen sie bereits Gewehre und Schießpulver; sie gingen auf die Jagd. Sie verliehen also meinen Spielen eine ganz neue Note. Ihr Gut «Bories» wurde zu einem Zentrum unserer Unternehmen; alles stand uns dort zur Verfügung: die Leute, die Tiere und die Scheunen. Und während dieser zu Ende gehenden Ferien vertrieben wir uns die Zeit mit Vorliebe mit dem Basteln von riesigen, zwei bis drei Meter hohen Papierballons, die wir aufblähten, indem wir Heubüschel darunter verbrannten, worauf wir beobachteten, wie sie aufstiegen, davonflogen und weit draußen in den Feldern oder Wäldern verschwanden.

Aber auch die Kinder von Sainte-Hermangarde waren etwas eigenartig; sie wurden von einem Hauslehrer in einer Geisteshaltung erzogen, die sich von jener unterschied, die man sich an einem Gymnasium aneignete. Wenn bei unseren Spielen Meinungsunterschiede entstanden, so wetteiferten wir untereinander, aus Höflichkeit nachzugeben; der Umgang mit ihnen konnte mich also kaum auf Konflikte im künftigen Leben vorbereiten.

Eines Tages brachten sie mir einen sehr seltenen Schmetterling, den sie mir liebenswürdigerweise schenkten: es war ein Aurorafalter, der wie der gewöhnliche Zitronenfalter von grünlich hellgelber Farbe ist, wobei aber seine Flügel auf der Oberseite den Hauch einer wunderschönen, der aufgehenden Sonne gleichenden Rosafärbung aufweisen. Sie erzählten, sie hätten den Schmetterling soeben auf der herbstlichen Nachmahd ihres Gutes gefangen – übrigens mit so großer Sorgfalt, daß auf den frischen Farben der Flügel kein einziger Fingerabdruck zu sehen war. Als ich das Geschenk um die Mittagszeit von ihnen entgegennahm, standen wir im Hausflur meines Onkels, der tagsüber wegen der drückenden Hitze, die draußen herrschte, immer geschlossen war, und man hörte hinter einer Tür meinen großen Vetter mit gedämpfter Stimme im klagenden Falsett der Bergler singen. Er veränderte manchmal seine Stimme auf diese Weise, was jetzt, in der Stille der letzten Mittagsstunden des Septembers, bei mir eine seltsame Schwermut hervorrief. Und er begann immer wieder dasselbe alte Lied: «Ach, eine schöne Geschichte...», das er dann sogleich abbrach, ohne es je zu beenden. Von diesem Augenblick an waren das Landgut «Bories», der wie das Morgenrot gefärbte Schmetterling und der kurze melancholische Refrain der «schönen Geschichte» in meiner Erinnerung untrennbar miteinander verbunden...

Ich fürchte wirklich, zu oft von diesen verworrenen Gedankenassoziationen zu reden, die früher bei mir sehr häufig auftraten; es war das letzte Mal, ich werde nicht mehr darauf zurückkommen. Aber der Leser wird feststellen, wie wichtig es für das, was nun folgt, war, diese Gedankenverbindung noch festzuhalten.

XLIX

Wir kehrten Anfang Oktober nach Hause zurück. Aber diese Heimkehr wurde von einem für mich sehr unangenehmen Ereignis geprägt: man schickte mich auf das Gymnasium![39] Natürlich als externen Schüler; und selbstverständlich würde man mich immer hinbringen und wieder abholen aus Angst, ich könnte in schlechte Gesellschaft geraten. Die Dauer meines Universitätsstudiums sollte sich auf vier Jahre beschränken, die ich in einem denkbar freien und extravaganten Externat verbrachte.

Aber trotzdem, von diesem schicksalhaften Datum an nimmt mein Lebenslauf eine sehr schlimme Wendung.

Um zwei Uhr nachmittags kamen wir zurück, an einem jener herrlichen, warmen Oktobertage voll sorglosen Sonnenscheins, die uns wie ein melancholischer Abschied vom Sommer vorkommen. Ach, es wäre so schön gewesen dort in den Bergen, in den entlaubten Wäldern, in den rostrot gewordenen Weinbergen!

Inmitten einer Flut von Kindern, die alle gleichzeitig redeten, betrat ich den Ort des Leidens. Meine ersten Gefühle bestanden lediglich aus Verwunderung und Abscheu vor der Häßlichkeit der mit Tintenkritzeleien verschmierten Wände und vor den glänzenden, abgenutzten, mit Federmessern zerkratzten Holzbänken, in denen, man spürte es, so mancher Gymnasiast gelitten hatte. Ohne mich zu kennen, duzten sie mich, meine neuen Schulkameraden, mit gönnerhafter oder sogar spöttischer Miene; ich hingegen maß sie mit schüchternen Blicken und fand sie frech und zum großen Teil sehr ungepflegt.

Ich war zwölfeinhalb Jahre alt und trat in die dritte Klasse ein; mein Privatlehrer hatte erklärt, ich sei fähig, dem Unterricht auf dieser Stufe zu folgen, wenn ich nur wollte, obwohl meine bescheidenen Kenntnisse sehr unterschiedlich seien. Es wurde an jenem Tag für die Klasseneinteilung der Neueintretenden eine Übersetzung aus dem Lateinischen verlangt, und ich erinnere mich, daß mein Vater nach dieser Probestunde ziemlich besorgt draußen auf mich wartete. Ich sagte ihm, ich sei der zweitbeste von fünfzehn Schülern gewesen, und war erstaunt, daß er einer Angelegenheit, die mich so wenig interessierte, eine so große Bedeutung beimaß. Mir war das ganz egal! Was konnte mir denn diese Bagatelle in meinem großen Kummer schon anhaben?

Übrigens lag mir auch später jedes Strebertum

fern. Der Schlechteste zu sein, erschien mir immer als das kleinste der Übel, die ein Gymnasiast zu erleiden hat.

Die darauf folgenden Wochen waren schrecklich mühsam. Ich spürte regelrecht, wie meine Intelligenz angesichts der großen Zahl von Schulaufgaben und Strafarbeiten verkümmerte; selbst der Bereich meiner Träumereien schränkte sich immer mehr ein. Zu all dem kam die Wehmut der ersten Nebel, der ersten trüben Tage hinzu. Auch die Kaminfeger aus Savoyen waren wieder da und stießen ihren herbstlichen Ruf aus, der mir schon in den vorangehenden Jahren die Kehle zugeschnürt hatte, bis mir die Tränen gekommen waren. Bei einem Kind verbindet sich der nahende Winter mit unbegründeten Gefühlen vom Ende aller Dinge, vom Tod in Dunkelheit und Kälte; die Zeitspannen erscheinen in diesem Alter so lang, daß man sich den neuen Lenz, der alles wieder zurückbringen wird, nicht einmal vorzustellen vermag.

Wenn hingegen die Lebensjahre schon recht weit fortgeschritten und die Jahreszeiten, die man noch vor sich hat, gezählt sind, weshalb man ihnen mehr Beachtung schenken sollte, erst dann betrachtet man einen Winter so, als wäre er nichts.

Ich hatte einen Kalender, in dem ich jeden Tag abhakte; zu Beginn dieses Schuljahres war ich wirklich von der Aussicht bedrückt, so viele Monate – damals endlose Monate – vor mir zu haben, die ich vorbeigehen lassen mußte, bevor auch nur die Osterferien, diese achttägige Atempause inmitten der Langeweile und der Bekümmernis, da sein würden; ich war mutlos, in gewissen Augenblicken sogar verzweifelt angesichts des schleppenden Ganges der Zeit.

Bald kam die Kälte, die richtige Kälte, und sie verschlimmerte die Dinge noch. Ach, dieser Heimweg nach dem Unterricht an den Dezembervormittagen, nachdem man sich zwei tödliche Stunden lang an der abscheulichen Steinkohle gewärmt hatte und dann auf der Straße dem eiskalten Wind widerstehen mußte, bis man zu Hause war! Die anderen Kinder liefen umher, hüpften, stießen sich gegenseitig an, konnten auf dem Eis schlittern, wenn die Bäche einmal zugefroren waren... Ich hingegen war nicht dazu imstande, und außerdem hätte ich das für höchst unpassend gehalten; überdies wurde ich abgeholt, und ich ging bedächtig und frierend nach Hause, gedemütigt, weil ich begleitet wurde, von den anderen manchmal verspottet, bei meinen Klassenkameraden unbeliebt und meinerseits voller Verachtung für die Galeerengefährten, mit denen ich keinen einzigen gemeinsamen Gedanken zu teilen glaubte.

Selbst am Donnerstag gab es Schulaufgaben, die den ganzen Tag beanspruchten. Auch Strafarbeiten, sinnlose Strafarbeiten, die ich mit einer scheußlichen, verunstalteten Schrift hinschmierte oder bei denen ich alle Schülertricks – wie Durchpausen und Federhalter mit fünf Federspitzen – ausprobierte.

Und in meinem Lebensüberdruß vernachlässigte ich sogar meine Körperpflege; ich erhielt jetzt Ermahnungen, weil ich ungekämmt war, schmutzige Hände hatte (von der Tinte, wohlverstanden)... Aber wenn ich bei diesen Dingen verweilen würde, würde ich meinem Bericht schließlich die ganze fade Langeweile jener Zeit hinzufügen.

L

«Kuchen, Kuchen, meine guten, frisch gebackenen Kuchen!» Sie hatte ihre nächtlichen Rundgänge, ihren geschwinden Schritt und ihren Refrain wieder aufgenommen, die gute alte Straßenhändlerin. Regelmäßig wie ein Automat, immer mit demselben Eifer, immer zu denselben Zeiten kam sie vorbei. Und wieder begannen die langen Winterabende auf die gleiche Weise wie in den vielen vorangehenden Jahren, auch auf die gleiche Weise wie in den zwei oder drei nachfolgenden Jahren.

Immer um acht Uhr trafen am Sonntagabend unsere Nachbarn, die D***, mit Lucette bei uns ein, und auch andere Nachbarn kamen, mit einem kleinen Mädchen namens Marguerite, das sich kurz zuvor in mein Vertrauen eingeschlichen hatte.

Zum Abschluß dieser winterlichen Sonntagabende, über welchen, betrüblicher als je zuvor, der Gedanke an die Pflichten des nächsten Tages schwebte, wurde in jenem Jahr ein neuer Zeitvertreib eingeführt. Wenn ich nach dem Tee bemerkte, daß es zu Ende war, daß man bald weggehen würde, schleppte ich die kleine Marguerite in das Speisezimmer, und wir begannen wie Wahnsinnige um den runden Tisch herum zu rennen, um uns in einer Art Wut gegenseitig zu fangen. Natürlich wurde sie sogleich erwischt und ich fast nie; so war fast immer sie die Verfolgerin, und verbissen schlug sie dabei mit den Händen auf den Tisch, schrie und veranstaltete einen Höllenradau. Am Schluß lagen die Teppiche verrutscht da, die Stühle waren verschoben, kurz, es herrschte ein großes Durcheinander. Wir waren die ersten, die das eigentlich dumm fanden – und es war übrigens so kindisch, daß es meinem Alter gar nicht entsprach. Ja, ich kannte nichts Trostloseres als dieses Spiel am Ende des Sonntags, über dem die Angst vor dem Wiederbeginn der mühseligen Reihe von Schulstunden am nächsten Morgen schwebte. Es war lediglich eine Art Verlängerung dieses Ruhetages *in extremis,* ein Versuch, mich mit Lärm zu betäuben. Es war auch eine Art Trotzreaktion gegen die nie erledigten Schulaufgaben, die auf meinem Gewissen lasteten, die bald auch meinen Schlaf stören würden und die morgen früh in meinem Zimmer in aller Eile fieberhaft hingeschmiert werden mußten, bei Kerzenlicht oder in der grauen, eiskalten Dämmerung, kurz vor dem verhaßten Augenblick, da ich wieder zur Schule gehen mußte.

Im Salon war man etwas bestürzt, wenn man diesen Höllenlärm hörte, vor allem wenn man feststellen mußte, daß dieser Radau mir jetzt größeres Vergnügen bereitete als die vierhändigen Sonaten, als die «Belle bergère» oder die «Propos discordants».

Und dieser einfältige Wirbel um den Tisch herum begann im Verlauf von mindestens zwei Wintern jeden Sonntag Schlag halb sieben immer wieder von neuem... Die Schule brachte mir entschieden nichts ein und die Strafarbeiten noch viel weniger; all das war zu spät und gegen meinen Willen über mich gekommen, und es erniedrigte mich, vernichtete mich, machte mich dumm. Selbst im Hinblick auf meine Kontakte mit Gleichaltrigen wurde das Ziel, das man anstrebte, so ganz und gar verfehlt. Vielleicht, wenn ich mich an ihren Spielen und Rüpeleien beteiligt hätte... Aber ich sah sie immer nur während des Unterrichts unter der Fuchtel des Lehrers, und das genügte nicht; ich hatte mich bereits zu einem allzu eigenartigen jungen Menschen entwickelt, um noch irgend etwas von ihrer Art annehmen zu können. So zog ich mich zurück und betonte meine Eigenart noch stärker. Da sie fast alle älter und körperlich weiter voran waren als ich, waren sie auch frühreifer und in den praktischen Dingen des Lebens besser bewandert; daher von ihrer Seite ein gewisses Mitleid, eine gewisse Feindseligkeit, die ich ihnen mit Verachtung heimzahlte, da ich ihr Unvermögen spürte, die Höhenflüge meiner Phantasie nachzuvollziehen. Gegenüber den jungen Bauern in den Bergen oder den jungen Fischern auf der «Insel» war ich nie hochmütig gewesen; wir verstanden uns aufgrund unserer gemeinsamen Wesenszüge, einer etwas primitiven Schlichtheit und extremen Kindlichkeit; ich hatte mit ihnen gegebenenfalls wie mit meinesgleichen gespielt. Gegenüber den Kindern am Gymnasium hingegen verhielt ich mich hochmütig, währenddem sie mich komisch und affektiert fanden. Ich brauchte viele Jahre, um diesen Hochmut abzulegen, um einfach wieder so zu werden wie jedermann und vor allem um zu begreifen, daß man nicht mehr wert ist als die Mitmenschen, nur weil man – zum eigenen Unglück – in der Welt des Traums ein Prinz und ein Zauberer ist...

LI

Die Theaterbühne für das Märchenspiel «Peaud'Ane» hatte dank einer verlängerten Reihe von Kulissenstützen an Tiefe gewonnen und besaß nun bei Tante Claire seinen festen Standort. Die kleine Jeanne zeigte seit dem neuen Regieaufwand wieder größeres Interesse und kam deshalb häufiger zu mir; unter meiner Anleitung malte sie Kulissenbilder, und ich liebte diese Augenblicke, in denen ich ihr absolut überlegen war. Wir besaßen jetzt in unseren Requisiten ganze Schachteln voller Figuren, denen wir jeder einen Namen und eine Rolle zugewiesen hatten, und für die märchenhaften Umzüge ganze Regimenter von Ungeheuern, Tieren und Gnomen, die wir aus Teig modelliert und mit Wasserfarbe bemalt hatten.

Ich erinnere mich noch, mit welcher Genugtuung und Begeisterung wir eines Tages die große Bühnenkulisse ohne Stützen ausprobierten, welche die «Leere» darstellte. Über eine blaue, mit Gazestoff verschleierte Fläche zogen rosa Wölkchen, die von einem schummerigen Licht seitlich beleuchtet wurden. Und in der Mitte rollte, von zwei Schmetterlingen gezogen, der von unsichtbaren Fäden gehaltene Wagen einer Fee mit Seidenhaar vorüber.

Indessen wurde nichts vollständig zu Ende geführt, da wir uns mit nichts zufriedengaben; immer wieder entstanden neue Entwürfe und noch erstaunlichere Projekte, so daß die Generalprobe von Monat zu Monat in eine unwahrscheinliche Zukunft hinausgeschoben wurde...

Alle Unternehmungen in meinem Leben werden oder wurden schon dem Schicksal dieses Theaterstücks unterworfen...

LII

Von den Lehrern, die während meiner Schuljahre im Gymnasium so grausam gegen mich vorgingen – und die alle einen Übernamen hatten –, waren «der Stier Apis» und «der Oberaffe» unbestritten die schlimmsten. (Ich hoffe, daß wenn sie das lesen würden, sie verstehen könnten, daß ich mich wieder in die Gefühlslage eines Kindes versetze, um so schreiben zu können. Würde ich ihnen heute begegnen, so würde ich ganz gewiß mit ausgestreckter Hand auf sie zugehen und mich dafür entschuldigen, daß ich ein derart ungehorsamer Schüler war.)

Ach, den «Oberaffen», den haßte ich ganz besonders! Wenn er von seinem Katheter herunterdonnerte: «Sie werden hundert Zeilen schreiben, Sie dort drüben, Zuckerbübchen!», wäre ich ihm am liebsten ins Gesicht gesprungen wie eine wütende Katze. Er war der erste, der bei mir jene Anfälle von Heftigkeit hervorrief, die im Mannesalter zu meinem Wesen gehörten, während in meiner Kindheit, da ich eher geduldig und gefügig war, nichts eine solche Entwicklung erwarten ließ.

Und doch wäre es falsch zu behaupten, ich sei ein in jeder Hinsicht schlechter Schüler gewesen; ich war eher unbeständig und wechselhaft, am einen Tag Klassenerster, am nächsten der Letzte, aber im großen ganzen ein akzeptabler Durchschnittsschüler, der am Jahresende regelmäßig einen Preis für das Übersetzen ins Französische erhielt.[40]

Aber nur dafür – und ich wunderte mich, daß nicht alle diesen Preis bekamen, so leicht kam mir das vor. Hingegen lag mir das Übersetzen in Fremdsprachen keineswegs, und noch weniger liebte ich das Aufsatzschreiben.

Ich ließ meinen eigenen Schreibtisch zunehmend im Stich, während ich die Qual der Schulaufgaben bei Tante Claire, nebem dem Pralinenbär, mit größerer Gelassenheit zu ertragen vermochte. An der Wand dieses Zimmers hängt in einem verborgenen Winkel der Holztäfelung neben anderen Phantasieporträts von rechtschaffenen Männern immer noch eine Federzeichnung vom «Oberaffen»; die Tinte ist verblichen, das Papier vergilbt, aber man hielt die Bilder in Ehren, und wenn ich sie betrachte, spüre ich darin immer noch eine tödliche Langeweile, eine eiskalte Beklemmung – kurz, die Empfindungen eines Gymnasiasten.

In diesen harten Zeiten war Tante Claire mehr

denn je meine Rettung: sie suchte immer noch in den Wörterbüchern die Ausdrücke für mich heraus, und sie auferlegte sich sogar des öfteren die Pflicht, die vom «Oberaffen» verhängten Strafarbeiten zu machen, indem sie meine Schrift nachahmte.

LIII

«Bitte, bring mir doch die... zweite... nein, die dritte... Schublade meines Nähtischchens!» Das ist die Stimme von Mama, die sich selbst über diese Schubladen lustig macht, um die sie mich seit Jahren jeden Tag bittet – manchmal allein um des Vergnügens willen, mich darum zu bitten, ohne sie wirklich zu benötigen. (Als ich noch ganz klein war, waren dies die ersten Dienste, die ich ihr erweisen konnte: ich brachte ihr je nachdem die eine oder die andere der Miniaturschubladen. Und diese Gewohnheit haben wir lange beibehalten.)

In der Lebensphase, die ich nun erreicht habe, findet dieser Botengang mit den Schubladen im allgemeinen abends, nach meiner Rückkehr aus der Schule statt, wenn der Tag bereits zur Neige geht. Mama sitzt plaudernd oder stickend an ihrem gewohnten Platz beim Fenster, und vor ihr steht der Nähkorb; das Nähtischchen hingegen, dessen verschiedene Fächer sie eines nach dem andern benötigt, befindet sich ziemlich weit von ihrem Platz entfernt im Vorzimmer.

Es ist ein Nähtischchen im Louis XV-Stil, das sehr verehrungswürdig ist, da es schon unseren Urgroßmüttern gehörte. Man findet darin uralte bemalte Schächtelchen, welche seit jeher dort gewesen sein mußten und welche die Ahnfrauen sicher jeden Tag in die Hand nahmen. Es versteht sich von selbst, daß ich sämtliche Geheimnisse dieser Fächer kenne, deren Anordnung unwandelbar ist. Da gibt es das Fach mit der Nähseide, die in bebänderten Beuteln eingeordnet ist; es gibt das Fach mit den Nähnadeln, jenes mit den Litzchen und jenes mit den Häkchen. Und diese Dinge sind zweifellos immer noch so angeordnet, wie es sich die Ahnfrauen ausgedacht hatten, deren fromme Arbeit meine Mutter fortsetzte.

Es gehörte zu den Freuden, zum Stolz meiner frühen Kindheit, diese Nähtischchen-Schubladen herumzutragen, und seit jener Zeit hat sich in ihrer Anordnung nichts geändert. Sie haben mir stets eine Ehrfurcht eingeflößt, die zärtlicher nicht sein könnte; sie sind für mich ganz und gar mit dem Bild meiner Mutter verschmolzen und mit all dem, was diese wohltätigen, so flink arbeitenden Hände an hübschen Kleinigkeiten hergestellt haben – bis zu der letzten ihrer Stickereien, einem für mich bestimmten Taschentuch.

Als ich etwa siebzehn Jahre alt war, mußte ich nach schrecklichen Schicksalsschlägen – in einer bewegten Zeit, welche in diesem Bericht nicht eingeschlossen ist, die ich jedoch ohne weiteres erwähnen will, da ich in den vorangehenden Kapiteln schon wiederholt die Zukunft vorweggenommen habe – während einiger Monate befürchten, mich vom Elternhaus und von allen darin enthaltenen Kostbarkeiten trennen zu müssen. Als ich dann in gewissen Augenblicken der düsteren Besinnung alle Erinnerungen im Geist vorbeiziehen ließ, die mir nun entrissen würden, geriet ich in Todesängste, wenn ich daran dachte, daß ich nie mehr das Vorzimmer sehen würde, wo jenes Nähtischchen stand, daß ich meiner Mama nie mehr die geliebten Schubladen würde bringen können...

Und ihr Nähkorb, der immer noch der alte war und den niemals auszuwechseln ich sie gebeten hatte, auch wenn er ein wenig abgenutzt war, und die verschiedenen Utensilien, die sich darin befinden: Etuis, Schachteln für die Nadeln, Schrauben zum Befestigen der Stickereien! – Der Gedanke, daß eine Zeit kommen könnte, da die geliebten Hände, welche diese Dinge täglich berühren, sie nie mehr berühren werden, ruft bei mir einen grauenhaften Schrecken hervor, dem ich völlig mutlos gegenüberstehe. Solange ich lebe, wird man natürlich alles in einem reliquienartigen Frieden so, wie es ist, belassen; aber wem wird danach diese Erbschaft zufallen, für die kein Verständnis mehr vorhanden sein wird, was wird aus diesen armseligen Nichtigkeiten werden, an denen ich so sehr hänge?

Sicher ist, daß ich Mamas Nähkorb und die Schubladen des Nähtischchens mit der größten Wehmut, mit dem größten Gram zurücklassen werde, wenn ich einmal von dieser Welt gehen muß...

Eigentlich sehr kindisch, all das, und ich bin beschämt; indessen glaube ich, daß ich beim Schreiben dieser Zeilen fast weine...

LIV

Bei der zunehmenden Plackerei mit den Schulaufgaben hatte ich seit manchen Monaten nicht mehr Zeit gehabt, in der Bibel zu lesen, und konnte morgens kaum mein Gebet verrichten.

Ich ging sonntags weiterhin regelmäßig in die Kirche; übrigens machten wir diesen Gang alle zusammen. Ich erwies der altvertrauten, für unsere Familie reservierten Kirchenbank die Ehre – und dieser Platz wird für mich immer seine besondere Bedeutung behalten, die er meiner Mutter verdankt. Dort in der Kirche aber erlitt mein Glaube die schlimmsten Anfechtungen – durch die Kälte und die Langeweile. Die Kommentare, die Überlegungen der Menschen fügten in meinen Augen von jeher der Bibel und dem Evangelium meist nur Schaden zu, sie entrissen mir stückweise die großartige, schwermütige und fromme biblische Poesie. Es war ohnehin sehr schwierig für einen kleinmütigen Geist wie den meinen, an diese Dinge zu rühren, ohne sie zu entweihen. Einzig der abendliche Gottesdienst im Schoß der

Familie erweckte in mir immer wieder eine echte religiöse Andacht, weil mir die Stimmen, die vorlasen oder ein Gebet sprachen, teuer waren, und dadurch war alles anders.

Und überdies erwachte tief in meinem Innersten ein unbewußter, unerklärlicher Pantheismus, der gespeist wurde von meinen fortwährenden Beobachtungen der Vorgänge in der Natur und von meinen Überlegungen angesichts der aus den Bergen oder von den Felsküsten stammenden Fossilien, die sich in meinem «Museum» anhäuften.

Kurz, mein immer noch tief verwurzelter, sehr lebendiger Glaube war nun von einem Schleier des Schlummers bedeckt, der zwar meine Frömmigkeit zu gewissen Zeiten aufwachen ließ, jedoch ihre Wirkung für gewöhnlich fast zunichte machte. Im übrigen fühlte ich mich beim Beten gestört; mein eingeschüchtertes Gewissen war nie ruhig, wenn ich niederkniete; denn wegen meines Widerstands gegen den «Stier Apis» oder gegen den «Oberaffen» vernachlässigte ich immer noch mehr oder weniger die erbärmlichen Schulaufgaben, was ich zu verbergen oder zu verschleiern gezwungen war und mich manchmal an den Rand der Lüge trieb. Ich hatte deshalb heftige Gewissensbisse und Augenblicke seelischer Not, und um dem zu entrinnen, stürzte ich mich mehr denn je in lärmige Spiele und in unbändiges Gelächter; in den Zeiten, da ich ein ganz besonders schlechtes

Gewissen hatte und meinen Eltern nicht mehr in die Augen zu blicken wagte, suchte ich Zuflucht bei den Dienstmädchen, um mit ihnen Schlagball zu spielen, über das Seil zu hüpfen und herumzutoben.

Schon seit mindestens zwei oder drei Jahren sprach ich nicht mehr von meiner religiösen Berufung, und ich begriff jetzt, wie sehr das alles vorbei und unmöglich war; aber ich hatte noch keinen Ersatz dafür gefunden. Und wenn Fremde fragten, welche Berufslaufbahn man für mich vorgesehen hatte, wußten meine um meine Zukunft ziemlich besorgten Eltern nicht, was sie antworten sollten – und ich noch viel weniger...

Mein Bruder hingegen, der sich über diese offene Zukunft ebenfalls Gedanken machte, äußerte eines Tages – in einem seiner Briefe, die für mich immer noch nach dem Zauber der fernen Länder dufteten – die Idee, es wäre das beste, wenn aus mir ein Ingenieur würde, weil ich eine gewisse Verstandesschärfe und Begabung für Mathematik hatte, was übrigens innerhalb meiner Persönlichkeitsstruktur eine Anomalie war. Und nachdem man mich um meine Meinung gefragt und ich gleichgültig geantwortet hatte: «Warum nicht, es ist mir egal», schien die Sache entschieden zu sein.

Die Vorbereitung für das Polytechnikum dauerte etwas mehr als ein Jahr. Dort oder anderswo, was kam es groß darauf an? Wenn ich die Männer in einem gewissen Alter ansah, die mich umgaben, selbst jene, welche die ehrenvollsten Ämter innehatten, die angesehensten Positionen, die ich nur anstreben konnte, und wenn ich mir dann sagte: «Eines Tages mußt du so wie einer von ihnen sein, ein nützliches, solides Leben führen an einem gegebenen Ort, in einem bestimmten Kreis, und dann wirst du altern, und das wird alles sein...», so ergriff mich eine grenzenlose Verzagtheit. Ich hatte zu nichts Lust, das möglich oder vernünftig gewesen wäre; mehr denn je wäre ich gerne Kind geblieben, und der Gedanke, daß die Jahre rasch vergingen, daß ich, ob ich wollte oder nicht, bald ein erwachsener Mensch sein müsse, peinigte mich unaufhörlich.

LV

Zwei Tage in der Woche war ich während des Geschichtsunterrichts mit den Schülern der Marineklasse zusammen, welche rote Gürtel trugen, um wie Matrosen auszusehen, und die auf ihre Hefte Anker oder Schiffe zeichneten.

Was mich anbetraf, so dachte ich keineswegs an einen solchen Beruf; kaum zwei- oder dreimal hatte ich mich in Gedanken, aber eher mit Zweifel, damit beschäftigt. Und doch war es die einzige Laufbahn, die mich im Hinblick auf Reisen und Abenteuer zu fesseln vermochte; allerdings schreckte sie mich auch mehr als jede andere ab wegen der lang dauernden Abwesenheiten von zu Hause, die der Glaube nicht mehr erträglicher machen würde, wie ich es mir zur Zeit meiner Vorliebe für den Missionarsberuf einst vorgestellt hatte.

Weggehen wie mein Bruder – meine Mutter und alle meine Lieben jahrelang verlassen, jahrelang weder einen teuren kleinen Garten im Frühling grün werden noch die Rosen auf unseren alten Mauern erblühen sehen? Nein, dazu hatte ich nicht den Mut.

Vor allem schien es mir – zweifellos war dies meiner Erziehung zuzuschreiben – a priori klar zu sein, daß ein so harter Beruf für mich nicht geeignet sein konnte. Und ich wußte aufgrund einiger Bemerkungen, die in meiner Gegenwart gefallen waren, sehr wohl, daß, sollte ich je auf eine solche verrückte Idee kommen, meine Eltern sie ganz energisch ablehnen und sich auf keinen Fall damit einverstanden erklären würden.

LVI

Sehr nostalgisch waren jetzt die Gefühle, die mein «Museum» bei mir hervorrief, wenn ich im Winter jeweils an den Donnerstagen nach Erledigung meiner Schulaufgaben oder Strafarbeiten – immer etwas spät – dort hinaufstieg; da der Tag schon zur Neige ging, hüllten sich die weiten Ebenen in ein rosarotes Grau, dessen Anblick sehr traurig stimmte. Heimweh nach dem Sommer, Heimweh nach der Sonne und dem Süden, hervorgerufen durch all diese Schmetterlinge aus dem Garten meines Onkels, die hier unter Glas aufgereiht waren, durch all diese Fossilien aus den Bergen, die ich dort zusammen mit den Peyral-Kindern gesammelt hatte.

Es war ein Vorgeschmack auf jene Sehnsucht nach einem anderen Ort, die mir später, nach langen Reisen in die warmen Länder, jeweils die Rückkehr nach Hause, die Rückkehr in den Winter vergällen sollte.

Oh, da war vor allem der Aurorafalter! In gewissen Augenblicken bereitete es mir ein gar schmerzliches Vergnügen, ihn mit den Augen zu fixieren, um die Schwermut, die er auf mich übertrug, zu vertiefen und um zu versuchen, sie zu verstehen. Er befand sich in einer der hinteren Vitrinen; seine beiden so frischen, so fremdartigen Farbtöne, die an eine chinesische Malerei, an ein Feenkleid erinnerten, belebten sich gegenseitig, bildeten eine leuchtende Einheit, wenn die graue Dämmerung hereinbrach und all die anderen Schmetterlinge neben ihm nur noch wie häßliche, schwärzliche kleine Fledermäuse aussahen.

Sobald mein Blick auf ihn fiel, hörte ich das schleppende, schläfrige Lied im Falsett der Bergbewohner: «Ach, ach, die schöne Geschichte!» Dann sah ich wieder das weiß getünchte Portal des Landgutes «Bories» inmitten einer sonnen- und sommergeschwängerten Stille. Da ergriff mich eine unendliche Sehnsucht nach der dort verbrachten Ferienzeit; traurig stellte ich fest, wie weit sie schon in der Vergangenheit zurücklag und wie fern in der Zukunft die nächste Ferienzeit noch war; dann stellten sich weitere unaussprechliche Gefühle ein, die aus denselben unergründlichen Tiefen stammten und zu meinem recht sonderbaren Gemütszustand beitrugen.

Die gedankliche Verbindung zwischen dem Schmetterling, dem Lied und dem Landgut «Bories» rief bei mir noch lange Zeit eine Traurigkeit hervor, die sich mit all dem, was ich soeben zu erzählen versucht habe, nicht zureichend erklären läßt; das dauerte bis zu der Phase meines Lebens, die von einem starken Gewitterwind heimgesucht wurde, der das meiste dieser unbedeutenden Kindereien mit sich forttrug.

Manchmal ging ich in Gegenwart des Schmetterlings in der grauen Stille der Winterabende so weit, daß ich den kurzen klagenden Refrain der «schönen Geschichte» selbst sang und dabei meiner Stimme den sehr dünnen Klang verlieh, der dazu nötig war; dann erschien mir das Portal von «Bories» noch deutlicher, leuchtend und einsam an einem Mittag im September; es war ähnlich wie bei meinen späteren Gedankenassoziationen zwischen dem klagenden Falsettgesang der Araber und dem Weiß ihrer Moscheen sowie ihrer wie Leichentücher wirkenden kalkgetünchten Säulengänge...

Er existiert immer noch, dieser Schmetterling, im vollen Glanz seiner seltsamen Farbtöne; er liegt als Mumie hinter Glas, so frisch wie eh und je, und ist für mich immer noch eine Art von Amulett, an dem ich sehr hänge. Wenn die Kinder von Sainte-Hermangarde – die ich seit Jahren aus den Augen verloren habe und die jetzt irgendwo im Orient Gesandtschaftsattachés sind – diese Zeilen lesen, werden sie zweifellos sehr erstaunt sein zu erfahren, wie wertvoll ihr Geschenk dank den Umständen geworden ist.

LVII

In den Wintermonaten, die durch das Schulleben verdorben wurden, war das Neujahrsfest immer das Hauptereignis.

Meine Schwester, Lucette und ich hatten uns angewöhnt, schon Ende November je eine Liste mit den Dingen, die wir gerne gehabt hätten, aufzuhängen; in beiden Familien bereitete jedermann Überraschungen für uns vor, und das Geheimnis, das diese Geschenke umgab, war für mich in den letzten Tagen des Jahres eine große Ablenkung. Um meine Neugier noch zu verstärken, begannen Eltern, Großmütter und Tanten nun fortwährend unverständliche Gespräche zu führen; es war ein Geflüster, das man abzubrechen vorgab, sobald ich auftauchte...

Zwischen Lucette und mir entwickelte sich sogar ein richtiges Ratespiel wie jenes mit den «doppelsinnigen Wörtern»: Man hatte das Recht, dem anderen bestimmte Fragen zu stellen, wie zum Beispiel das alberne «Hat es Tierhaare?».

Und die Antworten lauteten etwa so: «Das Geschenk deines Vaters» (ein Toilettenetui aus Leder) «hat welche gehabt, hat aber keine mehr; jedoch glaubte man bei gewissen Teilen im Innern» (bei den Bürsten) «falsche Haare anbringen zu müssen. Das Geschenk von Mama» (ein Pelz mit einem Muff) «hingegen hat noch ein paar. Das Geschenk deiner Tante» (eine Lampe) «hilft dir, den Pelz der Tiere besser zu sehen; aber... Warte mal, nein, ich glaube nicht, daß es selbst Haare hat...»

In den zwielichtigen Dämmerstunden des Dezembers saß man auf den niedrigen Schemeln vor dem Feuer aus Eichenholz und setzte die Reihe von Fragen fort, die von Tag zu Tag spannender wurden, bis zum 31., dem wichtigen Abend, da die Geheimnisse gelüftet wurden...

An diesem Abend lagen alle Geschenke beider Familien, eingepackt, verschnürt, mit Etiketten versehen, auf Tischen in einem Raum, den zu betreten Lucette und mir schon tags zuvor untersagt worden war. Um acht Uhr öffnete man die Türe, und alle, die Großmütter an der Spitze, gingen hintereinander hinein; jedermann suchte seine Geschenke in dem Durcheinander von weißen, mit Seidenbändern umwickelten Paketen. Für mich war das Betreten dieses Raumes ein Augenblick von so großer Freude, daß ich es bis zum Alter von zwölf oder dreizehn Jahren nicht unterlassen konnte, zur Begrüßung des Ereignisses Bocksprünge zu vollführen, bevor ich die Türschwelle überschritt.

Danach nahm man ein spätes Abendessen ein, und wenn die Wanduhr im Eßzimmer um Mitternacht mit ihrem gelassenen Klang ruhig zwölfmal schlug, ging man auseinander in den ersten Minuten eines jener Jahre von damals, die jetzt unter der Asche so manches weiteren Jahres begraben sind.

An diesem Abend trug ich jeweils all die Neujahrsgeschenke in mein Schlafzimmer und nahm die Lieblingsgeschenke sogar mit ins Bett. Ich wachte am folgenden Tag früher als gewöhnlich auf, um sie wieder ansehen zu können; sie verzauberten den Wintermorgen, den ersten im neuen Jahr.

Einmal befand sich in meinem Geschenkberg ein großes Bilderbuch, das die Welt vor der Sintflut zeigte.

Die Fossilien hatten mich als erste in die Geheimnisse der Zerstörung von Geschaffenem eingeweiht.

Ich kannte bereits mehrere jener bedrohlichen Tiere, die in ihren erdgeschichtlichen Epochen mit ihren schwerfälligen Schritten die Urwälder erschüttert hatten; schon seit langem hatten sie mich beschäftigt – und nun fand ich sie in diesen Bildern alle wieder, in ihrer Umwelt, unter ihrem bleiernen Himmel, zwischen ihren hohen Farnen.

Die vorsintflutliche Welt, die mich jetzt in meiner Phantasie heimsuchte, wurde zu einem meiner häufigsten Traumbilder; oft versuchte ich unter Konzentration meiner ganzen Geisteskräfte, mir irgendeine ungeheuerliche Landschaft von damals vorzustellen, die immer in dasselbe unheilverkündende Dämmerlicht getaucht und deren Hintergrund mit Finsternis erfüllt war; wenn dann das so geschaffene Bild ganz deutlich wurde wie eine richtige Vision, strömte mir aus ihm eine namenlose Leere entgegen, als würde es seine Seele aushauchen – und sogleich war die Vision vorbei und entschwand.

Bald entstand auch eine neue Kulisse für «Peau-d'Ane», welche eine Landschaft aus dem erdgeschichtlichen Zeitalter des Lias darstellte. Es war ein düsterer Sumpf, der unter schwülen Wolken im Halbdunkel lag und in welchem ausgestorbene Tierarten sich zwischen Schachtelhalmen und Farnen langsam fortbewegten.

Im übrigen war «Peau-d'Ane» allmählich immer weniger «Peau-d'Ane».

Ich verzichtete nach und nach auf die Figuren, die mir jetzt wegen ihres unzulässigen Puppenverhaltens mißfielen; sie schliefen bereits, die armen Kleinen, in Schachteln verbannt, aus denen man sie bestimmt nie mehr ans Tageslicht holen würde.

Meine neuen Kulissen hatten nichts mehr mit dem Theaterstück zu tun; es war das Urwalddickicht, es waren exotische Gärten, orientalische Paläste voller Perlmutt- und Goldverzierungen – kurz, ich versuchte darin alle meine Träume mit meinen damals bescheidenen Mitteln zu verwirklichen, in Erwartung eines Besseren, in Erwartung des unwahrscheinlichen Besseren der Zukunft...

LVIII

Nach dem mühseligen, unter der Fuchtel des «Stiers Apis» und des «Oberaffen» verbrachten Winters kam der Frühling doch wieder, der für die Schüler immer sehr verwirrend ist, da sie Lust zum Herumtollen verspüren, da sie nicht mehr ruhig an ihrem Platz zu sitzen vermögen, da sie an den ersten milden Tagen außer sich geraten. Überall auf unseren alten Mauern sprossen die Rosen; in der Märzsonne konnte man wieder in meinem geliebten kleinen Hinterhof verweilen, und ich vertrödelte viel Zeit darin, um das Erwachen der Insekten sowie den Flug der ersten Schmetterlinge, der ersten Fliegen zu beobachten. Sogar «Peau-d'Ane» wurde deswegen vernachlässigt.

Man brachte mich nicht mehr zum Gymnasium, und ich wurde auch nicht mehr von dort abgeholt; ich hatte die Abschaffung dieser Gewohnheit, die mich bei meinen Schulkameraden lächerlich machte, durchgesetzt. Und oft wählte ich beim Heimgehen einen kleinen Umweg über die stille Stadtmauer, von wo aus man die Dörfer und ein Stück von der weiten Landschaft sehen konnte.

In jenem Frühjahr arbeitete ich mit weniger Eifer als je; das schöne Wetter draußen verdrehte mir den Kopf.

Und eines der Fächer, in denen ich am wenigsten leistete, war sicher der französische Aufsatz; ich gab dem Lehrer im allgemeinen nichts als die «Aufgliederung» zurück, ohne dafür die geringste «Ausschmückung» gefunden zu haben. In unserer Klasse hatte es einen, der ein großer Stilist war und dessen Ergüsse laut vorgelesen wurden. Oh, was er doch nicht alles an hübschen Ideen in seine Texte hineinfließen ließ! (Er wurde später der denkbar prosaischste, unbedeutendste Gerichtsvollzieher in einem Industriedorf.) Eines Tages, als das Aufsatzthema «Der Schiffbruch» hieß, hatte er Ausdrücke gefunden, die von einer lyrischen Qualität waren... und ich hatte ein weißes Blatt abgegeben, das den Titel und meine Unterschrift trug. Nein, ich konnte mich nicht entschließen, über die vom «Oberaffen» vorgeschlagenen Themen zu schreiben, eine Art von instinktiver Scham hinderte mich daran, das übliche abgedroschene Zeug zu Papier zu bringen, und wenn ich etwas Eigenes zu schreiben begann, so ließ mich der Gedanke, daß es von diesem Schreckgespenst gelesen und zerpflückt würde, sofort wieder aufhören.

Indessen schrieb ich bereits sehr gerne, aber natürlich nur ganz allein für mich und indem ich mich mit einem unantastbaren Geheimnis umgab. Es existierte – nicht im Schreibtisch meines Zimmers, der von den Schulbüchern und Schulheften entweiht war, sondern in dem sehr kleinen alten Schreibtisch, der zum Mobiliar meines «Museums» gehörte – bereits ein Kuriosum, das mein persönliches Tagebuch in der Urfassung darstellte. Es sah aus wie das Zauberbuch einer Fee oder wie eine assyrische Handschrift; um ein Schilfrohr wand sich ein endloser Papierstreifen; am Anfang trug er zwei sphinxartige Abbildungen in roter Tinte und einen kabbalistischen Stern – und dann begann der Text, der über die ganze Länge des Papierstreifens lief und in einer von mir erfundenen Geheimschrift abgefaßt war. Schon nach einem Jahr wurde wegen der Verzögerungen beim Schreiben, welche diese Buchstaben mit sich brachten, ein Heft mit gewöhnlicher Schrift daraus, aber ich hielt es weiterhin versteckt und unter Verschluß wie ein frevelhaftes Werk. Ich trug darin weniger die Ereignisse meiner ruhigen, biederen Existenz ein als meine verworrenen Empfindungen, meine abendliche Schwermut, meine Sehnsucht nach den verflossenen Sommern und meine Träume von fernen Ländern... Ich hatte bereits das Bedürfnis, flüchtige Bilder zu beschreiben, festzuhalten, gegen die Vergänglichkeit der Dinge und meiner selbst anzukämpfen, weshalb ich dieses Tagebuch bis in die letzten Jahre in derselben Weise weiterführte... Aber zu jener Zeit war mir der Gedanke unerträglich, es könnte eines Tages jemand einen Blick darauf werfen; das ging so weit, daß ich mir, wenn ich irgendeine kurze Reise zur «Insel» oder anderswohin unternahm, die Mühe machte, es zu versiegeln und auf den Umschlag die feierlichen Worte zu schreiben: «Es ist mein Letzter Wille, daß dieses Heft verbrannt wird, ohne daß man es liest.»

Mein Gott, wie sehr habe ich mich seither verändert! Aber es würde den Rahmen dieses Berichts aus meiner Kindheit bei weitem sprengen, wenn ich erzählen wollte, welche Zufälle und welche Umstellungen in meinem Verhalten mich dazu brachten, über mein Leid laut zu klagen und es jedem Vorübergehenden zuzuschreien, um das Mitleid selbst der entferntesten Unbekannten für mich in Anspruch zu nehmen – und mit um so größerer Angst zu rufen, je mehr ich Staub und Asche am Lebensende voraussahne... Und wer weiß, vielleicht werde ich mit fortschreitendem Alter dazu kommen, über noch viel persönlichere Dinge zu schreiben, die man jetzt noch nicht aus mir herausbrächte – dies als Versuch, alles, was ich war, alles, worüber ich weinte, alles, was ich liebte, über meine eigene Lebensspanne hinaus andauern zu lassen...

LIX

Im gleichen Frühjahr kehrte der Vater der kleinen Jeanne nach Hause zurück, ein Ereignis, das mich sehr beeindruckte. Seit einigen Tagen wurde während der Vorbereitungen für seine bevorstehende Ankunft und in der Freude darüber das Unterste zuoberst gekehrt. Und da die Fregatte, über die er das Kommando führte, etwas früher als erwartet im Hafen eingelaufen war, sah ich eines schönen Abends von meinem Fenster aus, wie er allein heimkehrte und durch die Straße eilte, um seine Leute zu überraschen... Er kam nach zwei oder drei Jahren Abwesenheit aus irgendeiner fernen Kolonie zurück, und es schien mir, daß sich sein Aussehen nicht verändert hatte... Man kehrte also immerhin zu seiner Familie zurück! Sie nahmen also doch ein Ende, die Jahre des Exils, die mir übrigens jetzt schon weniger lang als früher vorkamen... Auch mein Bruder würde nächsten Herbst nach Hause zurückkehren; bald würde es den Anschein machen, daß er uns nie verlassen hatte.

Und zweifellos war eine solche Heimkehr mit großer Freude verbunden. Und was für ein Nimbus umgab doch jene, die von so weit her eintrafen!

Am nächsten Tag schaute ich zu Hause bei Jeanne zu, wie im Hof riesige Holzkisten aus fremden Ländern ausgepackt wurden; einige waren mit geteertem Tuch überzogen, das sicher von einstigen Segeln stammte und die angenehm nach Schiffen und nach dem Meer rochen; zwei Matrosen mit breiten blauen Kragen entfernten eifrig Nägel und trennten Nähte auf; und sie zogen Gegenstände von unbekanntem Aussehen aus den Kisten, die nach den «Kolonien» dufteten: geflochtene Matten, Tonkrüge, Porzellangefäße, ja sogar Kokosnüsse und andere Früchte von dort drüben...

Der Großvater von Jeanne, auch er ein ehemaliger Seefahrer, stand neben mir und beobachtete aus den Augenwinkeln, wie die Sachen ausgepackt wurden. Plötzlich sahen wir zwischen Brettern hervor, die mit Hammerschlägen auseinandergetrieben wurden, garstige braune Tierchen hurtig entweichen; die beiden Matrosen sprangen mit beiden Füßen zugleich auf den Käfern herum, um sie zu töten.

«Kakerlaken, nicht wahr, Herr Kommandant?» fragte ich den Großvater.

«Was, du kennst das, du kleine Landratte?» entgegnete er lachend.

Um die Wahrheit zu sagen, ich hatte noch nie welche gesehen; aber ich hatte von den Onkeln meiner Familie, die in Gesellschaft von Kakerlaken gelebt hatten, viel darüber erzählen gehört. Und ich war entzückt, zum ersten Mal im Leben Bekanntschaft mit diesen Tieren zu machen, die eine Besonderheit der warmen Länder und der Seeschiffe sind...

LX

Der Frühling, der Frühling!

An den Mauern meines Hinterhofes trugen die Rosenbüsche weiße Blüten, auch der Jasmin blühte, und vom Geißblattstrauch hingen lange, herrlich duftende Girlanden herab.

Ich begann wieder zu leben, von morgens bis abends, in enger Vertrautheit mit den Pflanzen und den alten Steinen, hörte dem Plätschern des Springbrunnens im Schatten des großen Pflaumenbaums zu, betrachtete die Waldgräser und -moose, die sich auf den Rand meines Bassins verirrt hatten, und zählte auf der glühendheißen Hofseite, die den ganzen Tag über von der Sonne beschienen wurde, die Kaktusknospen.

Auch brach ich wieder jeden Mittwochabend nach der «Limoise» auf – und natürlich träumte ich zum großen Schaden des Unterrichts und der Schulaufgaben von einer Woche zur anderen von diesen Besuchen.

LXI

Ich glaube, die Frühlingsmonate waren in jenem Jahr die strahlendsten, die berauschendsten aller Frühlingsmonate meiner Kindheit; sicher war dies auf den Gegensatz zu dem allzu mühseligen Winter zurückzuführen, während welchem der «Oberaffe» die ganze Zeit sein strenges Regiment geführt hatte...

Die letzten Maitage, das hochstehende Gras, dann die Heuernte im Juni, oh, wie sehe ich doch das alles nochmals in einem goldenen Licht!

Die Abendspaziergänge mit Vater und Schwester fanden immer noch statt, wie in meinen ersten Lebensjahren; sie erwarteten mich jetzt jeweils um halb fünf am Ausgang des Gymnasiums, und wir gingen auf direktem Weg zu den Feldern. Unsere Vorliebe konzentrierte sich in jenem Frühjahr auf gewisse Wiesen voll rosaroten Zittergrases, von dem ich immer einen ganzen Strauß nach Hause brachte.

In derselben Gegend war ein Schwarm der ganz kleinen, kurzlebigen Nachtfalter ausgeschlüpft, die schwarz und rosa (so rosarot wie das Zittergras) waren und überall auf den langen Schäften der Gräser schliefen; wenn man diese Gräser schüttelte, flogen die Falter davon wie Blütenblätter, die sich vom Stengel lösen. All das taucht wieder vor mir auf in der herrlichen Klarheit der Juniluft... Während des Nachmittagsunterrichts verwirrte mich der Gedanke an die großen Wiesen, die auf mich warteten, noch mehr als die laue Luft und die Frühlingsdüfte, die durch die weit geöffneten Fenster hereinströmten.

Vor allem aber erinnere ich mich an einen Abend, für den meine Mutter uns versprochen hatte, ausnahmsweise am Spaziergang teilzunehmen, damit auch sie diese Felder voll Zittergras sehen konnte. Da ich an diesem Tag noch zerstreuter als gewöhnlich war, hatte mir der «Oberaffe» gedroht, ich müsse nachsitzen, und während des ganzen Unterrichts glaubte ich, daß ich bestraft würde. Dieses abendliche Nachsitzen um eine volle Stunde bei dem schönen Juniwetter war immer eine grausame Tortur. Aber mein Herz war besonders deshalb bange, weil Mama gerade dann auf mich warten würde – und weil die Frühlingsmonate so kurz waren, weil man bald das Gras mähen würde, weil ich vielleicht das ganze Jahr über keinen so strahlenden Abend mehr erleben würde...

Nach dem Unterricht ging ich sogleich ängstlich zum Studienaufseher, um die unheilvolle Liste einzusehen, die sich in seinen Händen befand; ich war nicht darin vermerkt! Der «Oberaffe» hatte mich vergessen – oder verschont.

Oh, was für eine Freude, als ich das Schulhaus rennend verließ, als ich Mama erblickte, die ihr Versprechen gehalten hatte und zusammen mit meinem Vater und meiner Schwester lächelnd auf mich wartete!... Die Luft, die man draußen einatmete, war köstlicher denn je, würzig und mild, und das Licht besaß den Glanz der warmen Länder. – Wenn ich an jenen Augenblick zurückdenke, an die Wiesen mit dem Zittergras, an die rosaroten Nachtfalter, verbindet sich meine Sehnsucht mit einer undefinierbaren Angst, was übrigens jedesmal der Fall ist, wenn ich Dingen gegenüberstehe, die mich mit ihren Geheimnissen in einem Ausmaß überrascht und bezaubert haben, das ich mir nicht zu erklären vermag.

LXII

Ich habe schon im Vorhergehenden gesagt, daß ich für mein Alter immer viel zu kindlich gewesen war.

Wenn man den Menschen, der ich damals war, einigen jener jungen Pariser von zwölf oder dreizehn Jahren gegenüberstellen könnte, jener jungen Pariser, die durch die besten und modernsten Methoden erzogen werden, die bereits deklamieren, Reden halten, sich über Politik Gedanken machen, mich mit ihrer Konversationskunst kaltstellen würden, wie lustig wäre das doch, und wie verachtungsvoll würden sie mich behandeln!

Ich wundere mich selbst, in welchem Ausmaß ich mich gewissen Dingen gegenüber noch kindisch verhielt, denn was die Kunst und die Träume anbelangt, so drangen meine Gedanken trotz fehlendem Umgang und fehlender Kenntnisse viel weiter vor als jetzt, das ist unbestreitbar; und wenn das um ein Schilfrohr gewundene Zauberbuch, von dem ich zuvor erzählte, noch vorhanden wäre, wäre es zwanzigmal wertvoller als die vorliegenden blassen Aufzeichnungen, über die man, so kommt es mir vor, schon Staub und Asche gestreut hat.

LXIII

Mein Zimmer, in dem ich mich nie mehr zum Arbeiten niederließ und das ich nur noch abends zum Schlafen betrat, wurde während dieses schönen Monats Juni nach dem Nachtessen, in den langen, milden und berückenden Dämmerstunden, der Ort meiner Wonnen. Denn ich hatte ein Spiel erfunden, eine Vervollkommnung der aus Lappen gebastelten Ratte, welche die Gassenjungen am Ende einer Schnur abends zwischen den Beinen der Passanten herumrennen lassen. Und das belustigte mich in einem derart unerhörten Ausmaß, daß ich des Spiels nie überdrüssig wurde. Wenn ich den Mut dazu hätte, würde es mich auch heute noch ebensosehr belustigen, und es ist mein Wunsch, daß meine Erfindung von allen Kindern nachgeahmt wird, denen man dieses Kapitel unvorsichtigerweise zu lesen gibt.

Das war nun so: Auf der anderen Straßenseite wohnte, genau meinem Fenster gegenüber und ebenfalls im ersten Stock, eine liebe alte Jungfer namens Mademoiselle Victoire (die eine altmodische Rüschenhaube und runde Brillengläser trug). Ich hatte von ihr die Erlaubnis erhalten, am Haken ihres Fensterladens eine Schnur zu befestigen, die ich über die Straße spannte und auf meiner Seite auf einem Holzstecken zu einem Knäuel aufrollte.

Sobald der Tag zur Neige ging, kam zwischen meinen Jalousien, die sogleich wieder geschlossen wurden, heimlich ein von mir fabrizierter Vogel hervor – ein lächerlich aussehender, aus Eisendraht gebastelter Rabe mit schwarzen Seidenflügeln – und ließ sich mit drolligen Bewegungen inmitten der Straße auf den Pflastersteinen nieder. Er war an einem Ring aufgehängt, welcher ungehindert der Schnur entlanggleiten konnte und den man in der Dämmerung nicht mehr sah; ich ließ den Vogel die ganze Zeit in komischer Aufregung auf dem Boden umherhüpfen.

Und wenn die Vorübergehenden sich bückten, um festzustellen, was das für ein unwahrscheinliches Tier sei, das so wild zappelte, zog ich – wups! – mit aller Kraft an dem Schnurende, das ich in der Hand hielt, und der Vogel flog hoch in die Luft empor, nachdem er den Neugierigen noch ins Gesicht gesprungen war.

Oh, wie sehr habe ich mich doch an jenen schönen Abenden hinter meinen Jalousien amüsiert! Wie habe ich gelacht über die Schreie, die bestürzten Gesichter, die Bemerkungen, die Mutmaßungen! Was mich erstaunt, ist, daß die Leute sich nach dem ersten Schreck entschlossen, ebensosehr wie ich zu lachen; es stimmt, die meisten waren Nachbarn, die errieten, von wem diese Fopperei stammte – und man mochte mich in meinem Quartier damals gern. Oder es kamen Matrosen vorbei, umgängliche Männer, die kindlichen Späßen gegenüber im allgemeinen nachsichtig sind – und das mit gutem Grund.

Was ich indessen nie begreifen werde, ist, daß man in meiner Familie, wo man sonst eher durch übermäßige Wohlanständigkeit sündigte, meine Streiche übersehen konnte, ja dieses Spiel sogar während des ganzen Frühlings stillschweigend duldete; ich konnte mir nie erklären, weshalb ich dafür nicht gerügt wurde, und statt dieses Geheimnis aufzudecken, hat sich im Laufe der Zeit meine Verwunderung darüber nur noch verstärkt.

Der schwarze Vogel wurde natürlich meinen zahlreichen Reliquien einverleibt. Ab und zu, alle zwei, drei Jahre, betrachte ich ihn wieder; er ist von den Motten etwas zerfressen, aber er erinnert mich immer noch an die schönen Juniabende, die längst entschwunden sind, an die herrliche Trunkenheit des Frühlings von damals.

LXIV

Ich hatte die Gewohnheit angenommen, an den Donnerstagen, da ich in der «Limoise» weilte, in der brütenden Sonnenhitze, wenn in der stillen Landschaft alles von Müdigkeit übermannt schlief, zuhinterst im Garten auf die alte Umfassungsmauer zu klettern und rittlings, bewegungslos lange an derselben Stelle zu sitzen; das Efeu reichte mir bis zu den Schultern hinauf, und alle Fliegen und alle Heuschrecken brausten um mich herum. Wie von einem Observatorium herunter betrachtete ich die heiße, dumpfe Landschaft, die Heide, die Wälder und die anmutigen weißen Schleier der Luftspiegelungen, die in der extremen Hitze wie der Wasserspiegel eines Sees unaufhörlich zitterten. Der Horizont der «Limoise» behielt für mich immer noch das gewisse Geheimnis des Unbekannten, das ich schon in den ersten Sommern meines Lebens erahnt hatte. Ich stellte mir vor, daß die etwas einsame Gegend, die man von dieser Mauer aus erblickte, sich über Heiden und Wälder unbegrenzt ausdehnen mußte wie eine richtige Urlandschaft; auch wenn ich jetzt sehr wohl wußte, daß es jenseits dieses Landstrichs Straßen, Ackerland und Städte gab, gelang es mir, die Illusion zu bewahren, daß diese weiten Ebenen noch unberührt waren.

Um mich selbst besser zu täuschen, bemühte ich mich, mit meiner zum Fernrohr gekrümmten Hand alles zu verdecken, was diesen Eindruck der Verlassenheit stören konnte: das alte Bauernhaus dort drüben mit einem Stück umgepflügtem Weinberg und einer kurzen Wegstrecke. Ganz allein auf der Mauer sitzend, durch nichts abgelenkt in dieser vom Summen der Insekten erfüllten Ruhe, gelang es mir – indem ich meine gekrümmte Hand immer auf die ländlichsten Teile der Umgebung richtete – sehr gut, mir die Vorstellung von exotischen, unbewohnten Ländern zu verschaffen.

Diese Vorstellung bezog sich vor allem auf Brasilien. Ich weiß nicht, weshalb der nahegelegene Wald in diesen Augenblicken der Versunkenheit für mich eher Brasilien als etwas anderes darstellte.

Und ich muß diesen Wald nebenbei gesagt noch beschreiben, den ersten, den ich von allen Wäldern der Erde kennenlernte und den ich am meisten geliebt habe. Er bestand aus sehr alten Steineichen, Bäumen mit dunklen immergrünen Blättern, die mit ihren hohen Stämmen einen tempelartigen Säulengang bildeten; und darunter keinerlei Buschwerk, sondern ein außergewöhnlicher, stets trockener Boden, der das ganze Jahr über mit demselben herrlichen, kurzen und daunenweichen Gras bedeckt war; nur da und dort einige Sträucher, einige Mädesüß, einige seltene Schattengewächse.

LXV

Im Schulunterricht wurde die «Ilias» besprochen –
die mir sicher gefallen hätte, aber verhaßt wurde wegen der Analysen, Strafarbeiten, dem papageienhaften Rezitieren –, und plötzlich war ich
betroffen und voller Bewunderung angesichts des
berühmten Verses

Be d'akeon thina polufloisboio thalasses[41],

der wie das Rauschen einer Woge bei Flut endet,
die ihre Schaumdecke auf den Kieseln eines Strandes ausbreitet.

«Beachtet die Harmonie der Einleitung», sagte
der «Oberaffe». O ja, ich hatte sie bemerkt! Nicht
nötig, über solche Dinge noch Worte zu verlieren.

Meine große, vielleicht weniger begründete
Bewunderung galt unter anderem auch den folgenden Versen von Vergil:

Hinc adeo media est nobis via; namque sepulcrum
Incipit apparere Bianoris . . .[42]

Vom Beginn dieser Ekloge an verfolgte ich übrigens mit Interesse die beiden Hirten, die durch die antike Landschaft wanderten. Und ich konnte sie mir so gut vorstellen, diese römische Landschaft vor zweitausend Jahren: heiß, ein wenig ausgetrocknet, mit Steinlinden und Immergrün-Eichen, den steinigen Gegenden der «Limoise» ähnlich, denen ich gleichfalls einen idyllischen Reiz, den Reiz des Vergangenen, abzugewinnen vermochte.

Die beiden Hirten wanderten, und nun stellten sie fest, daß sie die Hälfte ihres Weges hinter sich hatten, «weil sie das Grabmal Bianors erblickten...» Oh, ich sah es sehr deutlich auftauchen, das Grabmal Bianors! Seine alten Steine bildeten einen weißen Fleck auf den rötlichen Wegen, die mit kleinen, ein wenig versengten Pflanzen – Thymian oder Majoran – und da und dort mit mageren, dunkel belaubten Stauden bewachsen waren... Und der Klang des Wortes «Bianoris» am Schluß des Satzes rief bei mir mit ungewöhnlicher Magie plötzlich das Gefühl hervor, die Melodien der Insekten zu hören, welche die beiden Wanderer vermutlich begleiteten in der Stille einer sehr heißen Mittagszeit, in der eine jüngere Sonne schien als heute, in der heiteren Ruhe eines antiken Junimonats. Ich war nicht mehr im Schulzimmer; ich befand mich mitten in dieser Landschaft in Gesellschaft der beiden Hirten und schritt über die vertrockneten Blümchen, über die ein wenig versengten Gräser, und es war ein lichterfüllter, wenn auch dumpfer Sommertag, der etwas verschwommen erschien, als würde man ihn mit dem Fernglas auf dem Hintergrund verflossener Zeiten betrachten...

Wer weiß, wenn der «Oberaffe» geahnt hätte, wodurch diese vorübergehende Zerstreutheit bei mir ausgelöst wurde, so hätte dies vielleicht zu einer Annäherung zwischen uns geführt.

LXVI

An einem Donnerstagabend, als in der «Limoise» wieder der unaufschiebbare Zeitpunkt bevorstand, da ich heimkehren mußte, war ich allein in das von mir bewohnte große alte Zimmer im ersten Stockwerk hinaufgegangen. Zuerst hatte ich mich ins offene Fenster gelehnt, um zu sehen, wie die rote Julisonne hinabsank hinter den steinigen Äckern und der mit Farn bewachsenen Heide in Richtung des Meeres, das unsichtbar und doch nahe war. Sie waren immer melancholisch, diese Sonnenuntergänge am Ende meiner Donnerstage...

Dann hatte ich in der letzten Minute vor dem Abschied die Idee, die mir nie zuvor gekommen war, in dem alten Bücherschrank, der neben meinem Bett stand, herumzuschnüffeln. Dort fand ich unter den Büchern mit Einbänden, die aus einem anderen Jahrhundert stammten und in welche die Würmer langsam und ungestört ihre Gänge bohrten, ein Heft aus dem früher benutzten dicken, groben Papier, und ich öffnete es zerstreut... Mit einem Schauer der Erregung las ich darin, daß «am 20. Juni 1813 von zwölf Uhr mittags bis vier Uhr abends auf dem 110. Längengrad und dem 15. Grad südlicher Breite» (also zwischen den Wendekreisen, in den Gewässern des Stillen Ozeans) «das Wetter schön, die See ruhig war und aus Südosten eine angenehme Brise blies», daß am Himmel eine Reihe jener weißen Wölkchen hingen, die man «Katzenschwänze» nennt, und daß Goldmakrelen dem Schiffsrumpf entlangschwammen...

Sicher waren sie schon lange tot, jene, welche die flüchtigen Wolkenformen registriert und den vorbeischwimmenden Goldmakrelen zugesehen hatten... Ich begriff, daß dieses Heft eines der sogenannten «Bordbücher» war, das die Matrosen täglich nachführen; ich betrachtete es nicht einmal als etwas Neues, obwohl ich noch nie eines in den Händen gehalten hatte. Aber es war für mich eine seltsame und unerwartete Erfahrung, auf diese Weise plötzlich die intimsten Gefühle beim Anblick von Himmel und Meer inmitten des Stillen Ozeans zu ergründen, und überdies noch an einem ganz bestimmten Tag eines weit zurückliegenden Jahres... Oh, diese ruhige, stille See, diese «Katzenschwänze» zu sehen, die in die tiefe Unendlichkeit des blauen Himmels hinausschwärmten, und die flinken Goldmakrelen, welche die südliche Einsamkeit durchschwammen!...

Wie vieles mußte doch atemberaubend sein im

Seemannsleben, in diesem Beruf, der mir Angst machte und der mir untersagt war! Ich hatte das noch nie so deutlich gespürt wie an diesem Abend.

Die unvergeßliche Erinnerung an jene kurze, verstohlene Lektüre war der Grund, weshalb während meiner Wachen auf See jedesmal, wenn mir ein Steuermann vorbeischwimmende Goldmakrelen meldete, ich diesen mit den Blicken folgte; und immer fand ich es irgendwie schön, das Ereignis dann im Bordbuch einzutragen, das sich so wenig von jenem unterschied, das die Seefahrer lange vor mir, im Juni 1813, geführt hatten.

LXVII

In den darauf folgenden Ferien freute ich mich auf die Reise nach Südfrankreich, in die Berge, noch mehr als das erste Mal.

Wie im Jahr zuvor machten wir, meine Schwester und ich, uns Anfang August auf den Weg; es war zwar keine Fahrt ins Blaue mehr, aber die Freude, erneut in diese Gegend zu kommen und dort alles wiederzufinden, was mir so sehr gefallen hatte, übertraf das Vergnügen einer Reise ins Ungewisse.

Auf der langen Fahrt zwischen dem Punkt, wo die Bahn aufhörte, und dem Dorf, in welchem unsere Verwandten wohnten, schlug unser Mietkutscher gewagte Seitenwege ein, verlor die Orientierung und verirrte sich mit uns an abgelegene Orte, die im übrigen wunderschön waren. Wir hatten so strahlendes Wetter wie nur selten. Und mit was für einer Freude begrüßte ich doch die ersten Bäuerinnen, die auf dem Kopf große Kupfergefäße trugen, die ersten braungebrannten Bauern, die im Dialekt redeten, das erste Auftauchen des ockerfarbigen Erdreichs und des Bergwacholders!

Gegen die Tagesmitte machten wir in einer schattigen Talsohle bei einem abgelegenen Dorf namens Veyrac dann Rast, damit unsere Pferde sich ausruhen konnten, und setzten uns währenddessen unter einen Kastanienbaum – da wurden wir von den Enten dieser Ortschaft angegriffen; es waren die frechsten, ungezogensten Enten der Welt, und sie scharten sich um uns, indem sie ein höchst unschickliches Geschrei vollführten. Als wir bei der Weiterfahrt wieder in unserer Kutsche saßen und die Tiere uns immer noch hartnäckig verfolgten, drehte sich meine Schwester nach ihnen um und rief mit der Würde einer Reisenden aus dem Altertum, die sich über eine ungastliche Bevölkerung empört: «Fluch über euch, ihr Enten von Veyrac!» – Selbst nach so vielen Jahren kann ich noch nicht mit Gelassenheit an mein damaliges unbändiges Gelächter zurückdenken. Vor allem kann ich nicht an diesen Tag denken, ohne mich nach der funkelnden Sonne und dem blauen Himmel zu sehnen, die ich heute nicht mehr auf diese Weise zu sehen vermag...

Bei unserer Ankunft wurden wir auf der Straße, bei der Brücke, von Vetter und Base und den Peyral-Kindern erwartet, die uns mit ihren Taschentüchern winkten.

Ich war glücklich, die kleine Schar vollzählig wiederzufinden. Wir waren, die einen wie die anderen, etwas gewachsen, wir waren um einige Zentimeter größer geworden; aber wir stellten sofort fest, daß wir uns abgesehen davon nicht verändert hatten, daß wir immer noch ebenso kindlich und für dieselben Spiele aufgelegt waren wie zuvor.

Bei Anbruch der Nacht gab es ein fürchterliches Gewitter. Und während der Donner krachte, daß alles erzitterte, als würde das Hausdach meines Onkels mit Artilleriesalven beschossen, und während all die alten Regentraufen des Dorfes sprudelndes Wasser ausspien und sich über das Straßenpflaster aus schwarzen Kieselsteinen ganze Sturzbäche ergossen, hatten wir, die Peyral-Kinder und ich, in der Küche Zuflucht gesucht, um dort nach Lust und Laune Radau machen und Ringelreihen tanzen zu können.

Sehr groß war sie, diese Küche, und auf altväterische Art mit einem Arsenal von Geräten aus Kupfer ausgestattet, mit einer ganzen Reihe von Bratpfannen und Kochtöpfen, die der Größe nach geordnet an den Wänden hingen und wie Ritterrüstungen glänzten. Es war fast Nacht geworden; allmählich drang der gute Geruch des Gewitters, der nassen Erde, des Sommerregens herein; und durch die dicken vergitterten Fensterscheiben aus dem 17. Jahrhundert fiel von Minute zu Minute immer mehr ein grüner Lichtschein, der uns so blendete, daß wir mit den Augen blinzeln mußten. Wir drehten uns wie Verrückte unaufhörlich im Kreis herum und sangen dazu vierstimmig: «Das nächtliche Gestirn in seinem friedlichen Glanz...», ein sentimentales Lied, das niemals als Tanzweise gedacht war, das wir aber aus Spott auf komische Weise skandierten, um es im Takt singen zu können. Sie dauerte weiß ich wie lange, diese freudige Sarabande, wobei das Gewitter unsere Nerven erregte und der übermäßige Lärm, die wirbelnde Schnelligkeit uns wie kleine Derwische berauschte; es war das Fest meiner Rückkehr, es war eine Art und Weise, die Ferien würdig einzuweihen, dem «Oberaffen» zu trotzen, die Reihe aller möglichen Expeditionen und Kindereien zu eröffnen, die am folgenden Tag mehr denn je ihren neuen Anfang nehmen würden.

LXVIII

Am nächsten Tag erwachte ich frühmorgens, da ich ein rhythmisches Geräusch hörte, an das mein Gehör nicht mehr gewöhnt war. Es war der Weber nebenan, der schon im Morgengrauen mit seinem hundertjährigen Webstuhl zu rattern begann... Dann, nach einer Minute der Ungewißheit, fiel mir mit überbordender Freude ein, daß ich ja eben erst bei meinem Onkel in Südfrankreich angekommen war, daß dies der Morgen des ersten Tages war, daß mir ein ganzer Sommer, die Monate August und September, in der freien Natur und voller freier Phantasie bevorstand; es sind zwei von jenen Monaten, die heute für mich wie Tage verstreichen, mir aber damals von beachtlicher Länge zu sein schienen... Beim Aufwachen aus einem erquickenden Schlaf wurde ich mir mit Begeisterung meiner selbst und der Realitäten meines Lebens neu bewußt; ich war voller «Freude beim Erwachen»...

Aus irgendeiner Geschichte über die an den Großen Seen lebenden Indianer, die ich im Winter zuvor gelesen hatte, war mir folgendes im Gedächtnis geblieben, das mich sehr beeindruckt hatte: Ein alter Häuptling der Rothäute, dessen Tochter sich vor Liebe für ein Bleichgesicht verzehrte, hatte schließlich zugestimmt, sie diesem Fremdling zur Frau zu geben, damit sie auch künftig «Freude beim Erwachen» habe.

Freude beim Erwachen!... Ich hatte in der Tat schon lange festgestellt, daß man im Augenblick des Erwachens immer am deutlichsten spürt, was im Leben fröhlich oder traurig ist, wobei es dann ganz besonders hart ist, wenn man keine Freude mehr hat; meinen ersten kindlichen Kummer, meine ersten Gewissensbisse, meine Angst vor der Zukunft, ich empfand sie in diesem Augenblick jeweils am heftigsten – allerdings verschwanden damals solche Gefühle sehr schnell wieder.

Später sollte mein Erwachen jedoch viel düsterer werden! Und heute ist dieser Augenblick ein erschreckend klarer Moment, in welchem ich sozusagen die Kehrseite des Lebens sehe, entblößt von all den angenehmen Illusionen, hinter denen sie sich tagsüber verbirgt: es ist der Moment, da mir am besten bewußt wird, wie rasch die Jahre verstreichen, wie alles, an das ich mich zu klammern suche, zerfällt; ich spüre ganz nahe das Nichts am Ende, den großen gähnenden Abgrund des Todes, der sich nicht mehr verleugnen läßt.

An jenem Morgen also freute ich mich beim Erwachen, und ich stand früh auf, da ich in meinem Eifer hinauszugehen im Bett keine Ruhe mehr hatte und mich sogar fragte, wo ich meine Begrüßungsrunde beginnen sollte.

Es galt mit allen Winkeln des Dorfes, mit der alten Stadtmauer und mit dem herrlichen Fluß ein Wiedersehen zu feiern. Und da war der Garten meines Onkels, wo möglicherweise seit vorigem Jahr die unwahrscheinlichsten Schmetterlinge ansässig wurden. Und es gab Besuche in merkwürdigen alten Häusern abzustatten, bei all den freundlichen Frauen in der Umgebung, die mich letzten Sommer, als wären sie es mir schuldig, mit den köstlichsten Trauben aus ihren Weinbergen überhäuft hatten; vor allem mußte ich eine gewisse Madame Jeanne besuchen, eine reiche alte Bäuerin, die eine große Zuneigung zu mir gefaßt hatte, die auf alle meine Wünsche einging und jedesmal, wenn sie wie Nausikaa vom Waschplatz zurückkam, meinetwegen unbezahlbare Seitenblicke auf das Haus meines Onkels warf... Und die Weinberge und die Wälder ringsum und alle Bergpfade und drüben Castelnau, dessen gezackte Türme über seinen Sockel aus Kastanienbäumen und Eichen hinausragten und das mich zum Besuch einlud... Wo sollte man zuerst hinlaufen, und wie könnte man nur einer solchen Gegend überdrüssig werden?

Selbst das Meer, wo man mich übrigens fast nie mehr hinbrachte, war darüber im Moment völlig in Vergessenheit geraten.

Nach diesen zwei wundervollen Ferienmonaten würde die Rückkehr meines Bruders für den mühseligen Schulanfang – ich konnte es nicht unterlassen, daran zu denken – eine großartige Ablenkung bedeuten. Seine vier Dienstjahre waren noch nicht ganz vorbei, aber wir wußten, daß er die «geheimnisvolle Insel» bereits verlassen hatte, um nach Hause zu kommen, und wir erwarteten ihn für den Oktober. Für mich bedeutete es, daß ich mit ihm fast ganz neu Bekanntschaft schließen mußte; ich machte mir Gedanken, ob er mich lieben würde, wenn er mich wieder sah, ob er Gefallen an mir finden würde, ob ihm bei mir tausend kleine Dinge – zum Beispiel die Art, wie ich Beethoven spielte – gefallen würden.

Ich dachte ständig an seine bevorstehende Ankunft; ich freute mich so sehr darauf und erhoffte mir dadurch eine derartige Veränderung meines Lebens, daß ich darüber meine übliche Angst vor dem Herbst vergaß.

Aber ich nahm mir auch vor, ihn über tausend verwirrende Fragen zu Rate zu ziehen, ihm alle meine Zukunftsängste anzuvertrauen; und ich wußte überdies, daß man auf seine Meinung wartete, um für mich einen endgültigen Entschluß fassen zu können, um mich auf das Studium der Wissenschaften hinzulenken und so über meine Laufbahn zu entscheiden: das war der dunkle Punkt seiner Rückkehr.

Bis zu diesem beängstigenden Urteilsspruch

aber würde ich mich zumindest noch soviel als möglich amüsieren und ablenken, ohne mir über irgend etwas Sorgen zu machen, mich mehr als je uneingeschränkt der Freude hingeben während dieser Ferien, die ich als die letzten meiner Kindheit betrachtete.

LXIX

Bei meinem Onkel war es Sitte, sich nach dem Mittagessen während ein bis zwei Stunden im Hauseingang aufzuhalten, in dem mit Steinplatten belegten und mit einem großen Brunnen aus ziseliertem roten Kupfer geschmückten Flur. Es war in der Zeit der lastenden Tageshitze der kühlste Ort. Man hielt den Raum dunkel, indem man alles zumachte; nur zwei oder drei dünne Sonnenstrahlen, in welchen die Mücken tanzten, sickerten durch die Fugen der schweren Tür aus der Zeit Ludwigs XIII. In der Stille des menschenleeren Dorfes hörte man immer nur dasselbe ewige Gegacker der Hühner, während offenbar alle anderen Tiere eingeschlafen waren.

Ich hingegen blieb nicht in diesem kühlen Flur. Mich lockte die drückende Sonnenglut, die draußen herrschte, und übrigens hörte man, kaum hatte man sich drinnen im Kreis niedergelassen, ein «Bum! Bum!» an der straßenseitigen Tür; es waren die Peyral-Kinder, die mich abholten und alle drei den alten Türklopfer aus Eisen betätigten, der so heiß war, daß man sich die Finger daran verbrennen konnte.

So zogen wir, die Hüte tief ins Gesicht gezogen, jeden Tag los mit Hämmern, Stöcken und Schmetterlingsnetzen, um irgend etwas Neues zu unternehmen. Zuerst durch die schmalen mittelalterlichen Gassen, die mit Kieselsteinen gepflastert waren, dann über die ersten Fußwege rings um das Dorf, die immer mit einer Matratze aus Weizenspreu bedeckt waren, in dem man bis zu den Knöcheln einsank und der in die Schuhe eindrang; und schließlich in die Felder, in die Weinberge, in die zu den Wäldern hochsteigenden Wege; oder dann hinunter zum Fluß, den wir durchwaten konnten, mit seinen Inselchen voller Blumen.

Als Ausgleich für meine Stubenhockerei und mein während des ganzen Jahres zu ruhiges, zu gesetztes Leben war dies eine ziemlich gute Ergänzung; aber es fehlte doch noch die Gesellschaft anderer Jungen meines Alters, es fehlten die Konflikte – und überdies dauerte es nur zwei Monate.

LXX

Eines Tags kam ich aus Verrücktheit, aus Prahlerei, aus irgendeinem unerklärlichen Grund auf die Idee, daß ich etwas sehr Unanständiges tun sollte. Und nachdem ich mir einen ganzen Vormittag lang überlegt hatte, was es wohl sein könnte, hatte ich einen Einfall.

Bekanntlich gibt es in Südfrankreich im Sommer Mückenschwärme, welche alles beschmutzen und die eine wahre Plage sind. Ich wußte, daß man ihnen im Haus meines Onkels mitten in der Küche eine Falle gestellt hatte; es war ein heimtückischer Krug von besonderer Form, in welchem alle Mücken, die hineinfielen, zuunterst im Seifenwasser unfehlbar den Tod fanden. An jenem Tag nun sah ich am Boden dieses Gefäßes eine abscheuliche schwärzliche Masse, die aus Tausenden von Mücken bestand, welche alle an den zwei oder drei vorangehenden Tagen ertrunken waren, und ich überlegte, daß man daraus ein Gericht, zum Beispiel einen Eierkuchen oder ein Omelett, herstellen könnte.

Schnell, schnell und mit einem Ekel, der sich bis zur Übelkeit steigerte, goß ich die schwarze Masse in einen Teller und trug ihn heimlich ins Haus der alten Madame Jeanne, die in mich verliebt und die einzige auf der Welt war, welche um meinetwillen zu allem fähig war.

«Ein Mückenomelett, oh, was glaubst du denn! Nichts einfacher als das!» sagte sie. Sie fachte unverzüglich ein Feuer an, nahm eine Pfanne und Eier – und die ekelhafte Mischung wurde, nachdem sie gut verrührt worden war, in dem hohen mittelalterlichen Kamin gebacken, während ich, über mich selbst erschrocken und bestürzt, zuschaute.

Dann kamen noch die Peyral-Kinder und ermutigten mich, indem sie sich wie immer für meine Idee begeisterten, und als das Omelett gut durchgebacken und noch heiß auf einer Platte angerichtet war, nahmen wir es mit, um es triumphierend unseren Angehörigen zu zeigen; wir marschierten alle vier der Größe nach in einem Umzug und sangen mit derben, heiseren Stimmen: «Das nächtliche Gestirn», als würden wir den Teufel zu Grabe tragen.

LXXI

Die letzten Sommertage waren hier ganz besonders herrlich, wenn die Ebenen am Fuß der bereits goldgelb gewordenen Wälder sich vor lauter Herbstzeitlosen ganz violett verfärbten. Dann begann die Weinernte, die gut zwei Wochen dauerte und die uns interessierte. In entlegenen Waldlichtungen oder auf Wiesen, in der Nähe der Weinberge der Peyral-Kinder, wo wir jeden Tag verbrachten, nahmen wir einen aus Süßigkeiten und Früchten bestehenden Imbiß ein, nachdem wir auf dem Gras die elegantesten Gedecke ausgebreitet hatten, die wir nach antiker Manier mit Blumenkränzen umrahmten und deren Teller aus gelben oder roten Weinranken bestanden. Winzer kamen vorbei und brachten uns köstliche Trauben, die sie unter Tausenden ausgewählt hatten, und unter Zutun der Hitze waren wir manchmal wirklich etwas berauscht, dies nicht einmal von süßem Wein, denn wir tranken keinen, sondern allein von den Trauben – so wie sich die Wespen und die Fliegen in den besonnten Weinlauben berauschen.

Ende September betrat ich eines Morgens bei regnerischem und schon kühlem Wetter, das nach Schwermut und nach Herbst roch, die Küche, angelockt von einem Feuer aus Ästen, das im hohen alten Kamin lustig brannte.

Ohne Beschäftigung, mißmutig angesichts des Regens, verfiel ich darauf, zum Zeitvertreib einen Zinnteller zu schmelzen und ihn flüssig und brennend heiß in einen Eimer voll Wasser zu gießen.

Es entstand daraus eine Art von Metallblock voller Schrunden und von schöner hellsilberner Färbung, der wie ein Stück Erz aussah. Ich schaute ihn lange und sehr nachdenklich an. In meinem Kopf reifte eine Idee, ein Plan für eine neue Belustigung, die vielleicht das Ende dieser Ferien zu verzaubern vermochte...

Noch am gleichen Abend berichtete ich den Peyral-Kindern anläßlich eines auf den Stufen der großen Treppe mit dem schmiedeeisernen Geländer gehaltenen Vortrags von meinen Vermutungen, daß es angesichts der Bodenbeschaffenheit und der Pflanzenwelt in dieser Gegend sehr wohl Silberminen geben könnte. Und als ich das sagte, setzte ich die Kennermiene eines Abenteurers auf, wie ein Held aus jenen Romanen von früher, die in Nord- und Südamerika spielen.

Nach Minen zu suchen gehörte sehr wohl zum Wirkungsfeld meiner Bande, die so oft mit Schaufeln und Hacken ausrückte, um Fossilien oder seltene Kieselsteine zu entdecken.

Als wir dann am nächsten Tag auf halber Höhe eines Berges einen – übrigens sorgfältig ausgewählten – einsamen, geheimnisvollen, von Wäldern überschatteten und zwischen hohen bemoosten Felswänden tief eingeschnittenen Weg erreichten, ließ ich meine Schar anhalten und bedeutete ihr mit dem Spürsinn eines Indianerhäuptlings, daß es hier sein mußte; ich hatte den Ort erkannt, wo die wertvollen Silbervorkommen lagen – und tatsächlich: als wir an der bezeichneten Stelle in der Erde wühlten, fanden wir die ersten Metallklumpen (aus dem geschmolzenen Teller, den ich am Abend zuvor hier vergraben hatte).

Diese Minen beschäftigten uns ohne Unterlaß während der ganzen letzten Ferientage. Meine Gefährten waren von der Sache völlig überzeugt und von dem Wunder überwältigt, während ich – ich schmolz immerhin jeden Morgen Küchenbesteck und Teller ein, um unsere Silberadern zu speisen – selbst auch fast soweit war, mich dieser Täuschung hinzugeben.

Der abgelegene, stille, herrliche Ort, wo die Grabungen vorgenommen wurden, und die heitere Schwermut des zu Ende gehenden Sommers verliehen unserem kindlichen Abenteurertum einen seltenen Reiz. Übrigens wahrten wir über unsere Entdeckungen das schönste Stillschweigen; es herrschte nun zwischen uns eine Art von Stammesgeheimnis. Und in einem vergessenen alten Reisekoffer auf dem Estrich meines Onkels häuften sich, vermischt mit etwas roter Erde aus den Bergen, unsere Reichtümer wie in einer Höhle Ali-Babas.

Wir hatten uns gegenseitig versprochen, sie dort während des ganzen Winters ruhen zu lassen bis zu den nächsten Ferien, und wir hofften sehr, dann diesen Schatz weiterhin zu äufnen.

LXXII

In den ersten Oktobertagen bat uns mein Vater mit einem freudigen Telegramm, in aller Eile heimzukehren; mein Bruder, der mit einem Passagierdampfer von Panama nach Europa zurückfuhr, war soeben in Southampton an Land gegangen; wir mußten also sofort abreisen, wenn wir zu seinem Empfang zu Hause sein wollten.

Und in der Tat trafen wir am Abend des übernächsten Tages gerade zur rechten Zeit ein, denn einige Stunden später erwartete man seine Ankunft mit dem Nachtzug. Es reichte mir gerade noch, in seinem Zimmer die verschiedenen Kleinigkeiten, die er mir vier Jahre zuvor anvertraut hatte, an ihren ehemaligen Platz zu stellen, und schon war es Zeit, sich zum Bahnhof zu begeben, um ihn dort zu treffen. Mir kam diese Heimkehr unwirklich vor, besonders da sie so unvermittelt angekündigt worden war – und ich hatte deshalb die beiden letzten Nächte nicht geschlafen.

So fiel ich trotz meiner großen Ungeduld auf dem Bahnhof vor Müdigkeit fast um, und es war wie im Traum, als ich ihn auftauchen sah und ihn umarmte, eingeschüchtert, da ich ihn so verschieden fand von dem Bild, das ich noch von ihm in Erinnerung hatte. Seine Haut war dunkler, der Bart dichter, seine Sprechweise kürzer, und er schaute mich mit prüfender Miene halb lächelnd, halb ängstlich an, als wollte er feststellen, was die Jahre inzwischen aus mir gemacht hatten, und herausfinden, was sie später aus mir machen könnten...

Als ich zu Hause eintraf, schlief ich im Stehen ein; es war der Schlummer eines von einer langen Reise ermüdeten Kindes, das dieser Müdigkeit nicht mehr widerstehen kann, und man schickte mich ins Bett.

LXXIII

Als ich am nächsten Morgen aufwachte mit der urplötzlich auftauchenden Erinnerung an etwas Glückliches, mit einer Freude, die ich tief in meinem Innersten verspürte, sah ich zuerst einen Gegenstand von außergewöhnlicher Form, der in meinem Zimmer auf einem Tisch stand. Es war offensichtlich eine Piroge von jenseits des Ozeans, sie war sehr schlank und fremdartig mit ihrem Paddel und ihren Segeln.

Dann begegneten meine Blicke noch weiteren unbekannten Gegenständen: mit Menschenhaar umwickelten Halsketten aus Muscheln, Kopfbedeckungen aus Federn, Verzierungen von einer primitiven, düsteren Wildheit, die überall im Zimmer aufgehängt waren, als wäre das ferne Polynesien zu mir gekommen, während ich schlief...

Mein Bruder hatte also angefangen, seine Reisekisten öffnen zu lassen, und er mußte, während ich schlief, geräuschlos hereingekommen sein und seinen Spaß daran gehabt haben, die für mein

«Museum» bestimmten Geschenke um mich herum anzuordnen.

Ich stand ganz schnell auf, um zu ihm zu gehen, denn ich hatte ihn ja am vorhergehenden Abend kaum gesehen...

LXXIV

Und ich sah ihn auch während der paar bewegten Wochen kaum, die er bei uns verbrachte. An diese Zeitspanne von so kurzer Dauer habe ich nur verworrene Erinnerungen bewahrt, wie von Dingen, auf die man während einer zu raschen Fahrt einen Blick geworfen hat. Dunkel entsinne ich mich noch, daß durch die Gegenwart meines Bruders in unserem Haus ein fröhlicheres und schwungvolleres Leben einkehrte. Ich weiß auch noch, daß er zeitweise einen Kummer zu haben schien, der ihn völlig in Anspruch nahm; es ging um Dinge, die völlig außerhalb unseres familiären Bereichs lagen, vielleicht die Sehnsucht nach den warmen Ländern, nach der «herrlichen Insel», oder die Furcht vor der nahen Abreise...

Manchmal blieb er neben meinem Klavier stehen und ließ sich von Chopins halluzinatorischen Melodien, die ich kurz zuvor entdeckt hatte, in den Bann ziehen. Er machte sich sogar Sorgen deswegen und fand, daß dies zuviel war für mich, daß es meine Nerven zu sehr strapazierte. Weil er eben erst in unserer Mitte eingetroffen war, konnte er sich ein klareres Urteil bilden als meine Angehörigen, und er begriff vielleicht, daß ich intellektuell – natürlich nur, was die Kunst anbelangte – richtiggehend überreizt war, daß sowohl Chopin als auch «Peau-d'Ane» für mich Gefahren bargen, daß ich trotz meiner verworrenen kindischen Anwandlungen übermäßig sensibel war und daß fast alle meine Spiele Traumspiele waren. Deshalb erklärte er eines Tages zu meiner großen Freude, daß man mich reiten lassen sollte; das war aber auch die einzige Veränderung, die er während seines kurzen Aufenthalts in meiner Erziehung hinterließ. Was hingegen die ernsten Zukunftsprobleme anbelangte, die ich so gerne mit ihm besprochen hätte, verschob sich diese Diskussion immer wieder aus Angst, das Thema anzuschneiden; ich wollte lieber Zeit gewinnen, noch keinen Entschluß fassen und sozusagen meine Kindheit verlängern. Im übrigen hatte das keine Eile, da er ja noch jahrelang bei uns bleiben würde...

Und eines schönen Morgens, während man so sehr darauf gezählt hatte, ihn behalten zu können, erhielt mein Bruder, zusammen mit einem neuen Dienstgrad, den Befehl des Marineministeriums, unverzüglich in den Fernen Osten abzureisen, wo ein militärischer Einsatz vorbereitet wurde.

Nach einigen Tagen, an welchen Vorbereitungen für diese unvorhergesehene Seefahrt getroffen wurden, ging er, wie von einem Windstoß mitgerissen, fort.

Der Abschied war jedoch diesmal weniger trübselig, da wir dachten, daß er nur zwei Jahre lang weg sein würde... In Wirklichkeit war es ein Aufbruch in die Ewigkeit, und man würde seinen Leib irgendwo drüben, inmitten des Golfs von Bengalen, in die Tiefe des Indischen Ozeans werfen...

Nachdem er weggefahren war und während das Rollen der Kutsche, die ihn mitnahm, noch zu hören war, wandte sich meine Mutter an mich mit einem Ausdruck in den Augen, der mich zunächst in tiefster Seele traf; dann zog sie mich an sich und sagte in vertrauensvollem Ton: «Gott sei Dank werden wir wenigstens dich behalten!»

Mich behalten!... Man würde mich behalten!... Ach!... Ich senkte den Kopf und wandte den Blick ab, der sich zweifellos veränderte und ein wenig scheu wurde. Ich konnte meiner Mutter weder mit einem Wort noch mit einer Liebkosung antworten.

Ihr frohes Vertrauen schmerzte mich, denn eben gerade, als ich ihre Worte «Wir werden dich behalten!» hörte, sah ich zum ersten Mal im Leben den ganzen Weg, den ich im Geist bereits zurückgelegt hatte, indem ich unbewußt den Plan gefaßt hatte, ebenfalls wegzugehen, sogar weiter weg als mein Bruder, an mehr Orte, durch die ganze Welt wollte ich reisen.

Die Marine machte mir allerdings immer noch Angst; ich liebte sie nicht, o nein! Wenn ich nur schon daran dachte, blutete mir jungem Geschöpf das Herz, denn ich war zu stark mit der Familie verbunden, mit tausend sanften Banden an sie gefesselt. Und wie sollte ich im übrigen meinen Eltern eine solche Idee gestehen, wie konnte ich ihnen diesen Kummer bereiten und mich derart gegen sie auflehnen?... Aber zu verzichten, sich die ganze Zeit auf den gleichen Ort zu beschränken, sich auf der Erde aufzuhalten und nichts davon zu sehen, was für eine reizlose Zukunft mußte das sein! Wozu dann leben, wozu denn erwachsen werden?...

Und in dem leeren Salon, wo die verrutschten Sessel, ein umgefallener Stuhl die gedrückte Stimmung einer Abreise hinterließen, während ich hier war, ganz nahe bei meiner Mutter, die mich an sich zog, den Blick jedoch immer noch abgewandt und die Seele in Not, fiel mir plötzlich das Bordbuch der ehemaligen Seefahrer ein, das ich letztes Frühjahr bei Sonnenuntergang in der «Limoise» gelesen hatte; die, mit Tinte, die inzwischen vergilbt war, auf dem alten Papier festgehaltenen kurzen Eintragungen kamen mir eine nach der anderen allmählich wieder in den Sinn mit einer einlullenden, heimtückischen Macht, wie sie den Zaubersprüchen innewohnen muß: «Schönes Wetter... ruhige See... leichte Brise aus Südost... Goldmakrelenschwärme... an Backbord.»

Und mit dem Schauer einer fast religiösen Angst, einer pantheistischen Extase sah ich vor mir rings um mich den unendlichen mattblauen Glanz des Südpazifiks.

LXXV

Nach der Abreise meines Bruders trat eine große, von Trauer erfüllte Ruhe ein, und die Tage verliefen für mich wieder in extremer Eintönigkeit.

Man beabsichtigte immer noch, mich ans Polytechnikum zu schicken, obwohl dieser Entscheid nicht unwiderruflich war. Die Idee hingegen, Seefahrer zu werden, welche sich bei mir fast gegen meinen Willen eingestellt hatte, packte und erschreckte mich in ähnlichem Ausmaß. Da mir der Mut fehlte, eine so ernste Frage zu entscheiden, schob ich das Gespräch darüber immer wieder hinaus; schließlich hatte ich mir sogar vorgenommen, noch bis zu den nächsten Ferien darüber nachzudenken, und gewährte mir damit eine letzte Frist von ein paar Monaten, die ich unentschlossen und in kindlicher Sorglosigkeit verbringen konnte.

Und ich lebte ebenso einsiedlerisch wie früher; man hatte mir diese Gewohnheit anerzogen, und jetzt hatte sie sich eingenistet und war nur schwer abzustreifen, trotz meiner Verwirrung, trotz meiner heimlichen Sehnsucht, wegzulaufen und die hohe See zu befahren. Meist blieb ich zu Hause, damit beschäftigt, fremdartige Kulissen zu malen oder auf dem Klavier Chopin und Beethoven zu spielen, scheinbar ruhig, in Träumereien verloren; und mehr denn je klammerte ich mich an mein Elternhaus, an alle seine Winkel, an alle Steine seiner Mauern. Zwar pflegte ich jetzt den Reitsport, aber immer allein, nur von Bereitern begleitet, nie mit anderen Kindern meines Alters; ich hatte auch jetzt keine Spielkameraden.

Indessen kam mir das zweite Schuljahr schon weniger schlimm vor als das erste, es schien weniger langsam zu verstreichen, und übrigens hatte ich mich endlich zwei Klassenkameraden angeschlossen, die ein oder zwei Jahre älter waren als ich; sie waren die einzigen, die mich im Jahr zuvor nicht als unmöglichen kleinen Kerl behandelt hatten. Nachdem das Eis einmal gebrochen war, entstand zwischen uns drei Jungen eine große, äußerst innige Freundschaft; wir nannten uns im Gegensatz zu den an den Gymnasien herrschenden guten Manieren sogar beim Taufnamen. Und da wir uns immer nur während des Unterrichts sahen und unter der Fuchtel der Lehrer gezwungen waren, geheimnisvoll und leise miteinander zu sprechen, wurde unsere Beziehung allein schon deshalb von einer unerschütterlichen Höflichkeit geprägt und entsprach keineswegs dem sonst zwischen Kindern üblichen Umgang. Ich liebte die beiden aus ganzem Herzen; ich wäre für sie durchs Feuer gegangen und bildete mir wirklich ein, daß dies eine Freundschaft fürs Leben war.

Da ich übertrieben wählerisch war, betrachtete ich den Rest meiner Klasse als nicht existent; indessen entstand aus der Notwendigkeit der gesellschaftlichen Beziehungen bereits ein gewisses oberflächliches Ich als dünne Fassade, das allmählich mit allen mehr oder weniger gut auszukommen verstand, während sich ihnen mein wahres inneres Ich weiterhin völlig entzog.

Im allgemeinen konnte ich es so einrichten, daß ich zwischen meinen beiden Freunden André und Paul zu sitzen kam. Und wenn man uns trennte, tauschten wir ständig Briefchen mit verschlüsseltem Inhalt aus, die in einer Geheimschrift abgefaßt waren, die nur wir entziffern konnten.

Diese Briefe vermittelten immer Geständnisse über unsere Liebe: «Ich habe sie heute gesehen; sie trug ein blaues Kleid mit grauem Pelz und eine Kappe mit Ohrenklappen usw. usw.» – Denn jeder von uns hatte ein junges Mädchen auserwählt, das üblicherweise Gegenstand unserer sehr poetischen Plaudereien bildete.

Diese Übergangszeit im Knabenalter geht unfehlbar mit einer gewissen Albernheit und Komik einher – dies sei nebenbei erwähnt.

Ebenfalls nebenbei ist zu sagen, daß meine Übergangsphase länger dauerte als bei anderen, da sie mich von einem Extrem ins andere fallen ließ und mir im übrigen kein einziges Hindernis auf meinem Weg ersparte. So bin ich mir auch bewußt, daß ich mindestens bis zu meinem fünfundzwanzigsten Altersjahr seltsame und unmögliche Charakterzüge aufwies...

Nun möchte ich ein Geständnis über unsere drei Liebschaften ablegen.

André glühte vor Liebe für ein großgewachsenes junges Mädchen, das mindestens sechzehn Jahre alt und schon in der Gesellschaft eingeführt war – und ich glaube, daß in seinem Fall echte Gefühle mitspielten.

Bei mir war es Jeanne, und nur meine beiden Freunde kannten mein Herzensgeheimnis. Um es ihnen gleichzutun, schrieb ich den Namen meiner Geliebten, obwohl ich es etwas albern fand, in Geheimschrift auf meine Heftumschläge; aus Lust und Angeberei versuchte ich mich selbst von meiner Liebe zu überzeugen, aber ich muß gestehen, daß sie ein wenig erkünstelt war, denn unsere anfänglich harmlose, lustige Koketterie hatte sich inzwischen in eine richtige, echte Freundschaft verwandelt – in eine vererbte Freundschaft sozusagen, welche jene widerspiegelte, die zwischen unseren Großeltern bestanden hatte. Nein, meine erste wahre Liebe, von der ich sogleich erzählen werde und die auf das gleiche Jahr entfiel, war nicht mehr als eine Träumerei.

Was Paul anbelangte – oh, ich hatte das, besonders mit meinen damaligen Ideen, zuerst sehr schockierend gefunden –, so war es bei ihm eine kleine Parfümerieverkäuferin, die er auf den sonntäglichen Spaziergängen hinter der Fensterscheibe eines Ladens erblickte. Zwar hatte sie einen Namen, der wie Stella oder Olympia klang, was ihr Ansehen sehr erhöhte – und überdies bemühte er sich, diese Liebe mit einer erhabenen Lyrik zu umgeben, um sie für uns annehmbar zu machen. Auf geheimnisvollen Zetteln ließ er uns ständig die lieblichsten Reime zukommen, die er ihr widmete und in welchen ihr auf *a* endender Name wie ein Schminkeduft immer wieder vorkam.

Trotz meiner großen Zuneigung für ihn entlockten mir diese poetischen Ergüsse ein gereiztes Lächeln. Sie waren zum Teil der Grund dafür, weshalb ich es mir nie, nie, in keinem Abschnitt meines Lebens einfallen ließ, auch nur einen einzigen Vers zu dichten, was, so glaube ich, ziemlich eigenartig, vielleicht sogar einzigartig ist. Meine Aufzeichnungen waren immer in einer Prosa abgefaßt, die keinerlei Regeln befolgte und betont unabhängig war.

LXXVI

Dieser Paul kannte Verse von einem verbotenen Dichter namens Alfred de Musset, die mich verwirrten, da sie unerhört, empörend und herrlich waren. Während des Unterrichts flüsterte er sie mir mit unhörbarer Stimme ins Ohr, und mit schlechtem Gewissen ließ ich ihn sie wiederholen:

> Reglos betrachtete Jacque die Marie;
> ich weiß nicht, was schlafend im Antlitz sie
> verbarg an Größe, an *déjà vu* ...[43]

Im Arbeitszimmer meines Bruders – in das ich mich von Zeit zu Zeit zurückzog und dort immer wieder das Bedauern über seine Abreise empfand – hatte ich in einem Fach seines Bücherschranks einen dicken Band mit den Werken dieses Dichters gesehen, und ich war oft in Versuchung geraten, ihn in die Hände zu nehmen; aber man hatte mir gesagt: «Du darfst keines der Bücher, die dort stehen, herausnehmen, ohne zu fragen», und mein Gewissen hielt mich vorläufig noch davon ab.

Ich wußte aber nur zu gut, daß ich keine entsprechende Erlaubnis erhalten hätte, wenn ich darum gebeten hätte...

LXXVII

Folgenden Traum hatte ich im vierzehnten Maimonat meines Lebens. Er suchte mich heim in einer jener linden, milden Nächte, die auf lange, herrliche Dämmerstunden folgen.

Ich war in meinem Kinderzimmer eingeschlafen beim fernen Gesang der Matrosen und der kleinen Mädchen, welche in den Straßen ihre Reigen um die Maibäume tanzten. Ich hatte, bis ich in den Tiefschlaf verfiel, diesen sehr alten französischen Kehrreimen gelauscht, welche die Leute aus dem Volk dort unten ausgelassen, aus voller Kehle immer wieder sangen und die durch die ruhige Stille gedämpft, verschwommen und in poetischer Verklärung an mein Ohr drangen; ich war auf seltsame Weise eingeschläfert worden vom Lärm des Übermuts und der überschäumenden Lebensfreude jener Menschen, die während ihrer sehr kurzen Jugendzeit naiver sind als wir und den Tod nicht so bewußt wahrnehmen.

Und in meinem Traum herrschte ein Halbdunkel, das nicht betrübend, sondern im Gegenteil wohltuend war wie draußen die wirkliche Mainacht, wohltuend, mild und von angenehmen Frühlingsdüften erfüllt; ich befand mich im Hof meines Hauses, der weder einen entstellten noch einen befremdenden Anblick bot, und ich ging unentschlossen und verwirrt den mit Jasmin-, Geißblatt- und Rosenblüten bedeckten Mauern entlang, suchte irgend etwas, und ich wußte, daß jemand da war, der mich erwartete und den ich sehnlichst zu sehen wünschte, oder daß etwas Neues geschehen würde, das mich schon im voraus berauschte...

An einer Stelle, wo ein sehr alter Rosenstrauch wächst – der von einem Vorfahr gepflanzt wurde und in Ehren gehalten wird, obwohl er kaum alle zwei, drei Jahre eine Rose hervorbringt –, erblickte ich ein junges Mädchen, das reglos, mit einem geheimnisvollen Lächeln dort stand.

Die Dunkelheit wirkte jetzt eher schwül und einschläfernd.

Es wurde ringsum immer finsterer, während sie allein von einem unbestimmten, wie von einem Spiegel reflektierten Lichtschein umgeben war, von dem sich ihre Umrisse als dünne Schattenlinie klar abzeichneten.

Ich ahnte, daß sie ausnehmend hübsch und jung sein mußte; aber ihre Stirn und ihre Augen blieben unter einem nächtlichen Schleier verborgen; nur ihre Lippen, die im wunderschönen Oval ihres Gesichts zu einem Lächeln halb geöffnet waren, sah ich ganz deutlich. Sie lehnte sich dicht an den alten blütenlosen Rosenstrauch, war fast in seinen Zweigen verfangen. – Die Nacht, diese Nacht wurde immer dunkler. Und sie stand da, als wäre sie hier zu Hause und von irgendwoher gekommen, ohne daß eine Tür geöffnet worden wäre, um sie einzulassen; sie schien es für selbstverständlich zu halten, hier zu sein, so wie ich es für selbstverständlich hielt, daß sie da war.

Ich trat ganz nahe an sie heran, um ihre Augen, die mich neugierig machten, zu entdecken, und da sah ich sie trotz der immer dichter und schwüler werdenden Dunkelheit plötzlich ganz deutlich: auch sie lächelten, wie ihr Mund, und es waren nicht irgendwelche Augen wie zum Beispiel jene einer unpersönlichen, lediglich die Jugend verkörpernden Statue – o nein, sie waren im Gegenteil sehr bemerkenswert; es waren die Augen von *jemandem*; immer klarer erinnerte ich mich an diesen bereits geliebten Blick, und in einer Anwandlung von unendlicher Zärtlichkeit *erkannte* ich ihn...

Da fuhr ich aus dem Schlaf auf und versuchte ihren Schatten festzuhalten, und er entschwand und entschwand, wurde immer unfaßbarer und unwirklicher, je klarer mein Verstand sich zu erinnern bemühte. Ist es denn möglich, daß sie nichts anderes war und je gewesen war als ein lebloses Nichts, das jetzt für immer in der Leere der erträumten, der ausgelöschten Dinge versank?...

Ich wünschte wieder einzuschlafen, um sie nochmals zu sehen; der Gedanke, daß es zu Ende war, nichts weiter als ein Traum, wurde für mich zu einer Enttäuschung, brachte mich fast zur Verzweiflung.

Und es ging sehr lange, bis ich sie vergessen konnte; ich liebte sie, liebte sie zärtlich. Sobald ich an sie dachte, geschah dies mit einer süßen und zugleich schmerzlichen inneren Erregung; alles, was nicht mit ihr zusammenhing, kam mir für den Augenblick farblos und bedeutungslos vor. Das war wirklich die Liebe, die echte Liebe mit ihrer grenzenlosen Schwermut und mit ihren grenzenlosen Geheimnissen, mit ihrem höchsten, ihrem schmerzerfüllten Zauber, der dann wie ein Duft an allem, das er berührt hatte, hängenblieb; der Winkel im Hof, wo sie mir erschienen war, und der alte blütenlose Rosenstrauch, der sie mit seinen Zweigen umfangen hatte, bewahrten für mich etwas Beängstigendes und Wundervolles, das sie ihr zu verdanken hatten.

LXXVIII

Es war ein strahlender Juni. Eines Abends hielt ich mich während der herrlichen Dämmerstunde schon seit einer Weile allein im Studierzimmer meines Bruders auf; durch das weit geöffnete Fenster mit Blick auf einen ganz in rosarotes Gold getauchten Himmel drang das schrille Pfeifen der Mauerschwalben, die in Schwärmen über die alten Dächer kreisten.

Niemand wußte, daß ich dort war, und noch nie hatte ich mich in diesem oberen Teil des Hauses einsamer und noch nie so sehr von Unbekanntem angelockt gefühlt...

Mit klopfendem Herzen öffnete ich das Buch von Musset... «Don Paez»[44]. Schon die ersten, von einem musikalischen Rhythmus getragenen Sätze drangen wie der Gesang einer gefährlichen Stimme aus Gold an mein Ohr:

Schwarze Brauen, weiße Hände, und trotz kleinem
Fuß war sie Andalusierin und Gräfin doch in einem.

Als die Frühlingsnacht vollends hereingebrochen war, als ich, auch wenn ich das Buch ganz nahe an die Augen hielt, die zauberhaften Verse nur noch als dünne, graue Zeilen erkennen konnte, die sich auf dem Weiß der Seiten aufreihten, ging ich allein in die Stadt.

In den fast menschenleeren und noch nicht beleuchteten Straßen verdichteten zusätzlich ganze Reihen von blühenden Linden und Akazien die Schatten und erfüllten die Luft mit Wohlgeruch. Nachdem ich meinen Filzhut wie Don Paez tief über die Stirn gezogen hatte, lief ich leichten, geschmeidigen Schrittes durch die Stadt und blickte zu den Balkonen hinauf auf der Suche nach irgendwelchen kindischen Träumen von spanischen Nächten und andalusischen Serenaden...

LXXIX

Nochmals kam die Ferienzeit; zum dritten Mal fand die Reise nach Südfrankreich statt, und dort, unter der schönen August- und Septembersonne, verlief wieder alles wie in den vorangehenden Jahren: dieselben Spiele mit meiner treuen Schar, dieselben Ausflüge zu den Weinreben und in die Berge, dieselben mittelalterlichen Träumereien in der Schloßruine von Castelnau und in der Nähe des einsamen Pfades, wo unsere Silberadern lagen, dieselbe Leidenschaft, mit dem Gehabe von Abenteurern in der roten Erde zu wühlen – obwohl auch die Peyral-Kinder wirklich nicht mehr an diese Minen glaubten.

Dieser immer ähnliche Wiederbeginn der Sommerzeit verschaffte mir manchmal die Illusion, daß meine Kindheit sich auf diese Weise endlos verlängern ließe; indessen hatte ich keine Freude mehr beim Erwachen; jeden Morgen ergriff mich erneut eine Art Unruhe, ähnlich jener, die eine unerledigte Aufgabe hinterläßt, und sie wurde immer unangenehmer beim Gedanken daran, daß die Zeit rasch verstrich, die Ferien bald vorüber sein würden und ich es noch nicht gewagt hatte, für meine Zukunft einen Entschluß zu fassen.

LXXX

Und eines Tages, als Mitte September bereits vorbei war, begriff ich wegen meiner besonders großen Angst beim Erwachen, daß es keinen Aufschub mehr gab; der Zeitpunkt, den ich selbst festgesetzt hatte, war gekommen.

Mein Entschluß – er war in meinem Innern bereits mehr als zur Hälfte gefaßt. Um ihn in die Tat umzusetzen, brauchte ich ihn nur noch zu gestehen, und ich gab mir selbst das Versprechen, daß der Tag nicht zu Ende gehen durfte, ohne daß ich dieses Geständnis mutig abgelegt haben würde. Zuerst wollte ich meinen Bruder ins Vertrauen ziehen, da ich dachte, er würde sich wohl zunächst meinem Plan mit aller Macht widersetzen, dann aber schließlich für mich Partei ergreifen und mir helfen, mein Anliegen durchzusetzen.

Nach dem Mittagessen also trug ich in der glühenden Sonnenhitze Papier und Feder in den Garten meines Onkels – und dort schloß ich mich ein, um diesen Brief zu schreiben. (Es gehörte zu meinen kindlichen Gewohnheiten, meine Korrespondenzen oder andere Arbeiten im Freien zu erledigen; oft wählte ich meine Schlupfwinkel sogar an höchst seltsamen Orten, auf Bäumen oder Dächern.)

Es war ein glutheißer, wolkenloser Septembernachmittag. Eine so schwermütige Stimmung herrschte in diesem alten Garten, der stiller als je, vielleicht auch fremder als je zu sein schien und mich mehr als gewöhnlich spüren und bedauern ließ, daß ich weit weg von meiner Mutter war, daß ich ein ganzes Sommerende verbrachte, ohne mein Haus oder die Blumen in meinem geliebten kleinen Hof zu sehen. – Überdies würde das, was ich nun gleich zu schreiben beabsichtigte, zur Folge haben, daß ich noch mehr von all dem, was ich so sehr liebte, getrennt sein würde, und das machte mich melancholisch. Es schien mir sogar, daß irgend etwas Feierliches in der Luft dieses Gartens lag, so als ob die Mauern, die Pflaumenbäume, die Weinlauben und die Luzerne dort drüben an dieser ersten ernsthaften Handlung in meinem Leben, die sich vor ihren Blicken abspielen würde, interessiert wären.

Ich zögerte zwischen zwei oder drei glühend heißen, fast schattenlosen Orten, wo ich mich zum Schreiben niederlassen könnte. – Es war nochmals ein Vorgehen, um Zeit zu gewinnen, um diesen Brief hinauszuschieben, der gemäß meinen damaligen Vorstellungen meinen Entschluß unwiderruflich machen würde, nachdem er auf diese Weise angekündigt worden war. Auf der trockenen Erde lagen bereits rotgelbe Weinranken und viele dürre Blätter; auf ihren langen Stengeln blühten die Stockrosen und die baumhohen Dahlien schon spärlicher; die großbeerigen Trauben, die immer erst in der Spätsaison reif werden und nach Muskat schmecken, erhielten von den feurigen Sonnenstrahlen ihre letzte goldene Färbung. Trotz der großen Hitze, der blauen Klarheit des Himmels hatte man doch den Eindruck, daß der Sommer zu Ende ging.

Schließlich wählte ich für mein Vorhaben die zuhinterst im Garten befindliche Laube; die Rebstöcke hatten hier schon viele Blätter verloren, aber die letzten metallblau schillernden Schmetterlinge ließen sich zusammen mit den Wespen noch auf den Ranken der Muskatellertrauben nieder.

Hier, in der großen Ruhe der Einsamkeit, in der großen vom Gesang der Mücken erfüllten Sommerstille, hielt ich ängstlich meinen Pakt mit der Marine schriftlich fest und unterzeichnete ihn.

An den Brief selbst kann ich mich nicht mehr erinnern; aber ich weiß noch, mit welcher Erregung ich ihn versiegelte, als hätte ich mit diesem Umschlag mein Schicksal für immer besiegelt.

Nach einer Pause und einer kurzen Träumerei schrieb ich die Adresse: den Namen meines Bruders und den Namen eines Landes im Fernen Osten, in dem er sich damals aufhielt.[45] – Nun mußte der Brief nur noch zum Postamt im Dorf getragen werden; aber ich blieb noch lange Zeit sehr nachdenklich sitzen, an die warme Mauer gelehnt, über welche Eidechsen flitzten, und ließ das kleine Viereck aus Papier, mit dem ich soeben meine Zukunft bestimmt hatte, furchtsam auf meinen Knien liegen. Dann bekam ich Lust, meinen Blick auf den Horizont, in die Weite zu richten, und ich setzte den Fuß in den vertrauten Mauerspalt, der mir jeweils zum Hinaufsteigen diente, damit ich zusehen konnte, wie die unerreichbaren Schmetterlinge davonflogen; ich zog mich mit beiden Händen in die Höhe und lehnte mich auf die Mauer. Ich erblickte die wohlbekannten Fernen, die mit ihren bereits rostrote verfärbten Reben bewachsenen Hügel, die Berge, deren gelb gewordene Wälder das Laub verloren, und dort drüben auf ihrem hohen Sitz die großartige rötliche Schloßruine Castelnau. Davor lag das Landgut «Bories» mit seinem alten, weiß gekalkten Rundportal, und sobald mein Blick darauf fiel, erinnerte ich mich an die klagende, fremdartige Weise «Ach, ach, die schöne Geschichte!», und gleichzeitig sah ich wieder den Aurorafalter vor mir, der zu Hause seit zwei Jahren in einer Vitrine meines kleinen «Museums» aufgespießt war...

Der Zeitpunkt, da die alte ländliche Postkutsche wegfahren und die Briefe in die Ferne mitnehmen würde, kam näher. Ich stieg von der

Mauer herunter, ich verließ den alten Garten, schloß ihn ab und schlenderte zum Postamt.

Fast wie ein kleiner Schlafwandler schritt ich diesmal dahin, ohne etwas oder jemanden zu beachten. Meine Gedanken schweiften umher in den farnbewachsenen Wäldern der «herrlichen Insel», an den Sandstränden im dunklen Senegal, wo der Onkel mit dem «Museum» gelebt hatte, und durch den Südpazifik, wo «Goldmakrelen vorbeischwammen».

Die sichere, sehr nahe Wirklichkeit von all dem berauschte mich; zum ersten Mal, seit ich zu existieren begonnen hatte, schien sich die Welt und das Leben weit offen vor mir auszubreiten; mein Weg lag in einem ganz neuen Licht – einem zwar ein wenig düsteren, ein wenig traurigen, aber dafür sehr starken Licht, das durch alles hindurchschien und bis zum äußersten Horizont leuchtete, der an das Alter und an den Tod grenzt.

Dann mischten sich von Zeit zu Zeit in meinen unermeßlich großen Traum kindische, unbedeutende Bilder; ich sah mich in der Uniform eines Seemanns, wie ich in der Sonne über glühend heiße Hafendämme von exotischen Städten schritt oder wie ich nach gefahrvollen Reisen nach Hause zurückkehrte und Kisten voller erstaunlicher Dinge mitbrachte, aus denen Kakerlaken entwischten wie im Hof bei Jeanne, als ihr Vater nach seiner Ankunft das Gepäck öffnete...

Aber plötzlich zog sich mein Herz zusammen,

denn eine solche Rückkehr von langen Seefahrten wäre ja erst nach vielen Jahren möglich – und dann würden jene, die mich zu Hause empfangen, von der Zeit verwandelt sein... Ich stellte sie mir sogleich vor, diese geliebten Gestalten; in einer blassen Vision tauchten sie alle zusammen vor mir auf, eine Gruppe, die mich mit freundlichem Lächeln willkommen hieß, aber die einen sehr traurigen Anblick bot. Jede Stirn war von Falten durchzogen; meine Mutter hatte weiße Locken wie heute... Und Großtante Berthe, die doch jetzt schon so alt war, könnte sie dann noch da sein?... Ich war daran, angstvoll und rasch das Alter von Großtante Berthe zu berechnen, als ich beim Postamt eintraf...

Indessen zögerte ich nicht; mit einer Hand, die nur wenig zitterte, ließ ich meinen Umschlag in den Briefkasten gleiten, und somit waren die Würfel gefallen.

LXXXI

Ich breche hier meine Aufzeichnungen ab, denn einerseits ist über die Fortsetzung noch nicht genug Zeit verstrichen, um sie unbekannten Lesern ausliefern zu können. Und andererseits scheint es mir, daß meine Kindheit wirklich an jenem Tag zu Ende ging, an dem ich auf diese Weise über meine Zukunft entschied.

Ich war damals vierzehneinhalb Jahre alt; ich hatte demnach noch drei Jahre Zeit, um mich auf die Seekadettenschule vorzubereiten; das lag absolut im Bereich des Vernünftigen und Möglichen.

Indessen sollte ich noch manche abschlägige Antwort erhalten, auf Schwierigkeiten aller Art stoßen, bevor ich auf das Schulschiff «Borda» kam.[46] Und danach mußte ich Jahre des Zögerns, der Irrtümer, der Kämpfe durchstehen, manchen dornenvollen Weg beschreiten, mußte meine Erziehung zu einer einsamen kleinen Mimose teuer bezahlen und mit großer Willenskraft sowohl meinen Körper als auch meine Seele kräftigen und stählen – bis zu dem Tag in meinem siebenundzwanzigsten Lebensjahr, als ein Zirkusdirektor, nachdem er gesehen hatte, wie meine Muskeln sich jetzt wie Stahlfedern entspannten, voller Bewunderung die am tiefsten empfundenen Worte aussprach, die ich in meinem Leben je gehört hatte: «Wie schade, Monsieur, daß mit Ihrer Körperschulung so spät begonnen wurde!»[47]

LXXXII

Meine Schwester und ich glaubten, im nächsten Sommer nochmals in dieses Dorf zurückkehren zu können...

Aber der Todesengel Azraël kreuzte unseren Weg; schreckliche, unvorhergesehene Dinge erschütterten unser ruhiges, friedliches Familienleben.

Und erst nach fünfzehn Jahren, nachdem ich durch die ganze Welt gereist war, sah ich diesen Winkel Frankreichs wieder.

Es hatte sich alles sehr verändert; der Onkel und die Tante ruhten auf dem Friedhof; die Verwandten waren ausgeschwärmt; die Base, deren Haar schon von einigen Silberfäden durchzogen war, traf Vorbereitungen, um diese Gegend, das leere Haus, in dem sie nicht mehr allein leben wollte, für immer zu verlassen; und Titi sowie Maricette (die sich nicht mehr so nannten) waren erwachsene Mädchen geworden, die Trauerkleidung trugen und die ich nicht wiedererkannte.

Zwischen zwei langen Reisen, wie immer in

Eile, weil mein Leben bereits ein fieberhaftes Tempo angenommen hatte, begab ich mich nur für einige Stunden, auf einer Pilgerfahrt der Erinnerung, nochmals dorthin, da ich das Haus meines Onkels in Südfrankreich ein letztes Mal sehen wollte, bevor es in fremde Hände fiel.

Es war im November; ein düsterer, kalter Himmel verwandelte das Gesicht dieser Landschaft, die ich immer nur im Sommer bei strahlendem Sonnenschein gesehen hatte, vollkommen.

Da ich meinen einzigen Vormittag damit verbracht hatte, unter den winterlichen Wolken mit wachsender Schwermut tausend Dinge nochmals zu sehen, hatte ich den alten Garten und die Weinlaube ganz vergessen, in deren Schatten sich meine Zukunft entschieden hatte, und ich wollte in der letzten Minute vor der Abfahrt der Kutsche, mit der ich für immer wegfahren würde, noch dorthin eilen.

«Geh doch allein hin!» sagte die Base, denn auch sie war beschäftigt, da man gerade ihr Reisegepäck bereitmachte. Und sie überließ mir den großen Schlüssel, denselben großen Schlüssel, den ich früher mitnahm, wenn ich, das Schmetterlingsnetz in der Hand, in den lichterfüllten, glühend heißen Stunden vergangener Tage auf die Jagd ging... Oh, wie wundervoll und zauberhaft waren sie doch gewesen, die Sommerzeiten meiner Kindheit!

Zum allerletzten Mal betrat ich diesen Garten, der mir unter dem grauen Himmel viel kleiner vorkam. Ich ging zuerst zur Laube in der hintersten Ecke – die jetzt ohne Blätter, verwildert war –, wo ich meinem Bruder den feierlichen Brief geschrieben hatte, und zog mich, immer noch mit Hilfe des Risses in der Mauer, den ich schon früher benützt hatte, in die Höhe, um die Landschaft ringsum verstohlen zu betrachten, ihr in Eile ein letztes Lebwohl zuzurufen. Da kam mir auch das Landgut «Bories» seltsam nahe und zusammengeschrumpft vor; es schien mir entstellt zu sein wie übrigens auch die Berge im Hintergrund, die aussahen, als wären sie niedriger geworden und seien jetzt nur noch kleine Hügel. Und alles, was ich ehemals im hellen Sonnenschein gesehen hatte, wirkte heute unheimlich unter den Novemberwolken und in dem trüben, grauen Licht. Ich hatte das Gefühl, daß in meinem Leben zur gleichen Zeit wie auf der Erde der Spätherbst begonnen hatte.

Und auch die Welt – die Welt, die ich an jenem Tag, da ich mich nach dem wichtigen Entschluß auf dieselbe Mauer gelehnt hatte, für so unendlich groß hielt und so voller fesselnder, wunderbarer Dinge glaubte –, war nicht auch die ganze Welt in meinen Augen farblos und eng geworden wie diese dürftige Landschaft?...

Ach, besonders der Anblick des Landgutes «Bories», das unter dem Winterhimmel nur noch ein

Schatten seiner selbst war, rief bei mir eine grenzenlose Schwermut hervor.

Während ich das Gut betrachtete, dachte ich wieder an den Aurorafalter, der immer zuhinterst in meinem Museum der Kindheit noch in seiner Vitrine lag, der mit seinen wie eh und je frischen Farben an Ort und Stelle geblieben war, während ich alle Meere befahren hatte... Seit vielen Jahren hatte ich die gedankliche Verbindung zwischen diesen beiden Dingen vergessen, aber sobald mir der gelbe Schmetterling, durch das Portal von «Bories» ins Gedächtnis zurückgeholt, wieder in den Sinn kam, hörte ich in meinem Innern auch die hohe Stimme, die ganz leise wiederholte: «Ach, ach, die schöne Geschichte!...» Und die hohe Stimme klang dünn und fremdartig; vor allem klang sie traurig, zum Weinen traurig, so traurig, als wollte sie an einem Grab das Lied der entschwundenen Jahre, der toten Sommertage singen.

NACHWORT

Ein reiner Zufall: Im Jahre 1890 erscheinen «Le roman d'un enfant» von Pierre Loti und postum, zwar nicht vollständig, die Autobiographie von Stendhal «Vie de Henry Brulard». Da lesen wir im ersten Kapitel: «Nächstens werde ich fünfzig Jahre alt, allerhöchste Zeit zu wissen, wer ich eigentlich bin. Was bin ich gewesen? Was bin ich? War ich ein Mann von Geist? War ich begabt für etwas?» So fragt sich Stendhal und entschließt sich, seinen bisherigen Lebenslauf aufzuzeichnen, in der Hoffnung, danach über seine Person Bescheid zu wissen. Im Rückblick disputiert das schreibende Ich mit seinem Selbst. Ein Dialog zwischen «je» und «moi». Scharfsinnig durchleuchtet Stendhal sich selbst.

Pierre Loti gestaltet den Roman eines Kindes. In Wachträumen vergegenwärtigt er sich seine Kindheit. Aus der Erinnerung steigen Bild nach Bild. Im Schreiben hält sie der Autor fest, das eine kritisch betrachtend, das andere ausschmückend, das nächste notiert er einfach, so wie es sich zeigt;

vielleicht taucht es ein zweites, ein drittes Mal auf, bis sich sein verborgener Sinn erschließt. In dieser Weise bindet Loti längst vergangene Episoden lose aneinander, verknüpft sie auch, man merkt es kaum, mit näherliegenden. Als Achtunddreißigjähriger, mitten im Leben wie Stendhal ein halbes Jahrhundert vor ihm, blickt er zurück. Er möchte nichts weiter, als in frischer Farbigkeit seine Jugend festhalten. Er möchte, gesteht er, das hinter ihm Liegende vor dem Verschwinden bewahren, denn die Aussicht in die Zukunft sei verschattet. «Rings um mich bricht schon eine Art Nacht an.» Die Lichtpunkte der Kindheit sollen aufleuchten; sie war die Epoche, «da noch nichts wirklich Schlechtes in mir vorhanden war». Es beschäftigt ihn nicht die Frage: Wer bin ich? Er wünscht nur noch einmal zu erleben, wie es damals war. Noch einmal eintauchen in die einstige Atmosphäre. Er will gar nicht Abstand nehmen von sich selbst, und daher quält er sich auch nicht wie Flaubert, der kurz vor seinem dreißigsten Lebensjahr seiner Mutter schreibt, stetsfort betrachte er sich aus Distanz und komme zur Überzeugung, mit achtzig werde er sterben, ohne sich wirklich zu kennen und vielleicht sogar ohne ein Werk zu hinterlassen, in dem sich sein wahres Wesen ausdrücke.

Wer war Pierre Loti, der vorgibt, nichts anderes im Sinn zu haben, als schlicht von seiner Kindheit zu erzählen? Ein Minimum an biographischen

Daten sei hier eingeschoben. Der Tauf- und Familienname lautet: Louis Marie Julien Viaud. Als Nachzügler, als drittes Kind, kommt er 1850 in Rochefort-sur-Mer zur Welt. Die Familie ist protestantisch; der Vater ist Beamter; unter den Vorfahren mütterlicherseits waren etliche Seeleute. Gustave, der zwölf Jahre ältere Bruder, war Schiffsarzt. Er fährt als Zwanzigjähriger nach Polynesien; nach vier Jahren verbringt er einen kurzen Urlaub im Elternhaus. Wieder zurück in den Tropen, erkrankt er und stirbt. Julien ist damals fünfzehnjährig. Ein Jahr danach, 1866, reist Julien nach Paris, um sich für den Eintritt in die Seefahrtsschule vorzubereiten. Die Ausbildung auf offener See beginnt 1868. Als Offizier der französischen Marine befährt Julien Viaud später die Weltmeere. Nach zweiundvierzig Dienstjahren wird er 1910 pensioniert; er stirbt 1923. – Diese Angaben zur Offizierslaufbahn von Julien Viaud skizzieren auch das Gerüst der Lebensgeschichte des Romanciers Pierre Loti.

An der Jahrhundertwende ist Pierre Loti fünf Jahre alt. Es fällt das Stichwort «Fin de siècle». Wird es unsere Lektüre des Romans eines Kindes begleiten, oder wird es von anderen Begriffen des 19. Jahrhunderts wie Exotismus, Orientalismus, Japonismus verdrängt? «Le roman d'un enfant» hat in Lotis Gesamtwerk eine Sonderstellung. Primär ist er die zauberhafte Schilderung einer wohlbehüteten Kindheit in einem bürgerlichen, provinziellen Milieu. Pierre Loti porträtiert sich als einen von Eltern, Großmüttern und Tanten gar zu sehr umsorgten Knaben, der sich völlig unerwartet, kaum vierzehnjährig, zum Seefahrerberuf beziehungsweise zum Marinedienst entschließt. Der Junge sehnt sich nach exotischen Ländern, nach paradiesischen Gegenden, und niemand kann ihm den Wunsch ausreden, seinen Traum zu verwirklichen. Sein ganzes Leben lang ist er getrieben vom Fernweh und seltsamerweise ebenso stark erfüllt vom Drang, wieder heimzukehren.

Der Roman vermittelt ein anschauliches Bild sowohl von Rochefort-sur-Mer und der Umgebung als auch von Haus und Garten der Familie Viaud. Bis ins kleinste beschreibt Loti den Salon, die Zimmer der Eltern und der Tanten, die Schlafzimmer von Schwester und Bruder und sein eigenes. Über die Fensterausblicke zu allen Tageszeiten, über die Bäume und den Teich im Garten gibt er genau Bescheid. Der Leser gewinnt eine konkrete Vorstellung von den Außen- und Innenräumen; und falls er nach Rochefort-sur-Mer reist und dort das Loti-Museum besucht, wird ihm diese Autobiographie von neuem gegenwärtig. Im Geburtshaus und im freilich später vergrößerten Garten sowie in weiteren Gebäuden hat der Autor kleine und große, ja monumentale Erinnerungsstücke installiert. Eines der alten Zimmer ist in einen türkischen Saal verwandelt worden; im Garten sind ein Minarett und ein chinesisches

Tempeltor aufgestellt. Denn Heimkehr bedeutete für Pierre Loti immer auch, das in der Fremde Erlebte heimzubringen und es ins Vertraute einzufügen. Vieles, was Loti hatte bauen oder einrichten lassen, ist nicht mehr zu sehen, wie beispielsweise eine 1886 errichtete Pagode.

Der «Roman d'un enfant» erzählt von den längst vergangenen und rasch wechselnden Freuden und Leiden des Heranwachsenden, in dessen Wesen sich Realitätssinn und Phantasie merkwürdig eng verbinden. Das «Musée Pierre Loti» erzählt im gleichen Sinne die Geschichte des Erwachsenen. Überall auf der Welt sammelte er Souvenirs; im Hause seiner Kindheit, in der einstigen Geborgenheit wollte er nacherleben, was ihn in andern Ländern und Kulturen bewegt und interessiert hatte. Der Nahe und der Ferne Osten, das exotische Inselparadies und überraschenderweise auch das alte Frankreich – es gibt unter anderem einen prachtvollen gotischen Saal – sind im Museum vereinigt: ein Kuriosum, nicht das erste in der Kulturgeschichte, aber in dieser Art war es nur am Ende des letzten Jahrhunderts möglich. Nicht der materielle, sondern der emotionale Wert der Dinge war dem Sammler wichtig. Nichts durfte verlorengehen. Der Knabe Julien trug einst Steine, Muscheln, bunte Federn zusammen, legte sie in Schächtelchen und betrachtete sie bisweilen still für sich. Der Weltgereiste erwarb Statuetten, Vasen, bronzene Blumen, Buddhafigürchen, sogar einen

Baldachin aus Palmenblättern – überflüssig und unmöglich, alles aufzuzählen.

Mit dem «Musée Pierre Loti» vor Augen erhält die Lektüre des «Roman d'un enfant» ihre besondere Dimension. Das Buch ist 1890 publiziert worden. Sieben Werke sind früher erschienen. Dem ersten liegt ein Aufenthalt in der Türkei, dem zweiten einer auf Tahiti zugrunde. Das dritte spielt in Afrika. Die Schauplätze der beiden nächsten, «Mon frère Yves» und «Pêcheur d'Islande», sind die Bretagne, der Atlantik und die Nordsee. Im Jahre 1887 veröffentlicht Loti «Madame Chrysanthème» und 1889 «Japoneries d'automne». Nach zehnjähriger literarischer Produktion, nach der jeweils unmittelbaren, romanhaften Verarbeitung persönlicher Erlebnisse, beginnt er seine frühe Kindheit und Jugend aufzuzeichnen. Ein langer, manchmal wehmütiger, selten kritischer Blick zurück. Den reinen Rückblick gibt es nicht, und selbst wenn es ihn gäbe, Loti würde ihn nie erstreben. Fakten sind nur der Erwähnung wert, wenn sie Assoziationen erwecken. Über Ereignisse, die sich zu Traumbildern erweitert, sich gewandelt haben, kann der Autor frei verfügen. Sie sind, und das ist vor allem wichtig, der zeitlichen Fixierung enthoben.

Der «Roman d'un enfant» fängt an mit der schönen Metapher von der kleinen, noch nicht flüggen Schwalbe. Über den Nestrand hinaus nimmt das Vöglein zuerst das Naheliegende wahr, Dächer, Häuser und Bäume; dahinter öffnet sich der weite Himmel, den es einmal durchfliegen wird. Gleicherweise seien, längst vor der Geburt, die fernen Horizonte in seinem Wesen gelegen, und wie ein Zugvogel sei er dem innern Konzept gefolgt, schreibt Loti. In der Kindheit ist der ganze Lebensplan latent vorhanden. Der annähernd Vierzigjährige möchte dem innern, dem geahnten Plan stärkere Konturen verleihen. Ungeachtet des Romantitels verwebt der Autor seine vier gelebten Dezennien kunstvoll ineinander.

Der Knabe Julien war ein Träumer, und auch der Held in Lotis «Le roman d'un spahi» ist ein Träumer. Die Geschichte ist wie alle andern partiell autobiographisch. Von Jean, dem Spahi, wird erzählt, er sei von Natur aus ein Träumer wie alle Menschen, die in den Bergen, auf dem Land oder am Meer aufwachsen; er sei ein stummer Dichter, er vermöge alles zu verstehen, aber es fehle ihm die adäquate Sprache. Jean, der Bergler, will der Enge entfliehen, es lockt ihn das Meer, die Ferne. Wovon träumt der Spahi in Afrika? Von den Berghütten in den heimatlichen Cevennen. Erinnerungen und Sehnsüchte seien, so lesen wir, Spuren eines geheimnisvollen, vorgeburtlichen Lebens. Der Protagonist in «Pêcheur d'Islande» ist ebenfalls ein Mensch, in dessen Imagination sich derart sonderbare Assoziationen mischen, und es heißt dort, selbst mehrdeutige Worte seien zu beschränkt, um das Ineinanderfließen zu formulieren. «Es bräuchte dazu die Sprache unserer Träume, von der wir nach dem Aufwachen bloß rätselhafte Fragmente behalten.»

Pierre Loti schaut in seine Kindheit zurück; er gedenkt der in glücklicher Versponnenheit verlebten Stunden, er erinnert sich aber auch an ganz bestimmte Gegenstände und Erfahrungen, die ihm wegweisende Anstöße vermittelten, seine Phantasiewelt zu realisieren. Das einzige Buch, das er als Kind heiß geliebt habe, sei das große Bilderbuch gewesen, das ihm sein Bruder vor der Abreise nach Polynesien geschenkt habe. Er hat das Titelbild im Gedächtnis, das Porträt Ihrer Majestät Pomaré IV., Königin von Tahiti, einer schönen, braunen, bekränzten Frau unter einer Palme; und unvergeßlich sind die Illustrationen von blumengeschmückten, halbnackten Mädchen am Strand. – Später fällt dem Jungen ein Bordbuch vom Sommer 1813 in die Hand. Die Aufzeichnungen über die Position des Schiffes bezüglich der Längs- und Breitengrade, über das Klima, über die Wolkenformationen und dergleichen mehr beeindruckten ihn damals außerordentlich. Und Loti bemerkt im «Roman d'un enfant», die Eintragungen, die er heute als Marineoffizier mache, unterschieden sich nicht von jenen früheren. Doch nicht allein deswegen erwähnt er das alte Buch, sondern weil es ihm das eigenartige Gefühl zurückruft, das ihn damals ergriffen habe; er habe etwas geahnt von der unerklärlichen Intimität, die den Menschen draußen auf dem weiten Meer mit dem Himmel und mit dem Wasser vereinige. Das Meer, schreibt er, sei ein gewaltiger Magnet, er verwendet sogar das Adjektiv «geduldig»; denn es kenne seine Macht und könne warten.

In der Erzählung «Pêcheur d'Islande» ist keineswegs der Fischfang zentral; Hauptthema ist die Dominanz des Meeres über den Menschen. Wie ein Maler, wie Turner, stellt Loti das Meer dar, dramatisch und mysteriös. Die Passage im «Roman d'un enfant», die seinen frühesten Kindheitseindruck vom Atlantik wiedergibt, ist von der gleichen Stimmung getragen. Es war ein Schock. Die endlose, von Wellen bewegte Weite empfand er als tödlichen Schwindel. Gefährliches, grünes, fast schwarzes Wasser und darüber wie ein schwerer Mantel der dunkelgraue Himmel. Furcht erfüllte den Knaben, und danach beschlich ihn unerklärliche Traurigkeit, eine trostlose Verlassenheit. Die düstere, nebelreiche See gehörte zur Lebenswelt des jungen Loti; die südlichen Meere, das Mittelmeer, der Pazifik erweitern die Sicht des Erwachsenen. Doch Küstenwanderungen, Seefahrten sind immer und überall von melancholischen Stimmungen geprägt.

Melancholie durchzieht das ganze schriftstellerische Werk. Es ist diese Verlainesche Qual, «ce deuil sans raison», es ist «la pire peine de ne savoir pourquoi», diese grundlose Trauer, der schlimmste Schmerz, nicht zu wissen, warum. – Fin de siècle. Das Kind schon empfand Wehmut beim Anblick der verwitterten, mit Flechten bewachsenen Gartenmauer, es ahnte den Zerfall aller Dinge. Loti schreibt, er könnte den «Roman d'un enfant» auch betiteln mit «Tagebuch meiner unerklärten Anwandlungen von großer Traurigkeit und der Gelegenheitsstreiche, mit denen ich mich davon abzulenken suchte». Aus dem Bedürfnis, die vielen Eindrücke, die traurigen und die freudigen, habe er schon früh begonnen, ein Tagebuch zu führen. Das regelmäßige Notieren sei nichts anderes als der Versuch, gegen die in allem spürbare Brüchigkeit und gegen die eigene Schwäche und Verletzlichkeit zu kämpfen. Mit dem Journal sei auch der Gedanke verbunden, etwas zu schaffen, das über die Dauer des eigenen Lebens Bestand habe. «Prolonger au delà de ma propre durée, tout ce que j'ai été, tout ce que j'ai pleuré, tout ce que j'ai aimé...»

«Alles, was ich geliebt habe...» Alles, was Loti vor «Le roman d'un enfant» veröffentlicht hat, sind Liebesgeschichten. Unglückliche, ja banale, würde man sie einfach so nacherzählen. Es sind auch nicht die Handlungsabläufe, die sich im «Roman d'un enfant» widerspiegeln, es ist die Atmosphäre, wo die Begegnungen mit Frauen und ganz diskret ebenfalls mit Männern stattgefunden haben. Selten allerdings sind die direkten Verweise, wie etwa im 6. Kapitel. Loti erzählt da, wie er an einem heißen Sommersonntag, an der Hand der

Mutter, nach dem Gottesdienst heimgeht. Beim Betreten des Hauses überrascht ihn ein Sonnenstrahl, der durchs halbgeschlossene Fenster über die Treppe fällt. Der Strahl bleibt ihm haften als Zeichen für langweilige, traurige Sonntagnachmittage auf dem Land. Viele, viele Jahre später, erzählt er dann weiter, habe er in einem einsamen Haus, in einer Vorstadt von Istanbul, ähnliches empfunden. Damit weist er hin auf eine Stelle in den Prosaskizzen «Fantôme d'Orient», eine Ergänzung zu seiner ersten 1879 anonym erschienenen Liebesgeschichte «Aziyadé». Zum biographischen Kontext sei angegeben: Der sechsundzwanzigjährige Marineoffizier Julien Viaud hält sich vom August 1876 bis März 1877 in der Türkei, in Saloniki und in Istanbul auf. Während dieser Zeit pflegt er ein intimes Verhältnis mit einer jungen Tscherkessin, der Gattin eines reichen Türken. Mit «Aziyadé» (Aziyade ist ein französisierter türkischer Mädchenname) beginnt die literarische Verarbeitung der vielen Beziehungen mit Frauen fremder Kulturen. Die Verflechtung von Fakten und Fiktion ist typisch für die Gestaltung abgebrochener Liebschaften. Die beidseitig anfänglich leidenschaftliche Zuneigung wandelt sich in erotisches Tändeln, das dann meist ein seltsam gefühlsarmes Ende nimmt. – Zwei Schmetterlinge treffen sich unter sonnigem Himmel, vereinigen sich, und trennen sich wieder. – Die Metapher mag vielleicht nicht passen, wenn wir uns das «Musée

Pierre Loti» ins Gedächtnis rufen mit den unzähligen Objekten voller Erinnerungen an spielerisch eingegangene und gelöste Bindungen.

Loti vergißt keine der einstigen Geliebten; jede wird zur Romanfigur, dargestellt in ihrem ureigenen Ambiente, im Land, von dem der Knabe in bunt schillernden Farben geträumt hatte. Von Tahiti, der Insel der Königin Pomaré, von der ihm der Bruder in Briefen berichtet hatte, brachte der Offizier in einer exotischen Holzschachtel getrocknete Blumen heim. Was sind sie anderes als eine Reminiszenz an das Hibiskuscollier, das die schöne Rarahu dem Fremdling, mit dem sie einige Wochen gelebt hatte, beim Abschied um den Hals legte. In ihrem Lächeln und in ihren großen dunklen Augen glaubte der noch junge Mann eine unüberblickbare Kluft, «un abîme d'incompréhension», zwischen Menschen unterschiedlicher Herkunft zu entdecken. Das Erlebnis wird zum Thema, das den Schriftsteller seiner Lebtage nicht mehr losläßt.

Das Werben um eine fremde Frau erscheint in Lotis Œuvre gleichsam als Begleitung zum Werben um das fremde Land. Diese Koordination ist sehr deutlich in dem wohl bekanntesten Roman «Madame Chrysanthème». Er regte Puccini zur Oper «Madame Butterfly» an. – Die Tatsachen, auf denen die Geschichte basiert, sind folgende: Schiffe der französischen Flotte ankerten vom 8. Juli bis 12. August 1885 im Hafen von Nagasaki. Die Besatzung erhielt wie üblich Urlaub. Pierre Loti beziehungsweise der Leutnant Julien Viaud nutzte die Zeit zur Erkundung der Stadt und ihrer Umgebung. Im selben Jahr, von Mitte September bis Mitte November, findet eine Kreuzfahrt durch die Inlandsee statt, sie bietet ebenfalls Gelegenheit zu Reisen auf der Insel. Vor diesem Erlebnis- und Erfahrungshorizont pinselt der Romancier mit leichter Hand seine Romanze mit der jungen Chrysanthème. Ein jederzeit kündbarer Ehevertrag *à la japonaise* gehört dazu. Der Roman vernachlässigt die wahren Daten, gibt aber ein, man möchte fast sagen, ethnographisches Bild des Lebens in Nagasaki. Lotis Schilderung der japanischen Frau entspricht weitgehend der Vorstellung, die bis zum Zweiten Weltkrieg bei uns galt. Die Japanerin, eine gepuderte zierliche Puppe mit einer kunstvollen Haartracht. Ein weibliches, geheimnisvoll lächelndes, merkwürdig gekleidetes Wesen, das sich tief verbeugt und mit dem Fächer spielt – ein lebendes Rätsel. In seinem Journal vergleicht Loti die schlafende Geliebte mit einer Fee oder mit einer großen Libelle, die sich zum Sterben hingelegt hat. Den Roman selbst bezeichnet er in der Widmung als eine neckische Nippsache, als ein Zeuge jenes erstaunlichen Landes, der Heimat aller närrischen Niedlichkeiten.

Der Roman «Madame Chrysanthème» mit den eingeflochtenen echten oder bloß eingebildeten

Kindheitserinnerungen und ebenso die japanischen Souvenirs im Loti-Museum fallen unter das Kernwort «Japonismus», eine der Strömungen, die seit den siebziger Jahren und noch über die Jahrhundertwende hinaus die Entwicklung der europäischen und im besonderen Maße der französischen Kultur mitbestimmt hat. Lotis Japanbild erschöpft sich allerdings nicht in der Idylle in Nagasaki. Das Tagebuch und vornehmlich kürzere und längere Aufsätze über seine Reisen, Ausflüge, über offizielle Anlässe, zu denen er als Marineoffizier geladen war, sind äußerst aufschlußreich. Sie enthalten eine Fülle objektiver Beschreibungen von Tempel- und Burganlagen, von städtischen und ländlichen Lebensgewohnheiten. Doch selbst in diese Berichte fließen Reminiszenzen aus der Jugend ein. In den «Japoneries d'automne», den «Japanischen Herbsteindrücken», erzählt er von einer fast zweihundert Jahre alten Kultstätte, von den Gräbern der siebenundvierzig Samurai, die im Februar 1703 aus Vasallentreue Harakiri begonnen haben. Der Autor erinnert sich, oder gibt an, sich zu erinnern, die Heldengeschichte als Kind an einem schönen Novembertage gelesen und sich geschworen zu haben, falls ihn der Zufall jemals nach Japan führe, zu den Gräbern zu wallfahren.

Das Material, das zum Thema Japan vorliegt, zeigt exemplarisch, wo Loti den Stoff hernimmt zur fiktionalen Prosa. Schon früh führte er das

Tagebuch im Hinblick auf das Romanwerk und in der Absicht, die präzis notierten Fakten zu Zeitungsartikeln zu verarbeiten. Die Berichte illustrierte er oft mit eigenen Zeichnungen. Sie erschienen in «Le Monde illustré» und im «Figaro»; unterzeichnet sind alle mit «Julien Viaud». Julien Viaud war Marineoffizier und Journalist, und gleichzeitig war er Pierre Loti, der Autor melancholischer Geschichten.

Nach der Lektüre des «Roman d'un enfant» haften wohl einige Episoden in unserem Gedächtnis, doch stärker bleibt uns Atmosphärisches im Sinn. Es sind die Meeres- und Landschaftsstimmungen, von denen das gesamte literarische Œuvre getragen ist. Sie verleihen ihm etwas Schwebendes. Auch die Beziehungen der Menschen untereinander scheinen stets in der Schwebe zu sein. Ihre Bindungen sind wie Wolkengebilde; sie entstehen und lösen sich auf. Eine einzige Ausnahme: Unerschütterlich hält Loti an seinem Glauben fest, daß selbst der Tod ihn nie von seiner Mutter trennen könne, in ihrer Nähe werde er in irgendeinem Jenseits seine Ruhe finden.

Die Erzählungen sind, trotz Zeit- und Ortsangaben, Träumereien. Sie wirken wie Bilderskizzen. Als Vierzigjähriger definiert der Schriftsteller sein künstlerisches Credo. Im «Roman d'un enfant» erinnert er sich an seine ersten Kinderzeichnungen unter dem Titel «Die glückliche Ente» und «Die unglückliche Ente». Die unglückliche

Ente schwimmt auf einem durch zwei, drei Parallelen vage angedeuteten, nebligen Meer einem düsteren Ufer zu. Das Zeichenpapier war eine aus einem Buch herausgerissene Seite, daher schimmerte – bei Abendlicht! – das Gedruckte durch. Das zufällige Durchscheinen der Rückseite ließ den Knaben erschaudern, denn erst jetzt drückte seine Zeichnung die unsägliche Verlorenheit aus. Diese Erschütterung habe sich ihm derart eingeprägt, daß ihn als Erwachsenen eine kindliche Kritzelei oft weit nachhaltiger anrege als ein vollendetes Werk. Er ist überzeugt, nur das Unfertige berge in der Tiefe unbegrenzte Möglichkeiten, die mit keinem Pinsel und nicht in Worte zu fassen sind.

«Le roman d'un enfant» ist in diesem Sinne einer Kinderzeichnung gleich. Er kann auf mannigfache Weise gelesen werden. Er ist – in Andeutungen – das Lebensbild eines Menschen, in dem sich Phantasie und Wirklichkeitssinn in schwankender Balance halten. Julien Viaud und Pierre Loti. Dieser war ein aufmerksamer Träumer, schon früh war ihm bewußt: «La somme de charme que le monde extérieur nous fait l'effet d'avoir, réside en nous-mêmes, émane de nous-mêmes, c'est nous qui la répandons, – pour nous seuls, bien entendu, – et elle ne fait que nous revenir.»

Elise Guignard

ANMERKUNGEN

1 «Tante Berthe», Rosalie Texier (1789–1880), 1852 über sechzig Jahre alt, war die älteste Schwester von Großvater Texier (Großvater mütterlicherseits) und die einzige Katholikin in diesem protestantischen Milieu. Außer Großmutter Viaud, der «Großmutter mit den Liedern», die 1858 starb, und Großmutter Texier, deren Tod 1868 eintrat, wurde das Haus auch von Tante Clarisse Texier («Tante Claire»), der jüngeren Schwester von Juliens Mutter, und von Tante Corinne (einer Base mütterlicherseits) bewohnt.

2 Familie Duplais. Die «Limoise» befindet sich einige Kilometer südlich von Rochefort, im Bann der Gemeinde Echillais (siehe Kapitel 34).

3 Es ist bekannt, daß Loti seinen Taufnamen Julien nie geliebt hat. Der Vorname Pierre gefiel ihm, und man nimmt an, daß er selbst diesen Vornamen als eine Art von verfrühtem Pseudonym wählte, bevor er nach Ozeanien verreiste. Jedenfalls nannte Sarah Bernhardt Loti schon zwei Jahre vor dem Erscheinen des Romans *Aziyadé* (1879) «Monsieur Pierre». Diese Wahl läßt eine geographische Assoziation vermuten, zum Beispiel mit der Ortschaft Saint-Pierre-d'Oléron, aus der die protestantischen Vorfahren

stammten. Man kann auch an das Wort «Roche» (Felsen, Stein = *pierre*) im Ortsnamen Rochefort denken.

4 Die Tochter der Familie Duplais starb 1865 bei ihrer Rückkehr aus Guyana, wohin sie ihrem Gatten gefolgt war.
5 Es handelt sich wahrscheinlich um Saint-Georges-de-Didonne im Süden von Royan, wo sich die Familie während der Badesaison zu wiederholten Malen aufhielt.
6 Es ist die Insel Oléron, von welcher die Familie von Lotis Mutter, die Familie Renaudin, stammte.
7 Nadine Texier wurde 1810, Pierre Loti 1850 geboren.
8 Loti widmete *Le roman d'un enfant* Königin Elisabeth von Rumänien, die seinen Roman *Pêcheur d'Islande* ins Deutsche übersetzt hatte. Sie wünschte Loti kennenzulernen und lud ihn 1887 nach Rumänien ein. Die Widmung zu *Roman d'un enfant* lautet:

«Spät in meinem Leben versuche ich dieses Buch zu schreiben; rings um mich bricht schon eine Art Nacht an. Wo finde ich jetzt die Worte, die frisch genug, jung genug sind?

Ich nehme es morgen auf See in Angriff und werde mich bemühen, darin das Beste von mir festzuhalten aus einer Zeit, da noch nichts wirklich Schlechtes in mir vorhanden war.

Ich werde diese Aufzeichnungen früh genug abbrechen, damit die Liebe darin nur als verschwommener Traum erscheint.

Und der Königin, der ich die Anregung dazu verdanke, widme ich es in ganz besonderer Verehrung und größter Bewunderung. Pierre Loti.»
9 Anläßlich seines ersten Aufenthalts in der Türkei

(1876/77) wohnte Loti zuerst in der Vorstadt Pera. Dann zog er um in das Quartier Eyüp.
10 Marie kam 1831, Gustave 1836 zur Welt; sie sind also neunzehn beziehungsweise vierzehn Jahre älter als Pierre Loti.
11 Die Zeichenkunst war Lotis früheste Neigung, und er übte sie bis zur Veröffentlichung seiner ersten Bücher aus.
12 Jean-Louis Adolphe Viaud kam beim Untergang der «Méduse» um, während sein Vater 1805 einen Monat vor der Seeschlacht von Trafalgar an Typhus starb.
13 In *Un jeune officier pauvre* (Fragmente aus dem persönlichen Tagebuch) steht: «Magellan, September 1871: Die Magellan-Straße ist in der Schiffahrt zu einer wichtigen Strecke geworden; aber die beiden düsteren Küstenstriche dieser breiten Meerenge weisen nirgends Spuren einer Zivilisation auf, und die Seeleute, die dort vorübergehend ihren Fuß an Land setzen, können von dieser ungastlichen Gegend keinerlei Hilfe erwarten.»
14 Rochefort liegt am rechten Ufer der Charente, 15 km von deren Mündung in den Atlantik. Die Stadt wurde zur Zeit Ludwigs XIV. stark befestigt und auch zum Kriegshafen ausgebaut.
15 Die Insel ist der Charentemündung vorgelagert und teilweise mit bewaldeten Dünen versehen. Die mehrheitlich protestantische Bevölkerung betrieb Getreide-, Gemüse- und Weinbau, Seefischerei, Meersalinen.
16 Dies ist der nordöstliche Teil der Insel. Dort liegt auch das Fischerdorf La Brée, von dem im 20. Kapitel die Rede ist.

17 Als das Edikt von Nantes widerrufen wurde, waren fast alle Angehörigen der Familie Renaudin aus Oléron nach Holland geflüchtet (siehe Kapitel 29).
18 Loti griff dieses Thema auch in seiner Ansprache bei der Aufnahme in die Académie française am 7. April 1892 auf: «Von den verschiedenen Legenden, die wegen meiner ständigen Abwesenheit um mich gesponnen werden, ist diese eine begründet: Ich lese tatsächlich nie, aus geistiger Bequemlichkeit, aus unerklärlicher Angst vor dem schriftlich festgehaltenen Gedanken, aus ich weiß nicht welchem Überdruß, der sich einstellt, bevor ich mit Lesen begonnen habe – deshalb lese ich nicht.»
19 Matth. 25,6,10–12. Ferner folgen mehrere Zitate aus der Apokalypse.
20 In einem Brief von 1859 schrieb Loti: «Ich habe sehr schöne Neujahrsgeschenke erhalten: Mama und Papa gaben mir einen hübschen Klavierstuhl, Tante Claire und Großmutter *Les jeunes naturalistes* von Fräulein Ulliac-Trémadeur.»
21 Titel eines Bildromans des Schweizer Karikaturisten und Schriftstellers Rodolphe Toepffer (1799–1846), auf den an weiteren Stellen angespielt wird.
22 Gemeint sind die Napoleonischen Kriege; Lotis Vater, Jean-Théodore Viaud, wurde 1804 geboren.
23 Azraël ist der islamische Todesengel. Loti spielt hier auf den Tod seines Bruders Gustave (1865) und auf die Gefängnishaft seines Vaters wegen Unterschlagung im Jahre 1866 an, wodurch der fast völlige Ruin der Familie Viaud herbeigeführt wurde.
24 Sie war die Tochter des Kunsthandwerkers und Dichters Marcel Chabot. Dieser schrieb über die

gleiche Episode das Gedicht «Véronique de l'île» (*La Rose dans la haie,* 1953).

25 Vergl. Off. 8,9 und 17.
26 Henri Tayeau (1793–1877), ein Großonkel mütterlicherseits, war Marinechirurg.
27 Samuel Renaudin, Steuereinzieher in Saint-Pierre-d'Oléron, hatte sich zum Schein zum Katholizismus bekehrt, um auf der Insel bleiben zu können.
28 Off. 17,7–9.
29 Im 17. Jahrhundert Zufluchtsorte der Protestanten im Südosten des französischen Zentralmassivs.
30 Loti besuchte es während seines Aufenthalts in Tahiti im Jahr 1872.
31 Es wird eine wahrheitsgetreue Beschreibung des Wegs von Rochefort entlang der Charente nach Echillais über das Stadttor Martrou gegeben.
32 Französisch: frelon.
33 Pierre Bon war ein pensionierter Steuerbeamter im Departement Lot. Sein ältester Sohn Aimé (geb. 1828) führte in Paris eine Familienpension, wo Loti während seines Studiums an der Marineschule (1866/67) wohnte.
34 Großer Sonnenschirm, der auch als Regenschirm benutzt werden kann.
35 Gestalt aus dem «Gestiefelten Kater» von Charles Perrault.
36 Es handelt sich um die Ortschaft Bretenoux an der Cère im Departement Lot. Diese erste Reise fand im August 1861 statt.
37 In diesem Abschnitt macht Loti nacheinander Anspielungen auf die an der Seefahrtsschule von Brest verbrachten Jahre, an Pierre Le Cor (den mit Loti befreundeten Seemann, den er in *Mon frère Yves* darstellte) und

an ein Mädchen von Trégnier, das er liebte, ohne von ihm erhört zu werden.
38 Die mittelalterliche Wehranlage Château Castelnau, die in späteren Jahrhunderten erweitert wurde, liegt hoch über dem Dordognetal auf einem Felsvorsprung mit Ausblick auf das Zentralmassiv.
39 Die Schule in Rochefort heißt heutzutage «Lycée Pierre Loti».
40 Bei der Preisverteilung erlangte Loti den ersten Preis für Arithmetik und Geometrie; Nebenpreise erhielt er in Latein, Griechisch, Geschichte und Geographie. Hingegen bekam er im französischen Aufsatz keinen Preis.
41 *Ilias* I, 34: «Schweigend ging er am Ufer des laut aufrauschenden Meeres...» (Übersetzung: Friedrich Leopold Graf zu Stolberg)
42 *Hirtengedichte,* Neunte Ekloge, 60: «Hier ist gerade die Hälfte des Wegs, das Grabmal Bianors kann man eben erblicken...» (Übersetzung: Theodor Haecker) Bianor war der Gründer von Mantua. Die beiden später erwähnten Hirten sind Moeris und Lycidas.
43 Diese drei Verse entstammen dem Gedicht «Rolla» (1833), dessen Titelheld ein selbstmörderischer Don Juan ist.
44 Mussets düsteres Gedicht über Eifersucht und Tod aus dem Jahre 1829.
45 Sein Bruder Gustave hielt sich damals in Indochina in Poulo-Condor auf.
46 Name des an der Reede von Brest liegenden Schulschiffes, auf dem die Kadetten der Marineschule (Loti wird 1867 als 40. von 60 Anwärtern zugelassen) ihre Ausbildung absolvieren.

47 Im April 1867 trat Pierre Loti in Toulon im «Cirque Etrusque» auf «als Clown, der vor einem begeisterten Publikum Trapezkunststücke und mehrere Arten von gefährlichen Sprüngen vollführte. (...) Es ist ein wahrer Erfolg, es regnet Blumensträuße, die ihm zusammen mit Orangen und Kinderspielzeug zugeworfen werden. Dreimal wird er herausgeklatscht, es wird gestampft, ein Triumph, der eine Viertelstunde lang währt» *(Un jeune officier pauvre)*. Im vorangehenden Jahr hatte er an der «Ecole de Joinville» während eines sechsmonatigen Aufenthalts ein Muskeltraining absolviert.

Die Deutsche Bibliothek – CIP-Einheitsaufnahme

Loti, Pierre:
Roman eines Kindes / Pierre Loti
Aus dem Franz. übers. von Lislott Pfaff
Nachw. von Elise Guignard
Zürich : Manesse Verlag, 1994
(Manesse Bibliothek der Weltliteratur)
Einheitssacht.: Le roman d'un enfant ⟨dt.⟩
ISBN 3-7175-1846-1 Gewebe
ISBN 3-7175-1847-X Ldr.

Vw: Viaud, Julien [Wirkl. Name] → Loti, Pierre

Copyright © 1994 by Manesse Verlag, Zürich
Alle Rechte vorbehalten